Felicidades!

Muito amor no lar!

/ /

O autor

Amor, Sexo
e vidas passadas

Amor, sexo e vidas passadas

Editores: Luiz Saegusa e Claudia Saegusa
Capa: Casa de Ideias
Projeto Gráfico e diagramação: Casa de Ideias
Revisão: Rosemarie Giudilli Cordioli
1ª Edição – 2012
Impresso no Brasil | Printed in Brazil

Dados Internacionais de Catalogação na Publicação (CIP)
(Câmara Brasileira do Livro, SP, Brasil)

Di Bernardi, Ricardo
Amor, sexo e vidas passadas / Ricardo Di Bernardi. – 1. ed. – São Paulo: Intelítera Editora, 2012.

Bibliografia
1. Espiritismo 2. Romance espírita I. Título.
12-10653 CDD-133.9

Índice para catálogo sistemático
1. Romance espírita : Espiritismo 133.9
ISBN: 978-85-63808-20-2

Intelítera Editora
Literatura Inteligente
Rua Lucrécia Maciel, 39 – Vila Guarani
CEP 04314-130 – São Paulo – SP
11 2369-5377
www.intelitera.com.br
@intelitera facebook.com/intelitera

Ricardo Di Bernardi

Amor, Sexo

e vidas passadas

Aos meus filhos:
Denise, a criatividade.
Simone, a sensibilidade.
Henrique, a objetividade.
Fernando, a sinceridade.

O AUTOR

A todos da dimensão extrafísica que
me enviaram energias de amor e luz
durante a elaboração deste livro, recebam
indistintamente, o meu carinho especial.

O AUTOR

Esclarecimentos

No ano de 2011, motivado por forças advindas do meu inconsciente, sem qualquer percepção de fenômeno psicográfico, lancei, também pela Intelítera, o romance *Flávia Sonhos e Regressões*. Hoje bastante difundido.

Cada personagem do livro citado era aparente produto da minha imaginação, com exceção de Regina e Mássimo (com dois "s"), que são absolutamente reais, até no nome.

As regressões de memória, narradas na referida obra, eram igualmente verdadeiras, apenas tivemos o zelo e a ética de modificar cada nome, idade e domicílio.

Meus personagens voltaram a emergir em meus sonhos e desejos inconscientes. Executam a dança dos ventos nas nuvens que observo, aquecem com raios solares os telhados da minha moradia física, perfumam flores nos jardins do meu lar e, agora, executam voos no astral da minha *imaginação*.

Se Eles existem no mundo extrafísico ou apenas em registros do meu inconsciente é uma dúvida que levarei comigo, por algum tempo. Pouco importa, aqui estão eles, outra vez, a me pedir que continue a narrar sua história.

Assim também no livro anterior, muitos fatos aqui assinalados são reais, porém as identidades, com as duas exceções já mencionadas, foram devidamente modificadas.

Procurei, no transcorrer dos diálogos e acontecimentos, inserir considerável volume de informações acerca da dimensão astral, gerando desta forma um romance didático. Em função da especificidade de alguns termos, sugiro observar o glossário no final da obra.

O SDS, *Sentieri Dello Spirito*, existe e funciona em Milão, na Via Machiavelli nº 3. Quanto às sessões mediúnicas, as mesmas foram coordenadas pelo autor, e *ipsis literis* transcritas dos gravadores.

Ao concluir esta obra, já nutro um curioso sentimento de saudade por cada um dos personagens que comigo conviveu, pelo menos literariamente, e... Acredito que o mesmo possa suceder com você.

Muita paz!

Florianópolis, ao pôr do sol de 2012.

O Autor

SUMÁRIO

Ana
Néri
Que o Meu Coração abençoe
Ana Néri Marinho Gomes
e toda a sua família
017FR 5116

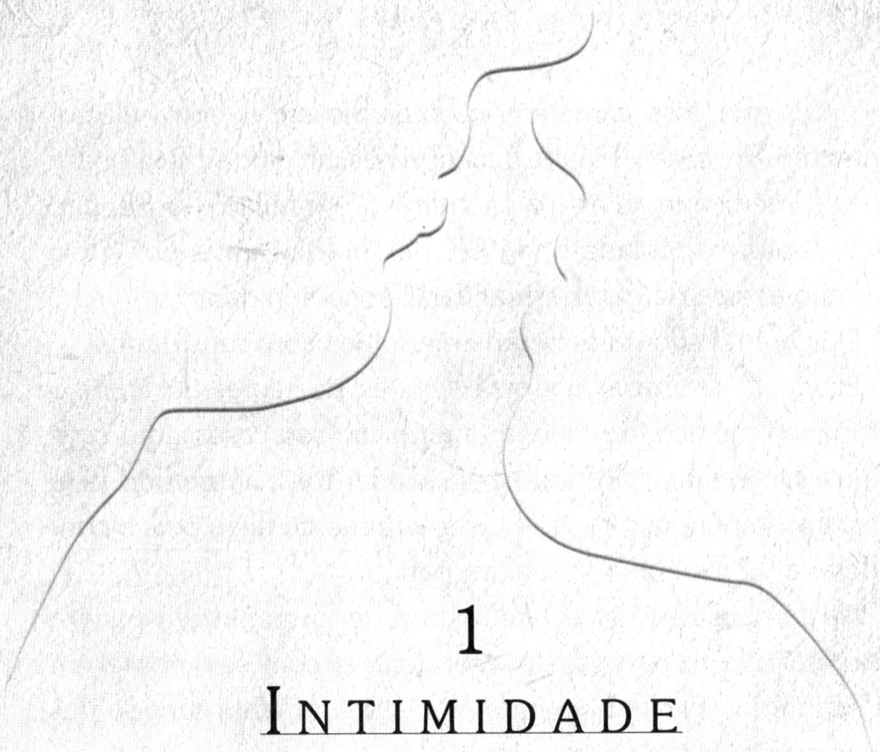

1
INTIMIDADE

Flávia, após muito refletir, decidira procurar Dr. Benini para nova consulta médica. Pretendia verificar se havia indicação, ou não, de terapia regressiva às vivências passadas. Desejava melhor compreender e superar a dificuldade que vinha se apresentando no relacionamento conjugal com Linus.

O marido, vez por outra, queixava-se de que durante o relacionamento íntimo ela parecia inatingível e altiva, postura que Flávia custara a considerar real, só agora tomara consciência do fato.

Linus, por sua vez, apesar de ser psicólogo clínico, não compreendia bem o porquê, em dados momentos a altivez da esposa durante o relacionamento sexual o atraía intensamente e, em outras ocasiões, tal posicionamento psíquico da companheira incomodava-o sobremaneira.

Antes que essa característica prejudicasse o bom relacionamento do casal, Flávia decidira buscar ajuda. Telefonara ao seu médico, mas ele se encontrava em Milão, no *Sentieri Dello Spirito*[1],entidade onde Dr. Benini ministrava um curso gratuito acerca de paranormalidade e mediunidade.

Deixara recado na secretária eletrônica com seus dados.

Flávia já realizara algumas sessões de regressão, com o simpático médico, em época anterior ao seu casamento com Linus. Dr. Benini não tanto pela idade, mas, sobretudo pela postura, sempre gerara em Flávia sentimento filial, pois o considerava tal qual um verdadeiro pai.

Na terapia regressiva, efetuada anteriormente, vivenciara uma patrícia romana e surpreendera-se com seu nome em vida anterior, Flávia Flamínia. Nome nitidamente surgido durante o processo de regressão.

Naquela ocasião, conquanto o móvel do tratamento fosse outro, durante o processo regressivo não se evidenciara nenhuma postura altiva, inclusive suas atitudes de extrema cortesia ao se relacionar com as escravas haviam determinado em sua mãe romana uma crítica mordaz:

– *Você é respeitosa em demasia com sua escrava pessoal, trata-a como uma amiga, isto não fica bem!*

Com esforço cerebral, procurava lembrar-se dos momentos mais expressivos das regressões, em especial seu modo de agir com Plinius, nome da personalidade de Linus à época. Mentalmente, mergulhava nas águas profundas do oceano de seu próprio ser em busca da luz do esclarecimento.

---

1 Nome verídico da Entidade de estudos espiritistas em Milão. *sds@.sentieridellospirito.it*

Seu passado, nas regressões anteriores, viera à tona eclodindo na consciência atual, trazendo-lhe experiências significativas.

Ela e o atual marido já haviam sido enamorados no período do reinado de César Augusto, do império romano. Encontravam-se às escondidas até o momento em que Flávia engravidara.

Tanto os seus sonhos durante a noite, muito vívidos, bem como as regressões, jamais demonstraram qualquer indício de altivez em sua postura com relação ao amado Plinius. Por que haveria atualmente essa sensação mencionada por Linus?

O fato é que tal questão necessitava uma solução ou algum esclarecimento. Seria uma dificuldade dela, do marido ou de ambos? O marido, Linus, encontrava-se em *Milano*[2] e só chegaria à noite.

Sentiu necessidade de sair de casa em busca de energias da natureza. Descendo os três degraus da casa, cruzou o quintal, atravessou a rua e já estava às margens do *Lago di Garda*[3], cujas plácidas águas sempre foram um refúgio aos seus sentimentos. Absorta nos pensamentos, ela mantinha o olhar fixo na superfície plácida do lago. Contemplava sempre embevecida o passeio dos cisnes, seus preferidos, e das demais aves.

Um casal de patos germano-reais, caracterizados pelo pescoço verde, desfilava com bela ninhada de filhotes; contou-os, eram onze. Os patinhos alegres seguiam em fila quase indiana, desenhando uma esteira nas águas... Pensou:

– Quanto tempo nós poderemos residir aqui? Linus, como psicólogo, possui mais clientes no consultório de Milano, afinal já era conceituado lá, antes de nos casarmos. Deixar de viver

---

2 Milão em português.

3 Importante Lago no norte da Itália.

à beira do *Lago di Garda*? Como poderia eu morar longe de tudo isto... Só mesmo por amor ao meu marido.

O sol vespertino fazia-se generoso e agradável tornando a superfície do lago luminescente e brilhante como faces de precioso diamante apoiado no colo da mãe natureza... Sua intenção era permanecer ali apenas alguns minutos, balsamizando o cérebro com imagens que a circundavam.

No entanto, Flávia permaneceu sentada na areia três quartos de hora. Olhando para o alto, divisou o céu sem nuvens e imaginou que de lá descia um manancial energético de paz e harmonia. Respirou fundo, olhando o azul do céu procurando inalar a energia daquela cor disponível no firmamento. Sentiu-se envolvida pelo ar fresco da tarde que penetrava em seu peito. Ao inspirar e imaginar o azul chegando aos pulmões obteve uma sensação agradável de bem-estar.

Levantou-se, removendo antes os grãos de areia de seus pés. Ao passar as mãos pelo peito do pé sorriu ao se recordar que Linus adorava beijar seus pés... E isto lhe dava uma sensação de poder, junto com excitação. Curioso... Veio-lhe novamente à mente a imagem das tiras douradas das sandálias que percebera na regressão, na ocasião em que fora Flávia Flamínia. Interrompeu seu gesto e sorriu novamente. Pensou consigo mesma: – Foi também uma sandália o primeiro presente que ele me fez... Uma sandália egípcia... Interessante, parece que algo ou uma fantasia nesta área sempre nos uniu.

Lembrou-se outra vez de Dr. Benini, que tão bem conduzira as regressões suas e do filho Caio. Um pensamento de felicidade a invadiu imaginando como Caio estava diferente, sem o pavor de falar em público. Casado com Isabella o rapaz demonstrava rápida superação de seus problemas.

Ao buscar a imagem do seu médico, Dr. Benini, ocorria-lhe sempre a figura de um pai, especificamente o pai de Flávia Flamínia, em sua vida na Roma antiga. Caminhando pela estreita faixa de areia, mais cascalhos que areia, descalça, segurando as sandálias com a ponta dos dedos, voltou a raciocinar. Linus e ela se amavam, mais do que isso, se amavam muito. Valeria a pena remexer no passado? A questão sexual seria, realmente, um problema? Haveria algo a fazer?

Interrompeu sua caminhada para fixar, com o olhar, uma magnífica sequência de tufos de amor-perfeito[4] que, abundantes, enfeitavam as calçadas em fileiras, cada uma composta por unidades da mesma cor. Sempre fora sua flor preferida. Com sua criatividade, imaginava-as seres simples e descomplicados, mostravam-se inteiramente, ou seja, não possuíam pétalas escondidas, exibiam-se na versatilidade das cores, tons, matizes... Flávia, retornando aos pensamentos, para si mesma, murmurou:

– Melhor voltar para casa... Deixei recado ao Dr. Benini, na secretária eletrônica.

De volta a casa, estava a imaginar prováveis causas ou explicações para sua questão íntima com Linus, quando tocou o telefone.

– Pronto!

– Olá! Flávia, é o Dr. Benini, recebi seu recado.

– Dr. Benini, que bom! Precisamos conversar.

– Estou à sua disposição, minha filha.

– Na realidade, creio seja melhor agendar uma consulta médica. O Senhor continua atendendo às sextas-feiras à tarde?

---

4 Viola tricolor.

– Apenas para os amigos e pacientes antigos, como é o seu caso.

– Doutor Benini, nesta sexta-feira, às 16 horas, sua agenda estaria livre?

– Coincidentemente, um paciente, velho amigo de Gênova, acabou de cancelar sua consulta, justamente para esse horário, considere-se agendada.

– Que bom! Precisa de alguma informação?

– Não será necessária Flávia, temos o seu prontuário.

– Então, manda um beijo para sua neta Anna.

– Será dado. Deixo um abraço a Linus e a teus filhos, Caio e Pietro.

– Obrigado! Todos eles falam muito do Senhor.

– Flávia... Algo mais?

– Mais uma vez obrigado. Boa noite! Doutor.

– Nos veremos nesta sexta-feira, às16 horas. Boa noite!

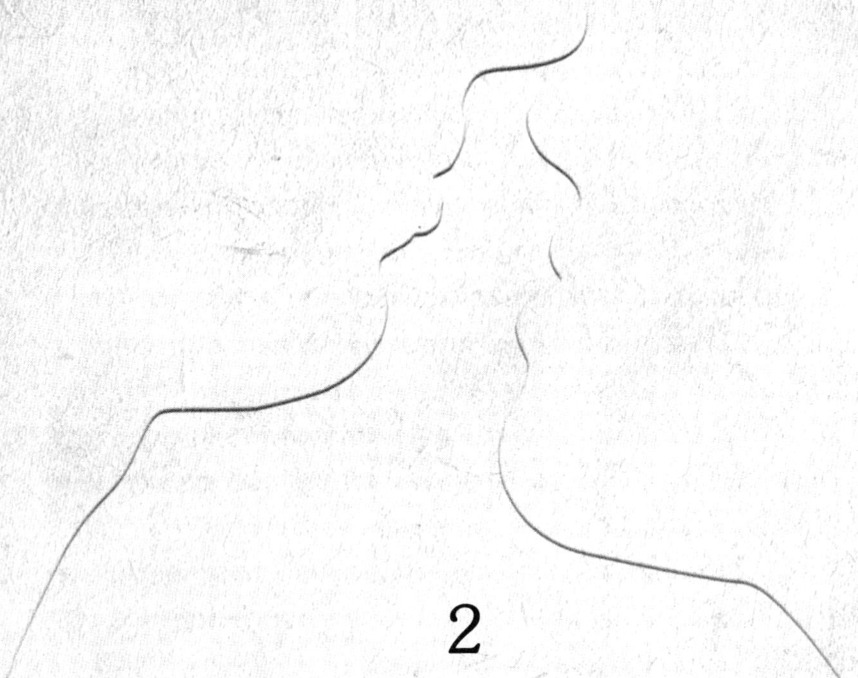

2
A Consulta Médica

A viagem de *Bardolino*[5], situada às margens do *Lago di Garda*, até Milão transcorreu tranquila. Flávia, após trafegar nas pitorescas estradas ao redor do lago, tomou a magnífica *A4*[6] com trechos de até quatro pistas em cada sentido. Saíra bem cedo, com a intenção de visitar o filho Caio que com a jovem esposa Isabella residia em *Milano*.

Flávia telefonara ao filho na véspera, haviam combinado almoçar na residência do jovem casal, bela casa que Isabella havia recebido como herança, após a súbita morte dos seus genitores. O pai de Isabella, médico, havia falecido com menos

5 Uma das cidades que margeiam o Lago di Garda.

6 Autoestrada, Milão Veneza com 3 ou 4 pistas.

de cinquenta anos de idade, vítima de infarto do miocárdio e a mãe poucos meses depois, em acidente de automóvel.

Dois anos antes dos tristes eventos, quando Isabella ainda era namorada de Caio, seu pai fizera um excelente seguro de vida, intuído por pressentimento persistente, apesar de muito criticado pelos parentes à época, hoje seria muito elogiado pela atitude...

Caio e Isabella com 22 e 18 anos, respectivamente, haviam se consorciado, decisão antecipada em função da gestação inesperada da garota.

Ambos bastante equilibrados, voltados quase exclusivamente aos estudos, usufruíam com sabedoria os bens e o polpudo seguro que os pais haviam feito.

Caio conseguira transferência da faculdade de Gênova para Milano e já recebia alguma remuneração como estagiário. Isabella ministrava aulas particulares de matemática, curso que frequentava também na Universidade de Milano.

Eram 11 horas da manhã quando Flávia estacionou seu carro em um dos retângulos azuis, marcados na rua para "não residentes". Vagas de estacionamento em Milano sempre eram difíceis, em função disto Isabella havia deixado seu carro, até aquele instante, na vaga demarcada, reservando-a para "tia Flávia", assim chamava a sogra, desde o tempo em que sua mãe, quando viva, se referia à Flávia como mana.

Enfim, Flávia chegara.

– Tia... Querida! Que saudades...

– Bella! Você está muito linda com esta barriguinha de Grávida. Caio querido! – Disse-o abraçando o casal ao mesmo tempo.

– Mãe, como é bom estar juntos e almoçarmos aqui em casa.

– E o bebê continua muito ativo?

– Acredito que já conhece as músicas que colocamos para ele.

– E quais são?

– As de *Mendelssonh*[7].

– Não esperaria menos de vocês dois, ou melhor, de vocês três...

Almoçaram em um clima de sorrisos, e conversas agradáveis.

Saborearam uma deliciosa *pasta*[8], acompanhada de saladas e atum. Como sobremesa, um sorvete de *amarena*[9], a fruta de bosque preferida de Caio, desde sua infância. Após cuidarem das louças despediram-se, pois Flávia pretendia efetuar uma rápida compra antes do atendimento médico.

Após algumas voltas, tendo conseguido deixar o carro próximo ao consultório, caminhou calmamente com a intenção de chegar tão disposta quanto possível à sessão de terapia regressiva. Chegando ao *Palazzo*[10] tomou o elevador e observou que cada pessoa ao entrar lia algo escrito em papel colorido fixado na parede do elevador, às suas costas, e ria. Súbito, um jovem lê alto:

– Por favor, nos auxilie: Este elevador está testando o comando de voz. "Para subir, diga *Internazionale* para descer, diga *Milan!*".[11]

Metade dos presentes aplaudiu e os demais expressaram protestos e votos de apoio ao time de futebol do Milan. Flávia não se manifestou, mas se lembrou do outro filho, Pietro, o quanto amava os esportes, em especial basquete que

---

7 Felix Mendelssohn Bartholdy, alemão, famoso compositor de música clássica muito suave.

8 Termo italiano para massas.

9 Fruta silvestre italiana, muito usada no preparo de doces e sorvetes.

10 Palavra italiana que significa prédio ou edifício.

11 Times de futebol de Milão de expressão mundial e eternos rivais.

praticava na Universidade de Gênova. O elevador estacionou no sétimo andar. Ao saltar ela murmurou:

– "*Alea Jacta Est.!*",[12] – ou seja, a sorte está lançada, em latim.

A porta de vidro da "*sala di atesa*"[13], na qual se lia em letras desenhadas, Dr. Benini, médico, deixava entrever o interior. Um consultório simples e simpático, sem sofisticação, de certa maneira sóbrio.

A sala de espera possuía um belo espelho, com moldura antiga, que evidenciava a intenção de ampliar o ambiente. Havia sempre flores naturais, geralmente, como naquele dia, begônias amarelas à mesa. Um belo quadro retratava uma paisagem primaveril da *Toscana*[14].

Sobre a mesa, no centro da sala, além de diversas revistas culturais, permanecia, já há algum tempo, um curioso exemplar da revista *Vitacontinua*[15], fixado com uma longa e delicada corrente prateada, demonstrando que aquela leitura não poderia ser efetuada fora dos limites do consultório, ou seja, não havia como levar para casa, "emprestado".

Na primeira vez que viera ao Dr. Benini, aquele exemplar lhe despertara tamanha curiosidade que se constituiu no gatilho, cujo disparo levou-a a se interessar pelas questões do mundo espiritual. Folheou mais uma vez a revista, que ao

---

12 Expressão utilizada pelo imperador Júlio César ao atravessar o limite proibido do Rio Rubicon.

13 Em português: sala de espera.

14 Região da Itália famosa pelas belas vistas campestres, e onde se situam cidades como Pisa e Lucca.

15 Vitacontinua – Revista publicada em Milão, Itália, por Regina Zanella, presidente do Sentieri Dello Spirito. Aborda a continuidade da vida após a morte.

invés do mês da publicação trazia grafado: *Outono de 2007, ano 1, número 0, Editado em Milão.* Pensou:

– Número zero... Portanto, uma relíquia. Logo abaixo do título a frase:

Nascer, morrer, renascer, e progredir sempre: Esta é a Lei. Allan Kardec[16].

Lembrou-se que, ao ler tal frase quando viera ao consultório pela primeira vez, havia pensado como ela sintetizava tudo que concluíra em suas leituras de muitos anos. Recordou-se de como, em pouco tempo, lera dezenas de obras a respeito do assunto e se apaixonara pelo livro *O Problema do Ser do Destino e da Dor*, do francês Léon Denis.

Abriu-se a porta e o médico surgiu. Apesar de uma idade já avançada, quase 70 anos, era uma bonita figura de homem. Um sorriso cativante, cabelos ainda não totalmente brancos, estatura não muito alta, trajava habitualmente, como nesse dia, um guarda-pó longo e alvo com o nome Dr. Benini, bordado em verde.

Sob a veste branca uma camisa clara, listrada azul e branca. Sapatos e calças pretas fazendo um contraste com o guarda-pó. Dirigiu-se a ela estendendo as mãos com um sorriso acolhedor. Flávia apertou a mão e, em seguida, estendeu o pescoço beijando-o na face.

– Seja muito bem-vinda, minha filha.

– Dr. Benini, não sei se realmente haveria indicação de uma terapia regressiva, mas de qualquer forma, venho lhe pedir uma orientação. Narrou-lhe as sensações que ambos tinham. Reproduziu em palavras todo um conjunto de emoções,

---

16 Allan Kardec – pedagogo e pesquisador francês que codificou as bases da doutrina espiritista.

aparentemente inexplicáveis, envolvendo o relacionamento sexual do casal. O quanto em determinadas ocasiões isso era estimulante e em outros momentos muito perturbador, sobretudo, havia momentos em que os fatos não se materializavam, mas ficava algo estranho no ar.

– Você continua tendo desdobramentos astrais conscientes?

– Sim, mas não tão frequentes quanto antigamente.

– Tem relacionado suas experiências fora do corpo físico, com as questões de vocês dois?

– Não tenho me apercebido... Nunca imaginei alguma relação.

– Anote-as, precisamos estudar isto. É provável que exista conexão. Já temos aqui, nas suas fichas, todo o histórico, portanto não vou perguntar o que já sei. Vamos direto ao ponto. Qual a questão básica que deseja tratar?

– Dr. Benini, há uma grande diferença no relacionamento normal, do dia a dia, onde há amor, afetividade e confiança que, sempre, sinto por Linus. O que me surpreende é que...

Flávia corou e cruzou os braços sobre o peito como em posição de defesa e praticamente gaguejou ao falar.

– Por que... Por que quando me relaciono sexualmente com meu marido, em diversas ocasiões, me passa no pensamento que sou mais do que ele?

– O que significa "ser mais"?

– Não sei bem... Como se eu fosse superior... Algo assim... Doutor Benini, com tudo que já conheço e acredito, ao relatar isto me sinto muito envergonhada...

– Não se preocupe, pois todos nós temos emoções e sentimentos estranhos e antigos...

– Por exemplo, quando estou motivada sexualmente, adoro colocar os pés na cabeça dele, por exemplo... Sinto-me superior... Passa-me na mente uma forte sensação de domínio e até desprezo por ele, é um sentimento fugaz, porém muito forte. Como se ele fosse um ser inferior... Sei que é um absurdo eu me sentir assim!

– Conscientemente, no dia a dia, há momentos em que você também pensa assim?

– Não! Claro que não! Ele é um amor, um homem maravilhoso que respeito e admiro... É algo... Creio que subjacente... Sem sentido.

– Sim, minha filha! É algo do inconsciente. Provavelmente, um arquivo de vidas pretéritas que precisamos descobrir. E Linus, como está com relação a isto?

– Há momentos que tudo isso parece motivá-lo cada vez mais, como se ele até gostasse... E, em outros momentos, quando eu exagero, fica indignado, às vezes, triste. Para Ele também é confuso. Confuso e forte.

– Sim, entendo... Não se trata apenas de uma brincadeira, um alegre fetiche entre casais, é algo que começa com uma brincadeira ou jogo, mas, no final, incomoda... E perturba muito a ambos. Sabe Flávia... Às vezes...

Dr. Benini interrompeu o comentário e fitou o horizonte, como a buscar um raciocínio, Ela indagou:

– Há indicação de Terapia regressiva?

– Sem dúvida! Não é a curiosidade que move você, nem ao menos um motivo fútil. E há indicação não apenas para você, ele também deverá fazer, separadamente.

– Com outro terapeuta?

– Não. Melhor que seja comigo. Se vocês desejarem, eu acompanharei ambos, pois as questões são em comum, ou talvez seja a mesma questão que se complementa... Veremos.

– Faremos ambos no mesmo horário?

– Não, minha filha, sem dúvida, vocês farão individualmente.

– E... Depois?

– Você já sabe. Identificaremos as causas, drenaremos essas energias para o exterior, elas estarão saindo do inconsciente para a periferia. Você tomará consciência de fatos que, sem o seu controle, sem o seu conhecimento estão, por enquanto, levando a certas posturas e dificuldades. Quando me refiro a você, entenda "vocês", pois o mesmo sucederá com Linus. Estas informações deixarão de ser forças inconscientes e, depois de reconhecidas pelo seu consciente, você poderá superá-las. Deixarão de ser forças subversivas.

– Sim, doutor, eu entendo. Parte das energias, aberto o núcleo delas, será eliminada e outra parte trabalhada e adaptada à realidade atual. Na sequência, iremos substituir as energias em desarmonia por outras harmoniosas.

– Energias espirituais?

– Energias suas mesmo. Lembranças belas, agradáveis de sua própria história que serão reforçadas, ativadas, ampliadas e ocuparão o espaço das energias subtraídas.

– Começamos hoje?

– Prefiro receitar uma homeopatia, aguardar suas observações sobre alguma projeção astral consciente ou ainda seus sonhos, que porventura tenha, e sexta-feira próxima nós iniciaremos.

Despediram-se após as recomendações. Dr. Benini prescreveu *Ignatia amara*[17], em uma dinamização compatível com o caso, procurando movimentar as energias da paciente.

---

17 Ignatia amara é um medicamento homeopático, cujo nome é internacional (latim), possui frequência energética que sintoniza com diversas características emocionais do paciente tais quais: a sensação de perda.

3
Isabella e Caio

Dr. Benini se oferecera para prestar atendimento voluntário no *Sentieri Dello Spirito*. A atividade denominada *Atendimento Fraterno*[18] consiste em ouvir atentamente o atendido, esclarecendo-o sob o ponto de vista espiritual. Naquela noite, atenderia duas pessoas, que cancelaram na última hora. Isabella e Caio que frequentavam o SDS foram indagados pelo ilustre trabalhador:

– Vocês sabem quem gostaria de aproveitar esses dois espaços livres para um Atendimento?

O jovem casal se entreolhou e quase em uníssono disseram:

– Nós dois! Poderia ser?

O médico assentiu e dirigiram-se os três para uma saleta aos fundos. Doutor Benini apanhou um pequeno livro: *Così Vincerai*,

18 Atividade comum às casas espiritistas.

tradução de *Assim vencerás* de Chico Xavier, ditado por Emmanuel. Após a leitura de uma página, visando à harmonização dos pensamentos, indagou:

–Vocês desejam conversar individualmente ou juntos? Hoje temos todo o tempo disponível.

– Preferimos estar juntos. Nossa querida Regina[19] muito já nos tem esclarecido, mas continuamos com muitas dúvidas relativas a aspectos espirituais da gestação – colocou o jovem Caio.

– Fiquem à vontade.

Caio retomou a iniciativa:

– Teremos uma filha, conforme a ecografia. Já nos conheceríamos em encarnações passadas?

– Normalmente sim, a constelação familiar costuma ser formada por seres que se reencontram.

Isabella acrescentou:

– Em geral são ligações afetivas, não?

– Eu diria que podem coexistir as mais diversas situações, um porto para embarcações carregadas de afeto, também pode ser um local onde aportam espíritos que têm algo a resgatar entre si.

– Isto não é mais raro? – Indagou a garota.

– Nossas dívidas e correções se faz muito comumente, dentro do núcleo familiar.

– Dr. Benini, Isabella sente um vínculo importante entre ela e a nossa filha.

– A gravidez conecta fortemente os campos energéticos da mãe e filho. No entanto, deve existir um significativo vínculo do bebê com você, Caio. Isabella, distraída, ajeitou

19 Regina Zanella é o nome verídico da presidente do *Sentieri Dello Spirito.*

delicadamente seus cabelos e ponderou: mas, há casos que filhos são desafetos do passado...

– Sim, alguns bebês são desafetos do passado, ou vítimas dos pais que retornam para receber a atenção devida ou pode ocorrer o contrário, ou seja, os pais terem sido suas vítimas em vidas anteriores. As circunstâncias são absolutamente peculiares a cada caso, mas somente pelo Instituto da Reencarnação e pelo véu do esquecimento do passado é que podemos compreender a máxima cristã de amar até os inimigos.

– Dr. Benini, Bella perguntou sobre os desafetos, mas poderia nos falar dos afetos? Hoje vivemos a alegria da espera da nossa filha.

– Sem dúvida, Caio, muitas encarnações se fazem novamente como continuidade de vínculos afetivos pretéritos. Em geral, afetos harmônicos.

O rapaz, surpreso, inquiriu:

– A expressão afeto harmônico parece admitir a existência de afetos que não o sejam...

– Sabemos que afetos harmônicos são Espíritos afins, com semelhança de vibrações energéticas, auras que se sintonizam suave e facilmente, portanto, espíritos amigos que ampliarão os liames da amizade, fortificando as uniões anteriores. Quanto aos afetos desarmônicos, são situações em que duas pessoas mantiveram em vidas anteriores ligações extraconjugais gerando desequilíbrio afetivo em seus parceiros regulares e programados. Criou-se também, entre a dupla de amantes, uma interdependência energética, um vínculo paralelo que carecerá, agora, de uma reestruturação em nova versão de afeto.

Caio interrogou, interrompendo a explicação.

– Os mentores espirituais programariam o reencontro dos amantes na posição de filhos?

– Sim, a Espiritualidade programa uma reencarnação em que se deverá mudar o padrão energético-afetivo estabelecido entre os dois personagens em questão. Em alguns casos, reencarnam como pai e filha ou mãe e filho. A dupla passará a exercitar o amor desvinculado do envolvimento sexual, mas alicerçado pelas bênçãos do lar.

Isabella questionou:

– Sabe-se de Complexos de Édipo exacerbados ou situações graves entre pais e filhos na questão sexual. Seriam falhas na programação?

Dr. Benini percebeu certo ímpeto estudantil universitário na elaboração do questionamento, mas lhe agradou o diálogo inteligente com os jovens.

– Não. A intensidade da ligação foi tão expressiva que os elos do passado ainda interferem na nova vida, suplantando o instinto maternal e filial, mas há um alto percentual de resultados positivos.

Acrescentou sorrindo: – Não me perguntem qual o percentual, pois não sei informar... Nos casos em que o livre-arbítrio, de um ou de ambos, fraqueja, surge então o Complexo de Édipo Exacerbado, em que o filho nutre pela figura materna a paixão do passado ainda não anestesiada, suficientemente, por apenas uma reencarnação.

Caio acrescentou:

– Entre pai e filha, seria o complexo de Eletra exacerbado?

– Sem dúvida.

Ao encerrar, Dr. Benini efetuou rápida conexão com os amigos do astral. Os jovens, satisfeitos, despediram-se abraçando o orientador e amigo.

4
Harmonização Energética

Flávia sentia o coração taquicárdico. Por um momento, pensou que talvez não tivesse sido boa ideia remexer, novamente, em seu passado. Afinal, se o pretérito permanece oculto há de existir uma razão sábia da natureza para isso, – pensou consigo mesma.

Doutor Benini, sempre sorridente, embora transparecesse subjacente sobriedade, acolhera Flávia com a costumeira atitude paternal. Com sua perspicácia e sensibilidade clínica, observara não ser o momento psicológico de Flávia o adequado à terapia regressiva.

O terapeuta percebera o movimento emocional da sua antiga paciente e, com voz calma colocou:

– Antes de efetuarmos a regressão de memória, faremos um trabalho de recuperação energética.

Colocou um CD com uma música relaxante. Flávia sorriu, ao perceber tratar-se de um dos seus discos preferidos, “imagens” de Aurio Curriá. Dr. Benini a convidou para que se acomodasse em uma espécie de divã coberto por um fino lençol amarelo-claro. Ofereceu-lhe almofadas para que a paciente pudesse melhor recostar a cabeça. Flávia, ao observar as almofadas e deitar-se no divã, sentiu novamente a taquicardia.

O cenário composto por almofadas, divã, e aquele respeitável senhor à sua frente a remetiam quase que instantaneamente ao seu passado de patrícia romana.

Dr. Benini iniciou o trabalho.

– Relaxe... Sinta a suavidade desta música. Mantenha os olhos fechados. Volte seu pensamento para dentro de você. Respire lenta e profundamente. Neste exercício, ao contrário de outros que poderemos fazer nas próximas sessões, você deverá falar pouco. Certo?

– Certo.

Aguardou alguns segundos e prosseguiu.

– Ligue-se com o Amor Universal e com os Seres Superiores que a amparam. Solicite auxílio.

– Faço uma prece?

– Basta imaginar uma luz que a envolve.

– Sim...

– Pense em seu corpo energético deixando o seu corpo biológico e se situando fora deste corpo, de maneira que você possa ver... Possa ouvir, sentir e pensar fora do corpo físico.

– Sim...

– Você, na realidade, é energia. Imagine que pode se sentir como um corpo totalmente de energia...

– Sim...

– Sinta-se, cada vez mais, como um campo energético. Imagine-se como uma luz. Pode se perceber como uma luz?

– Posso sim...

– Qual a sua cor?

– Rosa. Rosa claro e brilhante.

– Ótimo. Agora, imagine que seu hiperconsciente, seu eu profundo, seja um *expert*. Seu inconsciente puro entende e domina todos os mecanismos. Faça uma observação detalhada em você...

– Onde?

– Da cabeça aos pés. Observe toda sua configuração energética...

– Sim...

Como está funcionando?

– Parece-me bem...

– Observe por um tempo. Talvez pontos escuros...

Ao fundo, a música suave continua. A atmosfera energética constitui um ambiente sereno e agradável. Após alguns segundos, Flávia respondeu:

– Creio que tudo está bem...

– Você não vê pontos escuros?

– Não...

–Veja se falta luz em algum lugar. O que você percebe? Aguarde a resposta do seu hiperconsciente.

Flávia, após alguns segundos de observação, intuiu que na região dos genitais havia menor luminosidade. Procurando ser mais discreta comentou:

– Na região do baixo-ventre.

– Pergunte ao seu Inconsciente Puro se isso indica um bom equilíbrio para você nesta região. Aguarde em silêncio a resposta. Escute o que sua intuição te diz.

Flávia percebeu um campo escuro na região correspondente ao útero. Dr. Benini continuou:

– Responda, sim ou não. Existe algum problema ali?

– Sim.

– Amparada pelo Deus que habita dentro de você, e pela equipe de Seres de Luz, você vai ver se existem focos de desarmonias em seu corpo energético. Responda com o que sua percepção ou intuição lhe diz.

– Pela lógica, eu...

Dr. Benini a interrompeu com delicadeza, porém com determinação e firmeza.

– Flávia, não seja racional. O que você sente?

– Sinto que há desarmonias.

– Quantos focos você intui?

– Dois.

– Você vai voltar sua atenção para o foco mais importante a ser trabalhado agora. Fixe sua atenção neste foco.

Flávia mentalizou a região uterina.

Imagine-se colocando uma luva de luz branca em suas mãos. Imaginou?

– Sim.

– Mentalize um raio de luz branca saindo de sua mão dominante. Este raio pulsa emitindo estrelinhas prateadas... Com esta luz ilumine este foco. Você irá ver alguma coisa neste foco. Perceba... Há algo nesse foco que atrapalha você. Algo, que ali existe, impede uma boa circulação das energias. Com esta luz iluminando cada vez mais este foco, você vai ver algo dentro deste foco. O que percebe?

– Uma massa escura.

– Forme uma imagem... Dê forma ao que imagina ver.

– Uma esfera irregular e escura.

– Com um raio de luz prateada, retire o que tem nesse foco.

– Como?

– Mentalize! Vamos atuar com a força do seu pensamento e das energias do ambiente. Com um raio de luz branca e prateada, retire o que tem neste foco. Agora! Rápido! Está retirado. Imagine que em sua frente há uma caixa de vidro luminosa. Você vai colocar dentro desta caixa de vidro o que retirou do foco. Pronto, feche a caixa.

– Puxa! Eu...

– Olhe novamente o foco... Ilumine este foco outra vez... Há mais alguma coisa?

– Não.

– Observe bem. Ilumine-o bem.

– Há uma espécie de resíduo como um pó...

– Retire completamente. Coloque dentro de outra caixa igual à primeira. Conseguiu?

– Sim.

– Há mais alguma coisa?

– Não. Não! Com certeza.

– Observe, agora, as caixinhas de vidro. Construa mentalmente uma fogueira. Ao redor dela há uma redoma de vidro. Nesta fogueira existe uma chama branca. Você vai colocar as caixinhas nesta fogueira. Feche a redoma de vidro. Perceba que uma luz, vinda do alto, amplia a fogueira. Deixe o fogo consumir totalmente as caixinhas. Observe o que acontece com as caixinhas. Restou alguma coisa? Sim ou não?

– Não.

– Muito bem. Volte sua atenção, novamente, ao foco no seu corpo onde retirou os elementos. Imagine que de sua mão dominante sai, outra vez, um raio de luz. Desta vez uma luz branca, porém leitosa... Direcione essa luz branca e leitosa ao foco que você tratou. Preencha todo o espaço. Deixe essa energia atuar e recompor todo o seu campo energético da maneira que você sente ser a mais adequada. Irradie luz. Confie na sua força. Quando você tiver terminado diga sim.

– Sim.

– Agora, jogue essa energia branca e leitosa em todo seu corpo energético. Deixe que ela envolva todo o seu campo. Qual a cor da luz que envolve o seu campo energético?

– Verde.

– Esta cor é boa para você?

– Sim... Também é boa...

– Depois deste banho de verde, que cor você considera ser melhor para você?

– Rosa.

– Então, mude para esta cor... E agora? Está bem?

– Sim... Bem...

– Faça o que você precisa fazer para se sentir muito bem e... Recompor todo seu corpo energético. Pense na luz e na cor que lhe agrada.

– Um arco-íris...

Dr. Benini mordeu os lábios para não rir de modo audível...

– Sim, minha filha, um arco íris... Você pode trabalhar a si própria toda vez que sentir necessidade. Você tem todos os recursos e sabe melhor do que qualquer pessoa o que precisa para se sentir bem... Sinta-se saudável, cheia de luz. Você pode fazer este trabalho em todos os seus corpos: físico, energético, emocional e mental. Compreende? Responda apenas, sim ou não? O médico falava de forma firme, porém muito suave.

– Sim.

– Sinta o bem-estar... Respire tranquilamente... Flávia, sinta-se em paz, deixe a alegria, o amor e a felicidade percorrerem todas as suas células. Fique por alguns segundos respirando e beneficiando-se desta energia de completo bem-estar. Permaneça de olhos fechados. Sente-se bem?

– Sim.

– Agora, você vai retornando à sua consciência habitual... Acordando seu corpo biológico, mantendo este estado de paz, bem-estar e relaxamento... Volte sua atenção para esta sala, para o aqui e o agora... Ainda de olhos fechados... Sentindo-se plena, calma, renovada e tranquila. No seu tempo e ritmo, volte totalmente para cá. Quando estiver se sentindo bem, sua consciência no seu corpo aqui e agora, abra seus olhos.

– Pronto... Puxa! Que maravilha...

Percebeu que não fizemos regressão?

– É verdade. Por quê?

– Nosso conhecimento das questões espirituais permite perceber quando ainda não devemos efetuar a regressão. Não era, para você, a hora adequada. Havia necessidade de efetuarmos esta recomposição energética.

– Não faremos, então?

– Faremos sim. Na próxima sessão.

5

Regressão: Emoções Antigas

Enfim chegara o dia. Flávia seria submetida ao processo regressivo em busca do esclarecimento e apaziguamento de suas emoções. O casal estava em perfeita consonância de objetivos. Ambos se amavam profunda e intensamente. A visão holística e espiritual que ambos possuíam da vida e do Universo facilitava-os à aceitação da pluralidade das existências.

Tanto ele quanto ela liam, com sofreguidão, livros espiritualistas e espiritistas nos quais a reencarnação oferecia elementos lógicos para a compreensão da dinâmica da vida.

Os estudos em Grupo, no *Sentieri Dello Spirito*, idônea Entidade Espírita dirigida por Regina Zanella e seu esposo Mássimo, que ambos frequentavam assiduamente, igualmente contribuíram no sentido de ampliar seus horizontes na área das vidas sucessivas.

A questão do sentimento de superioridade misto de desprezo ao marido, que Flávia sentia nas preliminares do relacionamento íntimo, seria o móvel ou referencial para o mergulho nas águas profundas do seu passado. Linus também faria a mesma terapia, porém o médico utilizaria outras palavras-chaves, isto é, que traduziriam os sentimentos mais profundos de Linus.

Apesar de no convívio do dia a dia o casal coexistir com excelente interação, era muito significativa a sensação de inferioridade de Linus nos momentos de intimidade. O prazer apresentava-se associado a algo que denominava como "subserviência nos momentos de convívio sexual" com sua companheira.

As sessões seriam individuais, em fases seguintes far-se-ia a junção dos dados obtidos em ambas as regressões.

Na sessão de Flávia, Dr. Benini inicialmente leu os apontamentos anteriores onde constavam os dados do histórico familiar e todo conjunto de informações necessárias, já anotadas. Preparara, cuidadosamente, o ambiente para o processo de regressão de memória. Como de hábito, optou pela técnica da Drª. Fiore ou terapia do insight, a qual utilizava com adaptações pessoais.

Com voz pausada, tranquila, mas firme, iniciou a indução ao relaxamento de sua paciente, antes, porém, entrou em sintonia mental com a Luz Cósmica Superior, solicitando a construção de uma redoma de energia envolvendo o ambiente. Não os viu fisicamente, mas sua intuição lhe dizia que diversos seres iluminados compareciam ao consultório transmitindo-lhe sensação de profundo bem-estar.

Principiou orientando Flávia a focalizar sua atenção na respiração. À medida que ela se concentrava na respiração, Dr. Benini passava a mencionar uma luz dourada no ambiente envolvendo a paciente.

Deu o comando para que Flávia respirasse suavemente, absorvendo a luz dourada. Mencionou ser essa energia dourada, morna e relaxante. Orientou-a no sentido da percepção de um relaxamento progressivo de cada músculo. Iniciou verbalizando o relaxamento do rosto, depois queixo, têmporas, descendo pelo pescoço... Seguiu descrevendo cada região do corpo que se tornava progressivamente relaxada.

Em seguida à fase de relaxamento, o terapeuta induziu a paciente a buscar mentalmente um local agradável, imaginando um campo com uma cachoeira ou ambiente semelhante que considerasse belo e lhe desse uma sensação de paz. Para Flávia, imaginar um local na natureza era fácil, pois amava intensamente as belezas dos lagos e dos campos.

Dr. Benini avançou no processo regressivo... De maneira incisiva, colocou:

– Flávia... Agora use novamente sua imaginação criativa e se sinta voltando no tempo e no espaço, em um túnel do tempo. Vou contar até dez e enquanto isto acontece, sinta-se mais e mais relaxada... Profundamente relaxada... Quando chegarmos a dez, saia do túnel do tempo com impressões claras e vívidas...

Com voz suave, porém firme, continuou:

– Flávia, seu subconsciente está levando você de volta ao evento ou eventos responsáveis pelo seu *sentimento de superioridade e desprezo* por aquele que ama. Eu vou contar até 10, ao concluir, você estará a 5 minutos desse evento.

Pausadamente, iniciou a contagem.

– Um... Dois... Três... Você está voltando no tempo... Quatro... Cinco... Seis... Aprofundando cada vez mais no tempo... Sete... Oito... Nove... Mergulhando no tempo... Dez! Você está, agora, alguns instantes antes da situação que ocasionou seu *sentimento de superioridade e desprezo* por alguém que ama muito.

Aguardou alguns segundos e indagou:

– O que você está experienciando ou percebendo?

Com voz determinada e firme, embora engasgando com as palavras, ela disse:

– Estou me sentindo em outro lugar...

– É um lugar aberto ou fechado?

– Fechado...

– Como é este lugar?

– Estou em um grande salão...

– Você é adulto ou criança?

– Não sou criança. Já sou uma mulher... Uma mulher jovem e muito bela...

– Como é seu nome?

– Estou confusa, é um nome estranho...

– Você pode se lembrar.

O terapeuta costuma repetir a frase chave do problema.

– Eu vou pedir ao seu subconsciente que localize a origem do seu sentimento de *superioridade e desprezo* por aquele que ama.

Dr. Benini mencionava, várias vezes, o sintoma principal para reforçar a conexão com os fatos.

– Nos momentos mais íntimos, você se sente *superior e tem desprezo* por aquele que ama. Sua mente subconsciente levará você ao acontecimento ou momento responsável por seu problema na vida atual.

– Estou sentada em uma cadeira muito alta.

Após uns instantes de silêncio da paciente, o médico insistiu.

– Sua mente subconsciente levará você ao acontecimento ou momento responsável por seu problema na vida atual. Vá para o acontecimento... O acontecimento que levou você, no relacionamento sexual, a se sentir superior e desprezar aquele que você ama. Veja, agora, como isso aconteceu. Eu vou contar lentamente até cinco. Um... Dois... Três... Quatro... Cinco. O que lhe vem à mente? Quem é você ali?

– Estou muito enfeitada...

– O que você está fazendo? Descreva o ambiente.

– A cadeira também é enfeitada e muito rica... Parece... Parece um trono...

– Quem é você? Como se chama?

– Sou Haymah. Sou uma rainha! Uma rainha!

– O que você sente?

– Sinto que não devo ter os sentimentos que me envolvem. Não devo sentir isso.

– O que você não deve sentir?

– Não devo interessar-me por aquele escravo que guarda meus aposentos.

– Quem é esse escravo?

– Sei seu nome, sei como chegou até aqui! Como posso esquecer? Foi no dia em que quase me afoguei.

– Volte para esse momento.

– Ele me socorreu. Pegou-me em seus braços... Até agora sinto sua respiração de homem junto ao meu rosto. Respiração ofegante.

– Continue Haymah.

– Ah! Por Osíris! Ele estava perfumado com óleo e eu não esqueço. Não esqueço o odor dele! O cheiro, misturado com as águas do Nilo...

– Você estava se afogando... E o que aconteceu?

– Me encantou, o misto de força e delicadeza com que ele me pegou. Havia qualquer coisa que me arrebatou naquele instante.

– E depois?

– Meu pai o chamou para velar por mim, em sinal de agradecimento.

– Como você se sente com isto?

– O que sinto é um abrasar de desejo no meu corpo...

– O que você pensa quando sente isto?

– Penso que... Penso não saber o que fazer. Eu não sei exatamente o que fazer... O que fazer... – Repete. – O que fazer com aquilo que sinto no meu corpo? Eu não posso! Não devo! Sou uma rainha! Uma rainha... – *repetiu algumas vezes.*

– Continue... Você o vê com frequência?

– Não posso me esquecer dele! Todo dia, de um dos meus quartos, pela porta entreaberta, vejo apenas seus pés. Às vezes, não sei por que eles se retorcem, observo seus movimentos...

– Continue. Entre em contato com aquilo que você está sentindo e com a pessoa que você é nesse momento.

– Estranho... O que vou fazer com este fogo que me invade cada vez mais e intensamente o dia todo? Não vou suportar!

– Você toma alguma atitude?

– Tenho de fazer algo, sim! Sim! Eu quero ser dele.

Flávia suspirou longamente.

– Haymah, em que época você está?

– Não sei dizer.

– Olhe ao redor, veja se percebe que época é.

– Época do Egito Antigo.

– Sim, você falou no rio Nilo.

– Eu quase morri afogada no Nilo.

– Haymah, sabe que ano é este?

– Não sei dizer, não consigo! Não consigo!

– O que vem à sua mente quando pergunto em que ano você está?

– Sinto que há mais de quatro mil anos... Estou há quatro mil anos atrás.

– Você deseja se relacionar com o escravo?

– Sim, ser só dele... Só dele, mas de maneira que Ele se submeta, mesmo quando eu, de tudo provar...

– Qual a sua idade?

– Menos de vinte, acho... E depois de um intervalo de silêncio, completou...

– Tenho dezoito anos!

– O que você está fazendo?

– Estou pensando... Penso que será um segredo só nosso e ninguém descobrirá.

– Continue.

– Sou uma rainha, afinal, posso ter meus segredos, também tenho de ter ideias e agir... Vou agir... Ele será meu... Só meu!

– E como você irá agir?

– Me preocupa outra coisa...

– Sim?

– Preocupa-me como Ele irá reagir. Se ele for perigoso terei de eliminá-lo e não quero fazer isto.

– Isto o que?

– Matá-lo!

– Em que local você está agora?

– Na grande sala. No local onde recebo meus súditos. Estou só, todos já foram dispensados. Só alguns guardas e o escravo.

– Descreva, em detalhes, o que você faz a seguir.

– Preciso atrair esse escravo e demonstrar o que eu desejo, mas manter o controle total da situação. Para começar, vou tirar meu calçado. Ficar descalça e mais próxima dele. Fico imaginando meus pés tocando... Tocando os pés dele. Imagino tocando por acaso, sem querer... Mas vou encher meus pés de pedras preciosas, para que tenham brilho e o brilho o seduzirá. Quero ver o que acontece...

Flávia suspirou, ficando em silêncio alguns segundos.

– Continue Haymah.

– Ah! Sim! Vou dar ordens para ele. Afinal, ele é um escravo! Minha voz vai ser quente, suave, mas decidida... Hum! Vou fazer movimentos leves com meu corpo, com minhas pernas, caminhando... Enquanto eu assim penso, não contenho minha imaginação...

Novo silêncio. O terapeuta voltou a indagar.

– O que Haymah faz? Como se conduz com o escravo?

– Eu quero descobrir o que ele pensa de mim como mulher, vou ver se consigo...

– Você tem dezoito anos?

– Sim. Eu sou praticamente uma adolescente, mas verdadeiramente mulher para a cultura e época. Decidi que colocaria meu plano em ação. Vejo-me pensando e imaginando o que fazer... Então penso... Agora, vou vestir minha túnica verde, quase transparente; talvez... Quem sabe seja melhor eu ficar descalça com os pés me insinuando para meu escravo. Vou chamá-lo, mas como?

Vou dar um jeito... Nunca tive receio de chamar um simples escravo, porém sou envolvida por uma emoção esquisita... Neste instante algo diferente pulsa dentro de mim, estou temerosa.

– Sinta-se integrada no ambiente de Haymah, esqueça que está aqui. Você está no Egito Antigo.

Fizemos e faremos, aqui, uma representação aproximada do que ela sentiu, vivenciou, relatou ou mesmo captou em imagens. Não há, nas descrições efetuadas abaixo, manutenção da ordem ou sequência exata de como foram surgindo tanto nas vivências de Flávia na personalidade de Haymah quanto de Linus na personalidade de Áster, assim procedemos visando facilitar a leitura tornando-a mais agradável e fácil. É importante que, no decorrer deste livro, sempre se tenha em mente essa adaptação.

Flávia começou a se envolver profundamente nas cenas. Iniciou uma descrição detalhada se abstraindo do século atual e mergulhando nas águas profundas do seu passado... Suas emoções e imagens se fundiram.

Haymah chamou o escravo.

– Áster, venha até aqui perto.

O escravo se surpreendeu, tanto pelo fato de ser chamado pelo nome, quanto pela solicitação. Aproximou-se, porém permanecendo a uma distância respeitosa. Ajoelhou-se de fronte a rainha, mantendo sua cabeça baixa.

– Áster, venha até aqui, à minha frente.

O escravo se aproximou ainda mais, sem dizer uma palavra. Ajoelhou-se novamente e manteve a cabeça baixa.

– Até aqui!

Haymah indicou, com as mãos, um local bem à sua frente a poucos centímetros. Os guardas se entreolharam preocupados. Áster se dirigiu ao local indicado.

– Levante a cabeça e permaneça me observando até eu dizer para não me olhar mais.

Obedeceu, e fixou o olhar naquele ser altivo que lhe pareceu a criatura mais bela da natureza. Suas roupas, ele nunca as vira tão de perto, apresentavam partes transparentes, enquanto outras eram coloridas e brilhantes. Diversos enfeites de ouro embelezavam o corpo da rainha.

Exibia braceletes, pulseiras e uma gargantilha. O perfume que exalava produzia em Áster efeito euforizante. A coroa, feita de inúmeras pedras preciosas, na cabeça daquela mulher, conseguia transmitir autoridade juntamente com feminilidade.

Áster observou, discretamente, o corpo de Haymah, que nunca vira tão próximo, era belíssimo... As sandálias eram também muito diferentes das que ele conhecia, feitas com pele de animal selvagem. A maneira de apoiar o pé, também muito estranha, porque havia uma parte que deixava os pés de Haymah afastados do chão, como que soltos no ar...

O couro era especial, composto de duas cores, uma de pele de animal semelhante a uma zebra e outra de um animal de pelo negro. Na frente, somente duas tiras de ouro, deixando o peito do pé quase nu. De relance admirou os lindos pés de Haymah. *A rainha indagou:*

– Áster, quando você me recolheu das águas do Nilo eu estava presa sob o barco, já desfalecendo, o que pensou naquele momento? Diga-me!

– Minha rainha, eu creio que não pensei nada, apenas me joguei para salvar quem se afogava.

– Você havia percebido que era Haymah?

– Não majestade. Só quando chegamos a terra firme que percebi.

– Então, terias feito o mesmo se fosse uma escrava? Explique!

– Sim. Como desejaria que fizessem comigo, se eu estivesse me afogando.

Haymah surpreendeu-se ao observar a naturalidade, coragem e honestidade da resposta. Imaginou, então, o que o bando de parasitas masculinos que a rodeavam no trono ter-lhe-iam respondido, bajulando-a sem escrúpulos. Fixou seu olhar no horizonte por instantes, mas logo se voltou para Áster.

– Antes de ser trazido ao meu reino do meu pai, como escravo, o que fazias?

– Ensinava tudo que sabia aos jovens...

– Ensinava que coisas? Conte-me!

– Sobre a vida, a natureza, a família e como lidar com as dificuldades... *A rainha, cada vez mais admirada com a facilidade de expressão de Áster, não O permitiu concluir a frase.*

– O que ensinarias para um cego? *Ela pensou alto como se estivesse divagando.* O que mais me faria sofrer é se um dia eu me tornasse cega. Imagino que deva ser cruel a cegueira. Tenho uma sobrinha que nada vê. Se você tivesse de descrever, para uma cega, a natureza, o que diria? Como conversaria com ela? Diga-me!

Haymah estava a poucos centímetros dos olhos de Áster. Ele a fitava com serenidade e respeito, no entanto já começava a se sentir mais confiante em si. Continuou falando.

– Eu diria: na natureza encontramos o reino daqueles que parecem não viver, mas estimulam nossa vida. Há solos multicoloridos, pisados por nós, que são como molduras de paisagens. Podemos sentir ainda, no reino das águas, o movimento das cachoeiras que nos transmitem uma sensação de força e paz.

– Continue! O que mais dirias a um cego acerca da natureza?

– Há as plantas... A vegetação nos oferece verdes gramados, flores perfumadas e a suave imponência dos arvoredos. Já os animais, que constituem seres mais avançados, nos trazem o doce canto dos pássaros e o afeto daqueles cujos filhotes mamam.

– Como definirias a natureza?

– A natureza é o livro onde os deuses escrevem música e poesia. A poesia e a música da luz do sol e do brilho da lua...

Se já havia uma atração física, agora, algo ainda mais forte atraía a rainha para aquele homem.

– Virás outras vezes aqui. Quero te escutar...

Nada poderia me deixar mais feliz, pensou Áster, mas não ousou verbalizar. A rainha que o observava atentamente indagou:

– E o que consideras ser a obra máxima dos deuses na natureza?

– Não são nem as cachoeiras, nem os pássaros, nem mesmo o rio Nilo. A expressão máxima dos deuses na natureza é a criatura humana cujo ápice é o ser humano do sexo feminino. Toda poesia, toda a música, toda a graça das aves, e o perfume das flores está contido na mulher.

Haymah ficou boquiaberta. Pensou:

– Então esse homem é... Além de belo, é culto e sensível...

Seus pensamentos se confundiram, e olhando nos olhos do escravo, voltou a pensar...

– Como pôde ficar tanto tempo sem ser notado? Como pôde Ele ser apenas um escravo?... *Lembrou-se, então, que nem todos nascem escravos.*

– E onde já viste esta obra máxima da natureza? Diga-me!

– Sempre ensinei aos jovens dizer a verdade. E como me ordenais... Digo-vos que após Amon Rá, o Deus sol, criar

Haymah nada mais no mundo poderia ser mais belo, nem ainda poderá ser um dia criado.

Haymah emudeceu de espanto. Áster sentiu que aquelas palavras a tocaram profundamente.

6
Os Pensamentos da Rainha

Haymah não acreditava no que acontecera! Sentia-se tomada de uma sensação estranha, que nunca sentira antes. Sua nobre posição a impedia de definir-se quanto aos seus sentimentos e até crer na perspectiva de realizar-se plenamente; uma realização tanto física quanto espiritual da feminilidade, não de rainha, mas de mulher. Áster era tudo que ela sempre sonhara! Pretendia, tão logo quanto possível, apoderar-se do escravo e entregar-se a ele.

Em sua mente, outro problema se apresentava: investigar o passado de seu futuro amado. Como rainha, não poderia colocar seu reino em perigo, entregando-se a um homem que mal conhecia, embora sentisse conhecê-lo, não sabia como explicar, conhecia-o desde há muito tempo... Talvez, "desde sempre". Alternavam-se, em sua alma, ideias e sentimentos.

Momentaneamente, percebeu que a paixão a envolvia e procurou reagir. Tentou pensar como rainha e não como mulher, buscando forças nos recônditos do seu ser onde a razão falava mais alto.

Protelou, no entanto, essa providência para se entregar às sensações que ainda percorriam seu corpo, seu ser inteiro. Pensou em promover, logo, um próximo encontro. Ela desejava ver aquele homem mais do que qualquer coisa em seu reino. Decidiu-se a tomar providências nesse sentido. No dia seguinte faria isso. Assim pensando, adormeceu feliz.

Acordara como quem dá continuidade a um sonho, revivendo o que acontecera na noite anterior. Ainda deitada em seu leito, pensava que sua natural honestidade e franqueza acabariam a induzindo a confessar para Áster, em momento futuro, toda a verdade acerca de seu passado. No entanto, ponderava que seu orgulho e altivez a impediriam, tão cedo, de se expor a um simples escravo, ou melhor – sorriu ao pensar – o que faria um recém-liberto.

Haymah portava um segredo. Ocultara de todos, protegida por sua posição real, fatos quase trágicos de seu passado. Deixou seu leito macio e perfumado, caminhando, depois de se vestir, por entre os coqueiros plantados geometricamente em seu jardim. Ela olhava ao seu redor enquanto caminhava.

Sim, aquele era o jardim que havia solicitado ao arquiteto do palácio desenhar. Fora construído conforme o sonho que, reiteradamente, tivera. Muitos coqueiros plantados em fileiras e inúmeras bromélias de diversas cores e tamanhos, artisticamente dispostas ao lado de cactos e outras espécies de coqueiros menores, ornamentais.

Após usufruir de um frugal desjejum, cobriu-se um pouco e dirigiu-se aos jardins. Caminhando entre as plantas, sempre tivera a sensação de que algo ou determinado local transmitia uma mensagem de importância para sua vida; sua imaginação lhe dizia haver um nicho ou recanto, onde algo estranho existia. Sempre, em seus sonhos, essa mensagem surgia, sentia ser importante, mas não atinava onde ou o que era; ao acordar, apenas conseguia lembrar-se de que sonhara com fatos indefinidos ligados aos jardins, os quais eram de uma configuração geométrica e botânica bem diferente.

De uma maneira que não compreendia bem, os jardins, antes da grande reforma sempre lhe pareceram lindos em sua arquitetura vegetal, mas também lhes transmitiam indefinida sensação de ser muito distantes, algo como... "Não devessem ser daquela forma", ou "estivessem fora do tempo". Na realidade, não conseguia compreender bem o que sentia.

Decidira-se, por isto, trazer à realidade atual o que vivenciava constantemente nos sonhos. Por isso, determinara aos seus jardineiros, sob a orientação do arquiteto do palácio, plantassem outras árvores, fazendo uma réplica do jardim de seus sonhos.

Enquanto caminhava, fantasiava:

– Se decidir, no futuro, tomar Áster como um companheiro, como poderei contar a ele que tenho uma criança e que o povo não sabe? Não sabe graças ao meu poder e minha astúcia em saber ocultar esse fato.

Haymah continuava pensando...

– Ele já percebeu a tristeza em meu olhar... Porque, certa vez, pouco tempo após ter-me salvado, perguntou-me o que poderia fazer para tirar a tristeza do olhar de sua rainha... Lembro-me de sua ousadia, mas por ter-me salvado e retirado das águas, fingi não perceber. Este homem sempre me surpreendeu e me encantou...

Enquanto dava asas à sua imaginação, sentiu que a tristeza a invadia novamente. Pensava que seu filho teria, agora, quatro anos de idade. Lembrou-se do momento em que, após dar a luz ao bebê, esse lhe fora tirado, levado para outra cidade, para que não houvesse escândalo no palácio, escândalo que reverteria sobre ela, já que, com a iminente morte de seu pai, iria se tornar rainha, apesar de tão jovem.

As lágrimas escorreram-lhe pela face ao lembrar que não conhecia seu filho e não sabia que fim havia sido dado à criança.

Dirigiu-se ao templo. Precisava pedir ajuda aos deuses a fim de obter forças para suportar a dor e saber lidar com os novos sentimentos; sentimentos provindos da alma, mas que eclodiam em seu corpo. Sobretudo, forças para decidir se mentiria a respeito de tudo aquilo, mentiria para si mesma e para seu futuro amado.

No templo, enquanto orava, num lampejo viu outra vez uma das cenas que costumava ver ao acordar. Em sua frente, tal qual um quadro pintado em detalhes, enxergou uma tenda muito grande, cor alaranjada, colocada no deserto, bem próxima a um oásis.

Nos seus pensamentos deslizavam, velozmente, algumas imagens. A grande tenda era muito rica e cheia de objetos com tapetes de estranha beleza, mas que ela sabia, ou sentia, existir ali certa disposição com significado simbólico ou mágico... Percebia objetos de decoração que lhe faziam sentir-se bem.

Vasos grandes, objetos curiosos que não conhecia, de cores fortes. Mesas vermelhas, armários dourados, e imagens que ela percebia serem de seres sagrados. Percebeu-se dona daquele espaço tão bonito. Várias vezes tais visões teimavam em aparecer e davam-lhe a impressão de uma recordação.

Os flashes misturavam-se e percebia-se andando a cavalo com muita destreza. Um enorme e fogoso cavalo negro, com arreios e sela verdes.

Em outra visão que tivera, tais fatos misturavam-se à imagem de um homem ao lado de uma menina, aparentando oito ou talvez menos... Sete anos de idade. Eles vinham ao seu encontro. Sorriam e ela sentia o amor sereno que aquele homem devotava à filha e a ela.

Via-se com um vestido longo, vermelho, preso ao corpo, seus cabelos eram muito longos e negros. Ela sentia que aquele homem, de porte altivo e expressão serena, como só os sábios sabem ter, era o mentor da tribo para assuntos da saúde – palavra que lhe vinha à consciência – sendo dono de grande sabedoria e conhecimentos para época. Era um líder respeitado, amado, mas não temido, fato incomum nos líderes em épocas remotas.

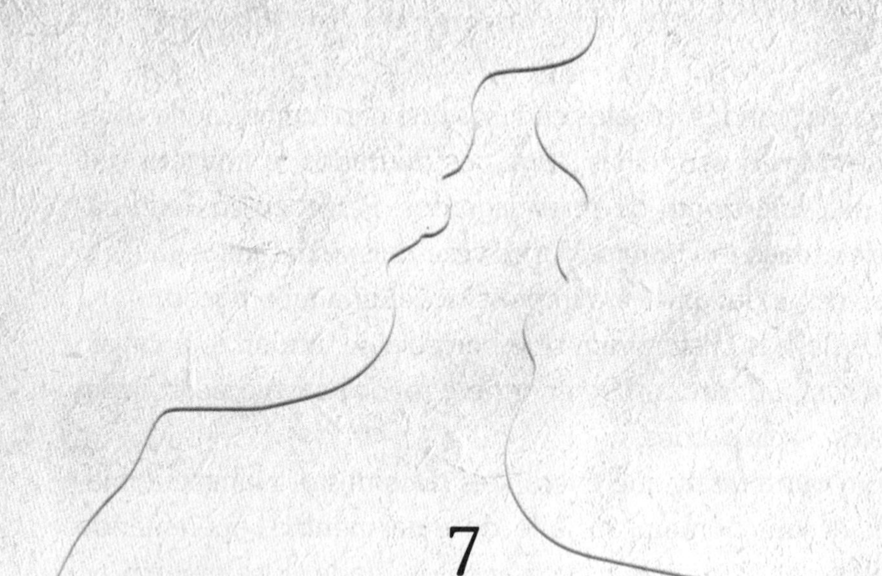

7

A Regressão de Linus

Paralelamente às regressões da sua companheira, Linus desenvolvia sua terapia regressiva com Dr. Benini. A profissão do esposo de Flávia, psicólogo clínico, de certo modo facilitava a evolução do tratamento.

Após todo o preparo necessário e a colheita de dados clínicos, que demonstraram haver um processo simbiótico e complementar entre o casal, encontramos Linus em franca regressão de memória com dados que completavam e confirmavam as informações da esposa. Vamos aos registros dos fatos:

O paciente, já relaxado, tornava-se receptivo às mensagens do seu inconsciente. Envolvia-se profundamente nas imagens e sensações. Cenas desfilavam na superfície de sua consciência.

Linus iniciou, então, uma descrição detalhada se abstraindo da superfície da vida atual mergulhando nas águas profundas do seu passado... Suas emoções e imagens se fundem. Façamos, aqui, uma representação aproximada do que ele vivenciou, relatou ou mesmo intuiu, durante o processo regressivo[20].

– Sou um escravo, de uma bela e sensual rainha. Eu a admiro, a venero, a amo e... Secretamente, a desejo... Nem a mim próprio admito que a desejo... Pois, é uma deusa! Não chega a atingir meu consciente o desejo forte que está lá no fundo... Vejo-a com muitos homens ao seu redor... Esses homens estão rica e estranhamente vestidos, e os percebo bajulando-a constantemente.

– Considero-os falsos. Ela os despede. Permaneço em meu posto. Estou em pé segurando uma lança. Vejo-me descalço. Há outros guardas no salão. Ela se levanta, caminha majestosamente. Seus olhos brilham, irradiando feminilidade. Tenho de me controlar para não sentir o que estou sentindo... Nem posso mencionar o que sinto. Ela é uma deusa. Sim... Tenho por ela temor, admiração e respeito.

– A rainha bate palmas e diz: – Todos, menos você – diz apontando para mim. – Vão para os seus aposentos, rápido! Celeremente os guardas e escravos desaparecem. Eu permaneço imóvel no meu posto. Um tremor sinto pelo corpo, medo? Não sei... Parece algo diferente. Não consigo nem pensar... Por Ísis! Estou ansioso... Ela caminha em minha direção... Retorna, e me chama pelo nome. A rainha sabe meu nome!

– Ela se encaminha para o trono, vejo-a sentar-se... Ela me chama... Retira a coroa de pedras preciosas e coloca uma

---

20 Nota do autor: É importante salientar que, em função da proposta deste livro, foram substituídas por vocábulos mais leves as expressões e descrições de sensualidade e sexualidade mais fortes, ditas pelos personagens submetidos ao processo regressivo. Além disso, diversas sessões de regressão foram condensadas em um mesmo capítulo.

guirlanda de flores. Com sua linda voz, Ela me diz: – Venha até aqui! Ajoelhe-se! Deite-se com a cabeça no chão... Obedeço extasiado por vê-la tão de perto. Estou confuso. Sua pele é linda.

– Aproxime-se! Diga: – a rainha é bela?

– Fico engasgado, mas consigo dizer:

– Nem as flores da primavera têm a beleza da nossa rainha!

– Ela sorri, e na face demonstra acentuada surpresa ao escutar minha expressão fácil e poética.

– Chegue mais perto escravo! Deite-se na minha frente sobre este tapete.

– Ela, inicialmente, surpreendida pela minha desenvoltura na expressão verbal, logo se recompôs voltando a ser altiva! Apontou-me um tapete almofadado que eu só conhecia de longe, do outro extremo do salão.

– Permaneci deitado decúbito ventral, isto é, sobre minha barriga. O contato com o tapete almofadado dava-me sensação agradável. Ela, então, colocou seus pés bem próximos ao meu rosto.

– Olhei a pele clara e maravilhosa, as unhas pintadas com cor rósea. Sua figura era algo extasiante! Tremi fortemente. O perfume que a rainha exalava era incrível... Parecia um sonho. Sua voz mudou e tornou-se suave.

– Agora, acomodando meu corpo ao belíssimo tapete me sentia cada vez mais dominado por sensações proibidas, com pavor de que a rainha notasse. Ela parecia divertir-se ao perceber minha situação. Sorriu e de forma altiva me perguntou:

– Olhando para tua Senhora, a rainha, o que mais te agrada?

–Vossa altivez! Vossa sabedoria!

– E... Como mulher, olhando a rainha como mulher apenas, esqueça que sou rainha. Diga-me: é uma ordem!

– Fiquei com a voz embargada, porém, tanto pela maior segurança da resposta quanto pela proximidade que eu estava, respondi com esforço:

– Vossos pés.

– Gostaria de tocá-los?

– Não ousaria!

– Eu te ordeno: beije-os!

– Uma onda de calor me envolveu! Tentei controlar meu tremor e temor. Delicadamente, ainda deitado sobre o abdômen arrastei-me para chegar mais próximo e depositei um ósculo isolado e respeitoso nos pés da rainha. Por Ísis, não era um sonho! Apesar de ser realidade, me sentia, cada vez mais, em um mundo impossível ou imaginário.

– Beije-os como um homem! Não como um escravo! Demonstre que você é um homem!

– Afastou os pés para afrouxar as tiras de uma das sandálias, a da direita, deixando, sensualmente o outro pé calçado. O movimento deixou entrever traços físicos perfeitos e igualmente perfumados.

– Com as mãos, tomei seu pé direito e delicadamente passei a beijá-lo, apertando com os lábios cada segmento do mesmo...

– Continue, mostre o que você saber fazer!

– Acariciei os dedos de seus pés com os lábios, e o fiz gradativamente, entremeando receio e entusiasmo. Prosseguia seguindo suas ordens, superando o temor de tamanha ousadia para com uma rainha tão poderosa.

– Como vês meus pés? Como o descreverias?

– Sinto a inveja dos grandes escultores e poetas do reino.

– Vejo que tens cultura! Continua... Fala!

– Se pudessem os artistas terem um modelo assim, veríamos as deusas ainda mais belas, em suas esculturas e em suas poesias...

Haymah sorriu surpresa pela cultura, delicadeza e coragem do escravo. Envolvia-se com os seus carinhos.

– Posso tornar-te liberto, gostarias?

– Esse é meu segundo maior desejo! Com mãos e dedos juntei carinho aos beijos no delicado pé enfeitado com graciosa tornozeleira de ouro.

Haymah sorriu, percebendo a sutileza do "segundo maior," e não conteve o impulso de inquiri-lo, testando a sutileza do escravo.

– E qual o primeiro desejo?

– Sempre poder servir minha rainha, poder estar ao seu lado, poder vê-la sempre... Adorá-la!

– Continuei, delicadamente, a beijar o pé direito de minha deusa viva.

– Rapidamente, passou-me pela mente que, se não agradasse a rainha, ou me excedesse em algum limite poderia, literalmente, me tornar um homem sem cabeça... Ao mesmo tempo, ousava desfrutar e associava prazer àquela subserviência absoluta.

– Áster! Não podes dizer servir *minha* rainha! Tu não és um súdito, tu és um escravo...

Áster estacou o movimento.

– Sim minha deusa! Para servir "a" rainha.

Haymah sorriu novamente... Observou que Áster era inteligente e muito rápido no seu raciocínio.

– Então, neste momento, declaro que tu, Áster, não és mais escravo, Tu és um homem liberto. Será conhecido como Áster, o liberto!

– Adorei ouvir meu nome sendo pronunciado pelos lábios de Haymah. Coloquei o pé da rainha sobre minha cabeça.

– Continuarei escravo da vossa beleza e meu maior desejo é permanecer aqui a seu lado, sempre a servindo...

– Como liberto renasces, para uma nova vida. Que dizes?

– Um sábio disse que para renascer é necessário mergulhar no rio do esquecimento... Renasço, mas não esquecerei esses momentos que vivo agora.

– O momento da libertação?

A rainha pensou: – onde ele adquiriu esses conhecimentos? Ele é atraente não só no corpo, na postura, na voz, é também um homem inteligente... Culto...

– Não, *minha* rainha, pois agora sou vosso súdito, não esquecerei este momento de beijar e adorar esse pé, o pé real. É o momento mais feliz da minha vida.

– Haymah soltou a bela capa que cobria seus ombros, deixando-a cair... Senti que minha estupefação crescia assustadoramente, tudo aquilo só poderia ser um sonho... A rainha estendeu suas mãos em minha direção, oferecendo-as. Beijei-as e senti que uma delas se movimentava pelo meu rosto. Maravilhosa pulseira de pequenos aros dourados, que sempre considerei o máximo da feminilidade em pulseiras, deixavam ver a pele entre os elos que pendiam das suas mãos. Continuava extasiado.

– Passei a beijar e morder suavemente, cada centímetro das mãos da rainha. Percebi que ela também se envolvia. O sonho estava se tornando realidade. Cada vez mais eu também me emocionava e estava perdendo o medo!!!

– Permaneci semideitado aguardando as ordens e admirando o porte daquela escultural mulher. Foi quando ouvi e quase não acreditei.

– Siga-me. Venha aos meus aposentos.

– Haymah, a rainha, desvencilhou-se de mim, calçou novamente o pé da sandália direita e, sem me dirigir o olhar, repetiu:

– Siga-me.

– Juntei a lança e a segui à distância respeitosa. Haymah caminhava à minha frente, deixando um rastro de perfume e beleza. Enquanto caminhava atrás da rainha, pude admirar as curvas do seu corpo. Olhando-a da cabeça aos pés, observei seu andar delicado e majestoso, seus cabelos eram longos e castanhos claros, ao contrário de quase todas as mulheres da região, que possuíam cabelos negros. Observei-a e, novamente, me senti extasiado. A imensa distância social que nos separava não permitia ao meu cérebro diferenciar adoração de desejo.

– Ao chegar mais próximo dos aposentos reais, o guarda, meu companheiro de trabalho que ali se mantinha no posto, abriu as portas para passagem da rainha, quando fez menção de fechá-las à minha frente, Haymah fez um gesto para deixar-me entrar, provocando uma expressão de surpresa no escravo que não soube disfarçar um *facies* de dúvida. Haymah, em voz alta, falou-me com o intuito único de sua voz chegar aos ouvidos do meu colega de guarda, ou seja, fazer com que ele a entendesse claramente.

– Entra em meus aposentos! Apenas entrarás para conhecê-los, pois terás de fazer o desenho deles. Ninguém nos vê! Dispensei todos, lembras-te? Dirigindo-se agora ao guarda: – Se alguém souber... Terá sido por ti e, se tal acontecer, a rainha te fará eunuco!

– Meu colega deitou-se, reverentemente, com a face enterrada no chão, sem nada dizer, pois a postura e o silêncio eram suficientemente eloquentes...

– Haymah adentrou aos seus aposentos. Seu andar era suave e a túnica semitransparente a tornava ainda mais bela. Nunca havia imaginado o que existiria além daquelas portas. O ambiente parecia ser tal qual a morada de Ísis e Osíris no mundo dos deuses.

– Divisei palmeiras rodeadas de flores a circundar um largo caminho de tapetes com almofadas de cores e brilhos diversos. Em alguns trechos, o teto era aberto deixando o luar iluminar o ambiente. Uma espécie de piscina, donde provinha um vapor perfumado, estava mais ao fundo do grande e belo compartimento.

8
Almas Afins

Flávia voltara para casa ao mesmo tempo impressionada com as vivências da terapia regressiva, mas feliz pelas descobertas que fizera. Dr. Benini, após cada regressão, estabelecia um diálogo esclarecedor buscando levar a paciente à reflexão acerca de tudo que acontecera durante a sessão.

Ideias mil passavam com velocidade no cérebro daquela bela e inteligente mulher:

– Será que poderia ser... Produtivo... Conversar com Linus a respeito do que descobri? Ardia de curiosidade para saber como tinham sido as regressões do marido!

Aprontara-se para receber o companheiro que chegaria de Milano dentro de pouco tempo. Estava "dando tratos à bola" quando tocou o celular. Percebeu ser Linus:

– Pronto, meu querido!

– Olá florzinha! Estou quase chegando...

– Estava com saudade!

– Vamos sair à noite?

– Não estás cansado da viagem?

– Foi muito tranquila.Vamos saborear uma bela "pasta" com um vinho? Que tal no "Ristorante Orso Bianco"?

– Vamos lá, querido!

– Vou desligar florzinha...

– Beijo!

Flávia aprontar-se-ia para receber o marido com tal esmero, que parecia ser um primeiro encontro. Ao pensar dessa forma, buscou no armário o traje com que haviam jantado às margens do lago pela primeira vez, quando ainda solteiros... Um vestido verde-escuro, de corte belíssimo, colo discretamente à mostra com fino colar de onde pendia uma pedra verde que refletia a luz. Em uma das mãos apenas um diamante solitário, na outra meia aliança de esmeraldas.

Ah! As esmeraldas... Sempre fora apaixonada pelas esmeraldas, desde muitas vidas anteriores... Em suas regressões e sonhos de desdobramento, percebera que já adorava as pedras verdes desde os tempos do império de César Augusto.

Calçou sandálias de salto alto, as tiras finas próximas aos dedos dos pés e do tornozelo eram de verniz negro fazendo contraste com sua pele rosada, brincos compridos, cabelo solto e liso. Observou-se no espelho e sorriu, o sorriso fazia parte da sua apresentação...

À medida que os minutos passavam, Flávia sentia um aperto no coração diferente dos que experimentara antes. Uma espécie de dor de amor... Pensava: como seu Linus era diferente do marido anterior, com quem tivera os filhos Caio e Pietro. Linus se apresentava como um homem sensível, atencioso, espiritualizado...

A aceitação do seu novo casamento fora, surpreendentemente, muito fácil tanto para Caio quanto para Pietro, ambos já tinham em Linus um grande amigo. Flávia temera os ciúmes, ainda inconscientes, dos seus filhos, mas Linus com seu jeito tão natural quanto respeitoso conquistara os dois enteados.

Pietro estudava em Gênova e quando Linus o encontrava, brindava-o trazendo revistas especializadas conforme o interesse do rapaz. Caio, após ter se casado com Isabella, vinha manifestando crescente interesse em estudar a reencarnação, em função disso Linus reunia obras de autores diversos a esse respeito.

Essas pequenas atitudes eram feitas com tanta naturalidade e acompanhadas de conversas tão espontâneas, que ficava claro não serem de um bajulador interesseiro, mas de uma pessoa afável e amiga.

Linus conseguira, com ambos os jovens, estabelecer diálogos fáceis e de forma espontânea, não demonstrara dificuldades em se aproximar, apesar da diferença de idade.

Para Linus, embora fosse cansativo efetuar essas viagens constantes, retornar ao Lago di Garda após um longo dia de trabalho com os pacientes, proporcionava-lhe, sempre, agradável expectativa: a recepção da esposa. Linus amava Flávia de forma madura, sem perder a criatividade dos tempos de namoro.

Desempenhar seu trabalho em outra cidade e deslocar-se quase diariamente, apesar de contribuir como um tempero colorido aos reencontros, não deixava de ser um esforço. Isto o fazia questionar-se até quando os deslocamentos não se tornariam desgastantes para ambos.

Linus dirigia sua "máquina", como chamava seu carro, na pista central da A4 obedecendo aos 130 km/h permitidos em autopista. O entardecer proporcionava um belo quadro no céu. Durante algum tempo escutara um CD de Andréa Bocelli, como que se preparando para o reencontro com sua amada.

Agora, com o som desligado, pensava a respeito das sessões de terapia regressiva que já efetuara no tratamento que fazia com o Dr. Benini.

Sorriu ao perceber o termo "tratamento" em sua mente. Acostumado com seus pacientes no consultório de psicologia clínica buscou fazer comparação dos mesmos com a situação íntima que vivenciava com a esposa, questionava-se: – Será que existe, realmente, algo que devêssemos tratar? Talvez o termo autoconhecimento ficasse mais próprio... O desvendar do véu do passado...

Enquanto filosofava, não se apercebeu o quanto já estava próximo da vicinal do Lago. Surpreendeu-se ao notar que já estava avizinhando-se da estrada secundária que o levaria ao seu destino. Resolveu, mais uma vez, ligar para a esposa, esta atendeu em seguida.

– Olá amor!

– Florzinha, só para dizer que estou bem perto.

– Já estou pronta para sair, a menos que estejas cansado...

– Não! Eu te apanho e podemos ir direto para o "Orso Bianco".

– Combinado meu amor!

– Chego daqui a dez minutos.

– Querido, não convém falar mais ao celular, dirigindo... E...

– Certo, vou desligar. Eu te Amo!

– Estou bem linda para te esperar...

– Adorei escutar isto... Agora me diga: – Quem continua a falar no celular? Riu-se ao dizer.

– Tem razão. Beijo... Desligou.

Ao desligarem os celulares, ambos se lembraram da morte de Diva, mãe de Isabella, em acidente de carro na autoestrada. Diva sempre fora a maior amiga de Flávia, a ponto de se considerarem irmãs. Tanto que seus filhos Pietro e Caio tinham o hábito de chamar Diva de tia, assim também Isabella, até hoje, se referia à sogra como tia Flávia. O casamento dos jovens, desta forma, parecia um consórcio de primos-irmãos, sem haver os inconvenientes da consanguinidade.

Enquanto aguardavam o reencontro, cada um deles buscava recordar-se das sessões de terapia regressiva. As cenas mais expressivas surgiam como filmes em suas mentes. Ambos haviam se esquecido de indagar ao Dr. Benini se existiria algum inconveniente do casal trocar ideias a respeito do que estavam vivenciando durante as sessões de terapia.

9
Nos Aposentos Reais

Em nossa narrativa, continuaremos a agregar, em um mesmo capítulo, dados obtidos nas regressões tanto de Linus quanto de Flávia, visando facilitar a compreensão da história.

Linus, já em pleno processo regressivo, vivenciando a personalidade de Áster dá sequência aos seus registros inconscientes...

– Adentrando aos aposentos reais, eu não pretendia caminhar além dos limites permitidos pela rainha Haymah e, por um instante, imaginando que Ela, talvez, pudesse ter se esquecido de que eu estava armado, e do que isso pudesse representar, provoquei leve som ao arrastar minha lança no metal das minhas vestes. Fui bem sucedido no intento de chamar, discretamente, sua atenção. A rainha virou-se dizendo:

– Deixa tua lança logo adiante com Horzeb.

– Mais aliviado, eu continuei a caminhar por aquele oásis divino, seguindo a mais linda mulher que talvez existisse no mundo.

– Quase em seguida, praticamente esbarrei com um gigantesco e estranho homem. A figura era imensa, deveria ter cerca de dois metros e uma expressão quase idiotizada. Imensa argola de ouro pendia de uma das orelhas. Trajava túnica branca e inteiriça e chamou-me a atenção seu esquisito e pontiagudo enfeite branco na cabeça semicoberta, uma espécie de turbante ou lenço.

– Descalço, ele deu um passo, com seus enormes pés, em minha direção. Com gesto leve ofereci-lhe meu instrumento de defesa. Ele praticamente arrancou-me das mãos. Percebi que se tratava de um ex-homem, embora gigante, um pobre eunuco, um ser castrado para a proteção da rainha.

– Segui minha deusa a uma distância agora menor. Haymah sentou-se em um divã dourado cercado de tapetes. Mal acabara de encostar seu corpo no móvel, duas escravas, ambas núbias, correram em sua direção. A mais jovem tirou-lhe os calçados e a outra trocou suas roupas totalmente.

– Um tremor inusitado me invadiu, tremor mais intenso do que aquele que sentira na sala do trono. Procurei controlar o movimento involuntário dos músculos, porém meu queixo teimava em se movimentar...

– Horzeb se postou alguns metros atrás de mim. Além de um longo e estranho instrumento cortante, preso à cintura, o gigante segurava com ambas as mãos a minha lança.

– Haymah, após ser ajudada pelas escravas e haver trocado seu traje verde semitransparente, desapareceu em direção a outro aposento, minutos depois voltou transformada: trazia, agora, não mais a guirlanda de flores, mas sua coroa, toda feita em ouro e pedras preciosas, como a adivinhar o meu gosto, o gosto de Áster, além da belíssima pulseira de aros de ouro, trazia no outro braço muitas pulseiras finas também de ouro.

– Portava uma espécie de bracelete, ou pulseira larga, próximo aos ombros logo abaixo dos deltoides com uma medalha incrustada e dois pingentes, um com seu nome escrito em hieróglifo, e outro uma miniatura de cabeça de animal semelhante a uma raposa.

– Voltara vestida com outra túnica, amarela e mais transparente que a anterior, bordada em ouro, roupa que ela provavelmente deveria usar quando estava a sós em seu quarto. Senti a boca seca e o meu coração disparar.

Por outro lado, Haymah nem mesmo decidira o que fazer ou o que realmente pretendia. Para ela ainda era bem confuso compreender o que, naquele homem, atraía-a tanto... Tampouco, que decisões ou passos ela daria. Deitara-se agora em uma imensa cama, no centro do aposento. Dando asas à sua imaginação, pensava:

– Até a pouco fui dona dele e o tinha apenas como escravo. Agora, quero ser mulher dele, mas continuar sua dona, sua mulher-rainha.

– Dirigiu-se a mim:

– Agora que és liberto posso dizer-te que uma das razões de eu te libertar foi poder ficar a sós contigo...

– Apontou, autoritariamente, para o tapete mais à sua frente.

– Áster, deite-se aqui a meus pés. Converse comigo! Estás me ouvindo?

– Sim, majestade.

– Enquanto cumpria as ordens de minha rainha, ela, me olhando, deslocou-se da cama e sentou-se, com movimentos suaves, em outro divã à minha frente. As escravas permaneceram próximas. O mesmo acontecia com o desagradável Horzeb.

– Áster, tu sabes que, como rainha, poderia ter qualquer homem que quisesse, mas nunca os tive, pois me sinto cercada de homens de mente vazia e ou interesseira. Só me entregarei para um homem culto, delicado, e autêntico.

– Sim, minha rainha só alguém assim seria digno de vossa majestade.

– Há muito tempo, Áster, venho te observando e pedindo a outros te observarem. Quero te escutar, fale!

– Muito me honra, majestade.

– Áster, tu poderás ser esse homem, o homem que eu quero que pertença a mim. O que pensas?

– Minha Rainha! Não ouso... Eu a adoro!

– Levante sua cabeça dessas almofadas e permaneça me observando até que eu diga para não me olhar mais.

– Obedeci, e fixei meu olhar naquele ser altivo que deveria ser a criação mais bela da natureza. Graças aos deuses eu havia parado de tremer. Aproximei-me e levantei minha cabeça, que jazia enterrada nas almofadas em posição de submissão, e, temeroso, me aproximei...

– Pensei, por um momento, que poderia morrer pela minha própria lança, atirada por Horzeb. Bastaria um gesto errado e logo estaria terminada minha jornada no mundo.

– Procurei, com dificuldade, concentrar-me no que lhe respondia, pois os movimentos femininos da rainha me perturbavam o raciocínio. Enquanto Ela me escutava, modificava seus trajes sumários, como que em dúvida do que vestir ou usar. Tudo feito pelas duas núbias que rapidamente entendiam seus gestos e meneios de cabeça.

– Enquanto estávamos ali, outras duas escravas, delicada e sumariamente vestidas, despejavam recipientes plenos de essências aromáticas na magnífica piscina, presumi que estaria sendo preparada para o banho real... A água, aquecida pela lenha de árvores especialmente escolhidas pela fragrância, exalava agradável odor que nunca houvera sentido.

– Não consegui perceber de onde vinha a música, mas um som suave de instrumento de sopro chegava aos aposentos da rainha.

– Haymah havia se levantado do divã, fez menção de caminhar em direção à piscina, que continuava a exalar odor de flores. Voltara a vestir apenas a guirlanda de flores, a linda tornozeleira, e a pulseira de aros de ouro. Nada mais cobria aquele corpo escultural. A rainha voltara a deitar-se na cama gigantesca abandonando o divã.

– Fez um sinal e, ato contínuo, uma das escravas iniciou a massageá-la com óleo perfumado. A outra núbia escovava-lhe os cabelos de maneira lenta e cuidadosa. Mechas, acariciadas pela escova, desciam ao redor dos ombros. Virava o pescoço, deixando cair de um lado e de outro seus cabelos longos, lentamente, de maneira a exibi-los...

– Movimentei-me devagar, temendo assustar o eunuco. Duas escravas, que não as vira antes, se aproximaram e me higienizaram rapidamente, fiquei imaginando que talvez fosse convidado para mergulhar na piscina. A mais alta delas após concluir o trabalho dirigiu-se a Haymah como pedindo instruções sobre mim.

– Ofereceram-me um recipiente cravejado de pedras preciosas contendo delicioso vinho. Sorvi o líquido com prazer. Estava com muita sede. A rainha banhava-se nas águas tépidas e não me dirigiu mais o olhar. Fui ajudado a me vestir novamente, pareceu-me que Haymah havia mudado de ideia. Uma das escravas que , ao contrário da sua companheira, me olhava nos olhos, voltou-se para mim dizendo:

– Vamos te levar até as portas. Tu retornarás aqui, a rainha quer saber mais sobre teus ensinamentos às crianças, cegos e dependendo da vontade real, outras questões... Será necessário que venhas conversar mais vezes aqui, porém, fora dos limites daquela porta – apontou para a saída, – pelo contrário, toma cuidado com tudo que falares.

– A escrava caminhou em direção a Horzeb e, de maneira decidida, pediu-lhe minha lança.

– Tive vontade de olhar para trás e mirar a deusa, porém o respeito e o temor me impediram. O trajeto era diferente do que havia percorrido na chegada. Por que um caminho diferente? Um forte temor voltou a me assolar a mente: – Estaria sendo levado para onde? Ocorreria o mesmo com o macho da aranha, ser morto após não ser mais considerado útil em sua função?

– Logo afastei o pensamento, pois a rainha nutria interesses diversos e sabia que, muito mais, poderia obter comigo. Pensando dessa maneira, meu receio diminuiu.

– Naquela noite, não consegui conciliar o sono.

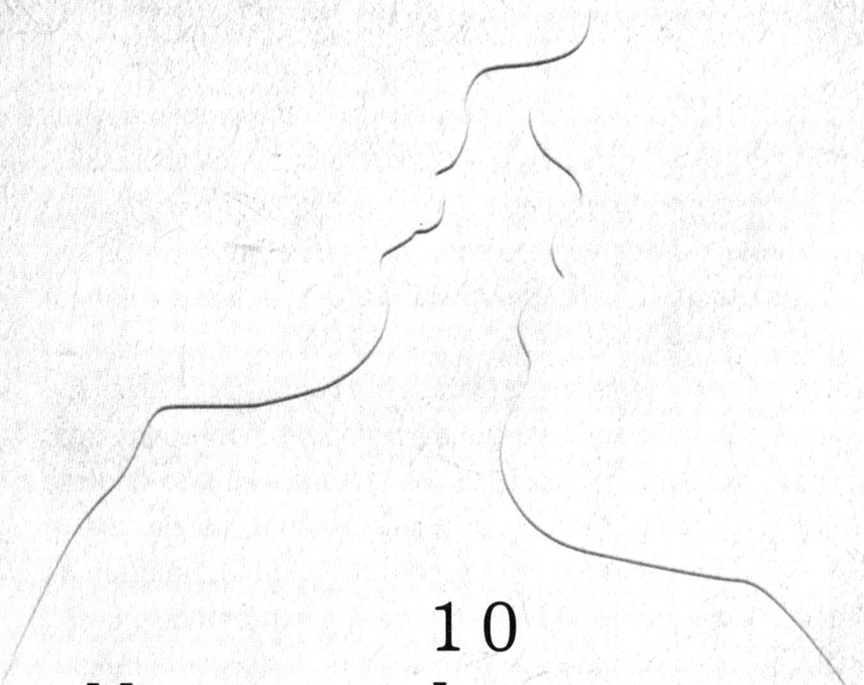

10
Notícia Inesperada

– Que dilúvio! Comentava Linus consigo próprio. De fato chovia intensamente. As ruas cobriam-se de água. O volume precipitado das grossas camadas de nimbos não escorria pelos bueiros em velocidade suficiente. O bom sistema de escoamento das vias públicas demonstrava-se insuficiente para captar tal quantidade de água. Em função disso uma perigosa camada líquida cobria as vias públicas da cidade.

Linus manobrava sua "máquina" – como sempre se referia ao carro, com dificuldade, rumando para seu consultório. Há muito tempo não via, em Milão, tromba d'água tão forte. Os limpadores de para-brisas não davam vazão à quantidade de água que jorrava nos vidros dianteiro e traseiro do seu veículo. Raios coloridos e brilhantes riscavam sucessivamente o horizonte clareando o céu obscurecido por espessas nuvens negras. Temeroso, desligou o rádio do carro. Diminuiu a velocidade, buscando local para estacionar.

A luz solar desaparecera em pleno dia. Os trovões ribombavam, assustadoramente, denunciando que os raios estariam fazendo algum estrago.

A quantidade de folhas, trazidas pelo vento, era imensa. Estava nas vizinhanças do Parque *Simpione*[21]. Tentou enxergar a entrada do parque. Ao fundo, a silhueta escura do enorme castelo *Sforzesco*[22], encoberta pela tormenta, confirmava a localização do parque. Divisou, com dificuldade, uma ampla calçada para pedestres e subiu na mesma com seu belo carro, afinal tratava-se de uma situação extrema. Desligou a máquina e sentiu-se mais aliviado.

Relaxou durante alguns segundos. Lembrou-se que Flávia fora ao médico e, provavelmente, estaria à mercê da tempestade. Apanhou o telefone celular no bolso e ligou para a esposa.

– *Amore Mio*, onde estás?

Do outro lado, uma voz masculina responde.

– Com certeza aqui não é “amore mio”... É o Dr. Benini que...

– Dr. Benini... Como?

– Este telefone é de uma paciente que se ausentou por um momento. Com quem o Senhor deseja falar?

– Olá Doutor, aqui é Linus, marido da Flávia...

---

21 Imponente e majestoso castelo, fortaleza e museu, situado no centro da cidade de Milão.

22 O Parque Simpione é uma vasta área verde e pública próxima ao Castelo Sforzesco, portanto no centro da cidade.

– Pois não Linus, logo que ela retornar do toalete eu passo o fone a ela, enquanto isso... Posso ajudar em algo?

– Em primeiro lugar fico tranquilo por ela estar em segurança, nessa tempestade... Peço escusas por ter estranhado quando o senhor atendeu.

Ambos riram-se da situação.

– Eu explico Linus. A Flávia também estava preocupada com a tempestade, pediu que atendesse ao telefone, caso alguém ligasse.

– Ela tinha consulta hoje?

– Não, Linus. Flávia veio solicitar uma orientação, fique tranquilo, está tudo muito bem... Este temporal deixou todo mundo preocupado.

– Sim, é verdade.

Dr. Benini, sempre discreto e elegante em sua comunicação, não comentou o quanto Flávia chegara nervosa, nem mesmo que havia solicitado um atendimento de emergência. Apenas acrescentou:

– Ela chegou de taxi, quando a tempestade amainar você poderá vir buscá-la?

– Sem dúvida. Há quanto tempo ela já está aí, doutor?

– Faz quase duas horas. Após o Atendimento Fraterno ela estava esperando passar a tromba d'água.

– Eu estava pensando em rumar para o seu consultório em seguida...

– Não estamos no meu consultório, não foi uma consulta médica foi um Atendimento Fraterno, estamos no *Sentieri*[23].

---

23 *Sentieri Dello Spirito* ou SDS.

Linus estranhou o dia e horário, pois normalmente os atendimentos não ocorriam naquele período do dia. Procurou compreender o motivo daquele atendimento. Flávia se apresentava, ultimamente, tão radiante e feliz que Linus não poderia imaginar algum problema relevante.

– Talvez esteja solicitando alguma ajuda, ou orientação para um dos filhos – pensou consigo próprio.

A tempestade, dentro de poucos minutos, reduziu de intensidade. Linus ligou novamente o carro e dirigiu-se para a *Via Machiavelli*[24], buscando estacionar próximo ao *Sentieri Dello Spirito*. Teve sorte, com a enxurrada no centro da cidade poucos veículos se movimentavam em direção aos bairros e, em função disso, logrou obter vaga bem em frente ao *SDS*.

Enquanto estacionava sua máquina, lembrou-se que Flávia fora ao ginecologista naquela tarde. Um pensamento assomou-lhe a mente nublando-a de preocupação.

– Seria algo relacionado aos exames médicos? Estaria Flávia com alguma doença grave? Já não bastara o falecimento do seu maior amigo, George, há pouco tempo?

Seu coração acelerou os batimentos. Apertou os passos, a pretexto consciente de fugir dos pingos da chuva, mas, na realidade, desejava logo estar com a esposa. Algo poderia estar acontecendo. Respirou lenta e profundamente. Novamente falou consigo próprio: – Posso estar imaginando coisas... Mas, se algo estiver ocorrendo com Flávia, preciso estar bem para ampará-la no momento em que mais precisar de mim.

---

24 Nome da rua onde se situa o *Sentieri Dello Spirito*, distante algumas quadras do Parque Simpione.

Travou o carro, cruzou a calçada e tocou o interfone. Logo escutou a voz de Mássimo.

– Pronto...

– É Linus, o marido preocupado...

– Estamos aqui no subsolo, na sala de reuniões. Entre que a casa é sua.

– Ok. Estou indo. Não estou interrompendo nada?

– Os dois já encerraram a conversa. Venha tomar um café conosco...

Linus caminhou pelo corredor, com a respiração acelerada. No caminho, estancou o passo e pensou:

– Seja o que for, fique calmo Linus...

Desceu os poucos degraus do lance de escada. Passou pelos vasos de flores que Regina e Mássimo tão bem cultivavam, abriu a porta e saudou a todos.

– Olá, meus amigos!

Abraçou o simpático casal, bem como ao Dr. Benini e beijou carinhosamente sua esposa. Em seguida comentou:

– Com esse temporal me preocupei com Flávia, então... Bem... Fico feliz por ela estar com vocês.

Mássimo serviu um delicioso café com canela, sua especialidade. Discreto e elegante como sempre, após alguns instantes pediu licença para subir, pretextando efetuar algum trabalho. Regina, a pedido da amiga, permaneceu na sala.

Dr. Benini, que havia conversado longamente com Flávia, dirigiu-se ao marido preocupado.

– Linus, meu amigo, Flávia me procurou para um Atendimento Fraterno. Durante bastante tempo conversamos.

– Doutor, eu sei que é norma e ética do seu Atendimento não comentar o teor da conversa, quanto a isto eu saberei entender perfeitamente e respeito. Estou aqui por acaso. Coincidentemente, a chuva...

– Você sabe que coincidências não existem. Existe sintonia de energias.

– Sim. Estudamos isto aqui, no *Sentieri*.

– Flávia havia me solicitado que conversasse com você quando, ato contínuo, Mássimo atendeu seu telefonema. Portanto...

– Então, vamos valorizar esta "coincidência"...

– Não. Não é isso. Só valorizamos e você muito bem sabe, quando há uma utilidade, uma racionalidade e, sobretudo, bom-senso. Ou seja, o que importa não é a coincidência, mas o fato de Flávia ter solicitado conversássemos nós três. Regina já está a par de tudo...

– Vocês já estão me deixando ansioso. O que aconteceu?

– São apenas boas notícias, mas inesperadas... Meu querido amigo, sei o quanto você já conhece da vida espiritual, dos reencontros de espíritos na família e o que significa cada pensamento nosso, cada sentimento, neste contexto. Você mesmo assistiu a uma palestra muito boa acerca de doação energética durante a gestação, no mês passado.

– Foi um português, não?

– Falava português, mas sua nacionalidade é brasileira.

– Lembra-se quando o conferencista detalhou como se processa o fluxo de energias da mente dos familiares sobre o espírito já ligado ao feto?

– Sim. E isto se aplica a outras situações, você quer dizer. Não é isso?

Linus procurava conter sua expectativa. Percebia como Dr. Benini e Regina o preparavam para alguma notícia.

– Sabemos que você receberá essa notícia muito bem e aceitará o que aconteceu... Aumentar a família é sempre um ganho...

Linus lembrou-se que, há algum tempo atrás, haviam conversado em casa, sobre morarem com um dos filhos, ou todos em uma casa em Milão. Tal assertiva lhe parecia inviável por diversos motivos, por um instante, imaginou que talvez fosse esta a questão.

– Fiquem tranquilos, minha posição seja qual for o problema, será de amor e compreensão. Por favor, vocês podem ir mais diretamente ao assunto?

– Está bem... Parabéns, papai Linus!

– Então, os exames médicos...

Flávia interrompeu-os.

– Sim, *amore mio,* eu estou grávida!

Linus, apesar do impacto, conseguiu afastar momentaneamente dúvidas e temores que lhe vieram à mente. Naquele momento era fundamental o amor. Levantou-se, abriu os braços e envolveu sua amada esposa com todo o carinho.

– Querida esposa. Nossa nova família já é de três integrantes. Envolveremos este Espírito com todo nosso afeto.

– Querido, tenho 44 anos, não havíamos programado ter filhos, e me assustei com a notícia, tanto por mim, quanto pelo impacto que essa surpresa traria a você...

As lágrimas de Flávia misturavam-se com as de Linus. Regina acompanhava ambos com ternura. Quando os dois reduziram o fluxo de lágrimas, a coordenadora do *SDS* comentou:

– Feliz deste “ser” que retorna ao mundo físico tendo vocês na condição de mãe e pai. A educação desta criança não se iniciará no nascimento, mas desde o instante em que a gestação passou a ser do conhecimento da família.

Enquanto servia mais uma rodada de café com biscoitos, continuava a falar.

– Conforme vimos estudando, há intensas trocas de energias entre a gestante e aquele que se desenvolve no útero materno. É muito importante que vocês conversem, construtivamente, com a criança.

Flávia, interessada, interrogou:

– Que o meu pensamento pode atuar sobre o meu filho. Ao pronunciar a palavra *filho* emocionou-se novamente.

– *Isto* eu já sabia, mas este intercâmbio de energias também exerce influência sobre a gestante?

– Sem dúvida, a grande diferença de situação entre ambos, mãe e filho, é o nível de consciência em que se encontram. – Acrescentou Regina.

– Quando é maior a influência do meu pensamento, no início ou no final da gestação?

– No livro, *Gestação Sublime Intercâmbio*[25], o autor nos informa que a mãe passará a exercer crescente influência sobre o feto quanto mais avançar a gestação, ou seja, o espírito for mais prisioneiro do organismo físico.

– Mas, nessa fase em que me apresento tudo que penso já influencia, não é verdade?

– Não só pensamentos, as ações e os sentimentos são energias que podem atuar sobre o Espírito.

– Regina, você disse podem? Como assim, não influenciam sempre?

---

25 Editora Intelítera, 7ª edição, do mesmo autor.

– Sim, mas o grau de influência depende muito da sensibilidade do Espírito, do seu nível de evolução e do gênero de energias que a mãe envia, consciente ou inconscientemente.

– Então, isso aumenta com o avançar dos meses de gestação?

– À medida que a gravidez avança em tempo e desenvolvimento, o espírito, preso ao feto, passa a perder progressivamente o domínio de suas faculdades psíquicas, daí a influência crescer. Mas cada caso é específico, diferente, individual mesmo. Não se pode generalizar.

– Dr. Benini, – interpôs Flávia – o feto de algumas semanas ainda não possui desenvolvimento neurológico, ou seja, um cérebro que permita registrar informações, como ocorre esta captação? – Tenho certeza que ocorrem, só não compreendo como.

– Lembra-se de *MEC?*

– Puxa! É verdade... O Espírito, através da memória extracerebral, memória que não está no físico, mas situa-se em outra dimensão, registra informações e experiências, arquiva-as no inconsciente... Foi uma das aulas maravilhosas do Doutor Benini que mais me impressionaram...

O médico não pode disfarçar sua satisfação ao escutar o elogio tão sincero de Flávia. Assentiu, acrescentando:

– Exatamente. Podem ser provindas da mãe ou, pelo filtro materno, do meio exterior. Aprendemos que ideias de paz, amor ao próximo ou outros valores éticos podem e devem ser utilizados para, desde a gravidez, educar aquele que aporta no templo do lar.

– Regina... Diga-me estas ondas de energia são as vibrações que você tanto cita em suas palestras? Como são essas ondas? – Indagou Linus, curiosamente.

– Poderíamos dizer que pensamentos construtivos e de elevado conteúdo ético-moral constituem energias de alta frequência e fino comprimento de onda, vibrações mentais, percebidas pelos sensitivos, como de tons claros e brilhantes.

– Que fantástico, Regina. E o bebê tudo recebe! – Exclamou Flávia.

– Com certeza querida, estas ondas ou vibrações, geradas pela mãe, vão banhando suavemente o bebê preso nas malhas da reencarnação.

Linus dividia sua atenção entre o diálogo dos amigos e seus próprios pensamentos... Papai... E agora... Madonna Mia[26]*... Não era bem o que havia planejado, mas, tudo bem... Alea Jacta Est... Flávia o interrompeu dos seus devaneios.*

– De certa forma, há uma semelhança da doação de energia que a mãe efetua sobre o filho com a que ocorre no passe magnético, não?

– O que você nos diz disso, Dr. Benini – colocou Regina, oportunizando ao médico participar mais intensamente do construtivo diálogo.

– Tenho estudado que diariamente o espírito recebe o que equivale a verdadeiros passes de amor, por meio do diálogo que a mãe mantém com ele.

– De fato – assentiu Regina. A mãe esclarecida, tendo consciência desse processo, já vai educando o espírito – seu filho – na visão filosófica da vida como uma oportunidade para a busca do amor e da sabedoria. Assim como se condicionaria alguém lhe falando diariamente durante o sono, os nove

---

26 Madonna Mia – equivale à expressão brasileira "Minha Nossa Senhora".

meses de gravidez se constituem em grande oportunidade de impressão dos conceitos educativos ao futuro filho.

Linus olhou seu relógio de bolso, preso à roupa por uma corrente dourada e comentou:

– Flávia, a tempestade passou. Vamos que já se faz tarde... Regina e o Doutor devem ter outros afazeres.

Regina interveio:

– Sim, de fato temos, mas esse momento foi de grande alegria para nós. Linus, amanhã Dr. Benini não poderá estar conosco, mas teremos um palestrante da cidade de Pavia[27]. Vocês virão à palestra pública?

– Sim, claro.

– Cheguem uma hora mais cedo se puderem. Conversaremos mais.

Despediram-se afetuosamente.

O casal de mãos entrelaçadas, coração pulsando de alegria e emoção dirigiu-se ao carro. A chuva cessara. Após entrarem, Linus indagou.

– Caio e Pietro... Já sabem?

– Não, meu amor! Ninguém mais sabe. Você foi o primeiro, quer dizer... – Riu-se do equívoco...

– Sim querida, o primeiro depois de Regina, Mássimo, Dr. Benini...

– Desculpa Linus, eu fiquei em estado de choque, porém feliz!! Não sei como isso foi acontecer... Sempre tomamos as precauções...

---

27 Cidade do norte da Itália – Lombardia, na planície *Pianura Padana* onde o autor obteve sua cidadania italiana.

– Agora... Pouco importa como aconteceu... Importa que essa criança é fruto de nosso amor...

– Amado! Você é maravilhoso!

– Eu também fiquei feliz e... Pasmo!! Papai com quase 50 anos... Mas, com relação a Caio e Pietro, como pretende fazer?

– Eles chegam amanhã pela manhã. Devo telefonar hoje, contando?

– Quer realmente a minha opinião?

– *Amore mio*! Sempre quero sua opinião, não fique magoado por saber da gravidez depois deles... Promete?

– Eu prometo. Vamos juntos sentir a alegria dessa dádiva da natureza...

– Então, papai Linus, telefonamos agora para eles?

– Sugiro que não.

– Por quê?

– Não recomendo. Certas notícias são preferíveis pessoalmente. As energias do olhar são insubstituíveis. Sugiro esperar até amanhã.

– É verdade. Quero muito ver a expressão... E, o olhar de Caio.

– E de Pietro?

– Sim, de ambos. Corou ao transparecer sua maior ligação com um dos filhos.

11
PIETRO

Isabella, atualmente esposa de Caio, nos tempos que antecederam ao seu namoro com o companheiro, fora cortejada e desejada por Pietro, irmão de Caio. Houve época em que Ele sentira forte atração pela jovem, mas ao invés de ser o eleito pela garota, fora preterido na escolha, que recaiu sobre o irmão mais velho, Caio. A recusa de Isabella, na época, ocasionou por um curto espaço de dois meses, um relacionamento delicado e constrangedor entre os irmãos.

A situação fora magistralmente contornada pela inteligente e amorosa intervenção da mãe Flávia. Felizmente, aos poucos, aquele sentimento diluiu-se, facilitado até pela grande amizade e cumplicidade dos irmãos, que desde a infância demonstravam uma união tão forte a ponto de despertar a inveja dos colegas.

Pietro sempre fora mais atlético e desinibido do que o irmão e se considerava mais bem-sucedido e mais admirado do que Caio, nas rodas femininas. Sua decepção ocorrera devido ao fato de, pela primeira vez ao procurar um relacionamento mais sério, fora literalmente ignorado. Houve época que julgou jamais esquecer ter sido passado para trás, justamente pelo seu irmão tímido e – segundo sua opinião, menos dotado fisicamente.

Pietro era o filho mais novo de Flávia, embora amante de quase todos os esportes, elegera o basquete como seu preferido. Desde criança praticava o nobre esporte da bola ao cesto e, sempre que possível, participava de todas as competições, seja como jogador atuante, seja como simples torcedor.

Colecionava inúmeras publicações a respeito, guardando um arquivo histórico desde a criação do basquete em 1891 em Springfield, Estados Unidos, quando as bolas utilizadas ainda eram as de futebol.

Além de entusiasta colecionador de tudo que se relacionava ao basquete, sempre foi considerado um jogador de destaque em todos os campeonatos universitários. Inicialmente atuara como ala, passando, posteriormente, a ser armador e tornando-se o cérebro do time.

Com relação aos estudos Pietro, apesar de não ser um aluno tão brilhante quanto o irmão mais velho, cursava Engenharia Naval em Gênova. Tal escolha já se delineara desde a infância, pois a construção de embarcações sempre foi considerada por ele um mistério. Interessava-se por grandes naves desde menino e, posteriormente, na adolescência passou a sentir por elas verdadeiro encanto.

Curiosamente, quando criança, escolhera o nome de seu cachorrinho que adorava mergulhar na pequena piscina da casa dos seus pais: Arquimedes. Só mais tarde, ao estudar física, descobriu a relação do nome Arquimedes com sua paixão pelos barcos e posteriormente pela engenharia Naval. Descobriu, então, *O Princípio de Arquimedes*[28], que foi a base de toda construção de embarcações desde as épocas mais remotas.

Mais de um ano havia transcorrido, Pietro já se condicionara a ver Isabella como uma irmã, passando inclusive a chamá-la de "mana" como se reforçasse para toda a família essa nova postura. Tudo vinha se encaminhando da melhor maneira, e havia um novo fator facilitador, cujo nome era Anna, a linda neta do Dr. Benini, que se convertera na nova paixão do jovem Pietro.

---

28 O Princípio de Arquimedes tem como enunciado o seguinte: *todo corpo mergulhado em um líquido recebe um empuxo vertical, para cima, igual ao peso do líquido deslocado pelo corpo.*

12 ANNA

Pietro, cuja concepção de estrutura familiar era muito forte, admirava Anna ao observar o carinho e a delicadeza excepcional com que a garota se relacionava com o avô, Dr. Benini, médico e amigo de sua família.

Há tempo Pietro não via uma jovem que unisse elegância, modos finos e uma beleza rara. Cabelos negros, longos e lisos, olhos verdes e expressivos. Vestia-se de modo discreto, mas com perfeição nos detalhes.

Anna herdara de sua mãe o gosto pela leitura. Desde criança fora estimulada a buscar o mundo encantado dos livros. Paralelamente, aprendera com seu avô o prazer de ampliar as informações sobre a vida na Espiritualidade.

Apesar de conhecer a história da tentativa frustrada de namoro de Pietro com Isabella, mantinha fácil relacionamento com a jovem esposa de Caio, fato que permitia um bom convívio entre os casais.

Havia algo que incomodava Anna. Desde que iniciara o namoro com Pietro, a simples presença da mãe do rapaz deixava-a desconcertada. Todas as pessoas se desmanchavam em gentilezas com Flávia de uma forma tal que Anna considerava excessiva. Os frequentes comentários elogiosos, feitos por todos, a respeito da postura de Flávia perante a vida, a educação dos filhos, e até os detalhes da disposição dos objetos na casa a perturbavam sobremaneira.

Anna imaginava-se observada e controlada, em suas atitudes, pela mãe do rapaz, sensação que Pietro cansava de desfazer. Desde a primeira vez que a namorada mencionara algo a respeito, só pôde repetir o que Anna não mais suportava escutar.

– Anna, a minha mãe está acima dessas coisas... Ela está sempre irradiando amor para todos...

Ao que a garota comentava:

– Por que todos a colocam, sempre, em um pedestal? Parece que a veneram.

– Deve ser porque merece...

Anna sentiu o sangue ferver-lhe nas veias.

– Não pensa que todos exageram? Até vovô parece vê-la como filha e, às vezes, dá a Ela mais atenção do que dá à minha mãe que é, realmente, a filha dele...

– Você acredita em vidas passadas?

– Sim, embora não conheça tanto sobre o assunto quanto você já conhece.

– As terapias regressivas que mamãe fez, confirmaram os sonhos que ela tinha repetidamente... Dr. Benini parece que já foi de fato pai dela, em vida muito distante [29].

– Já escutei essa história...

– Anna, ele teria sido um Senador Romano no tempo de César Augusto e ela sua filha.

– Pode ser... Mas... Por que além dele, todos ao redor vivem demonstrando tanto amor e admiração à Dona Flávia?

– Anna, todos amam minha mãe porque Ela é verdadeira, gentil, culta, delicada, além de uma bela mulher.

– Quer horror! Vocês a veem tal qual uma rainha, uma deusa...

– Querida, o que posso fazer para você mudar de opinião?

– E por que deveria mudar?

– Se um dia ela for avó de seus filhos?

– Já pensou no que está dizendo?

– No futuro... Nós dois...

– Pensa um dia em se casar?

– Sim... Por que não?

– Sogra, por tradição, é sempre uma figura desagradável...

– Então, melhor não ter sogra... Não se casar nunca, não é?

– Então, o que me sugere?

– Descobrir a causa dessa dificuldade sua com ela...

– Por que "minha dificuldade" não seria dificuldade dela também?

– Se eu contar a você tudo de positivo que Ela comenta sobre você e sobre nós, acreditaria?

---

29 Do livro *Flávia – Sonhos e Regressões* – Ed. Intelítera – mesmo autor.

– Vindo da parte do filho que adora a sua *Mamma*, como vou valorizar?

– Não acreditaria em mim?

– Acreditar é uma coisa, como cada um supervaloriza o que ouve, é algo pessoal...

– Pergunte, então, para os outros.

– Está bem, Pietro, o que Ela diz?

– A mãe diz que fazemos um par lindo...

– Até aí... Concordo...

– Diz que... Se eu te encontrei é porque já tenho merecimento espiritual para isso.

– Não entendi.

– Muitas vezes, segundo estou aprendendo, os reencontros de casais são provacionais, ou seja, são para resolverem questões ou dívidas de vidas passadas.

– Como assim, questões?

– Prejuízos que um causou ao outro, dívidas denominadas *cármicas*.

– Não seria melhor que não se encontrassem mais?

– Não sou entendido no assunto, o que aprendi e estou dizendo, foi com teu avô e com minha mãe.

– Eles, até nisso, são afins.

– Sim, é verdade.

– O que você aprendeu sobre esses casais provacionais?

– Quanto aos casais provacionais, eu aprendi que os problemas criados entre eles, em geral, são de responsabilidade mútua, ou seja, é preciso que ambos resolvam juntos. Anna, para esses casais a solução é reencontrarem-se, em outras vidas, para terminar bem ou terminar melhor o que foi começado errado.

– Não seria então, simplesmente, para pagar dívidas de vidas passadas...

– Exatamente. Não se trata de pagar, mas de dissolver, eliminar o problema...

– Fico pasma ao perceber como já sabes todas essas coisas...

– Leio pouco, não sou igual ao mano Caio que devora esses livros, mas costumo perguntar muito para minha mãe. É ótimo conversar com ela.

– De novo! A "*Mamma...*"

– Não há como deixar de mencionar, é o cotidiano...

– Esqueça... E nós, em termo de namorados, qual seria, neste caso, nossa situação?

– Poderia ser um reencontro de almas afins...

– Como se combinássemos um com o outro ou nos merecêssemos?

– Sim. Minha mãe diz que se tivesse o poder de escolher alguém para mim, escolheria você Anna, ela realmente gosta de você!

– Será mesmo?

– Não tenho dúvidas disso.

– Às vezes me parece que ela me analisa.

– Essa análise é ostensiva?

– Não, ela a faz muito discretamente...

– Se eu tivesse uma filha eu procuraria fazer o mesmo. Conhecer, analisar de forma discreta aquele por quem Ela se interessasse. Você ficaria indiferente ao amor de um filho?

– Creio que não... Pietro, o que eu faço? Eu me sinto mal com Ela, mas nunca, na realidade, ela me fez nada de que eu possa me queixar...

– Fala com Dr. Benini.

– Vovô?

– Sim, minha querida.

– Uma regressão?

– Talvez, mas se não for o caso, ele poderá de alguma forma nos orientar...

– Sabedoria e amor vovô Benini tem de sobra...

– Então... Procure o Dr. Benini.

– Vou pensar no assunto.

– A propósito, Linus já te avisou que está programando um almoço, com todos nós, para nos dar uma notícia?

– Sim, domingo. Pietro, você imagina que notícia seria?

– Deve ser alguma coisa relativa à data do nascimento do bebê de Caio e Isabella, provavelmente.

– Talvez... Mas pode ser que seja algo mais importante...

– Mudança de cidade?

– Não creio...

– Eles não quiseram dar nenhuma pista...

– Vamos descobrir no domingo.

Despediram-se com uma sequência de beijos ardentes e demorados.

13
Personalidade Intrusa

Dr. Benini conversara durante longo tempo com a neta, a princípio procurando dissuadir Anna de realizar a Terapia Regressiva às Vivências Passadas, julgando não existir um motivo que justificasse o procedimento.

Procurou excluir motivos inadequados desde a mera curiosidade até outras razões, que poderiam ser determinadas pelos arroubos da juventude da garota.

Dr. Benini, utilizando seus conhecimentos do mundo extrafísico, somados a uma investigação médica mais cuidadosa, passou a desconfiar de um determinado problema na menina, uma possibilidade que a neta jamais suspeitaria: a existência de uma personalidade intrusa.

De fato, Anna frequentemente sonhava com uma curiosa mulher, vestida com uma rica túnica marrom, pés descalços, bracelete de ouro, cabelos negros e lisos que lhe apontava Flávia dizendo: Ela não gosta de você, ela é má.

Anna acordava taquicárdica e arfante. Livrava-se do excesso de cobertas, abria completamente os olhos, fazia um esforço procurando recordar-se da longa e detalhada experiência onírica que experimentara...

Os fatos, sucedidos durante os sonhos, ora pareciam ser sequenciais ora pareciam repetir-se, mas a mulher da elegante túnica marrom, com seu indefectível bracelete de ouro, impreterivelmente fazia-se presente.

Em consideração aos que desconhecem o que significa o termo *personalidade intrusa,* ou obsessor, informamos que se trata de um Ser que exerce influência perniciosa e persistente sobre outro Ser. É a ação de uma mente sobre outra mente. Tal fenômeno pode dar-se entre duas pessoas que vivem na Terra – a história do nosso planeta traz inúmeros exemplos de domínio patológico de uma mente humana sobre outra ou outras, porém, a mais conhecida e popularmente temida é a obsessão de um espírito sobre um de nós, dito vivo, como se verificou ser o caso da jovem Anna.

Denomina-se *obsessão simples*, quando o Espírito que se adere à pessoa não passa de um inoportuno pela tenacidade com que insiste em influenciar o obsidiado. Muitas obsessões simples não são perpetradas por entidades realmente malévolas, mas por Espíritos atraídos pela postura mental da "vítima". Pelo esforço da própria pessoa, em geral, é facilmente removido esse Espírito obsessor.

Há casos específicos, no entanto, que se faz necessário um afastamento compulsório do Espírito obsessor, muitas vezes já perturbado mentalmente. Circunstância essa que exigiria além de conhecimento da dinâmica do processo obsessivo, muito discernimento, ética e amor associados à firmeza de atitudes. Reafirmamos ainda que, nenhum Espírito será capaz de promover um processo obsessivo grave, se a pretensa vítima mantiver seu pensamento na frequência mental da ética.

Sabemos, através dos estudos espíritas, que a todo pensamento ou sentimento produzido, nós humanos emitimos ondas mentais que vibram com características peculiares ao gênero do pensamento. Convém recordar que as vibrações mentais podem ser conscientes e inconscientes, estas recordando vidas anteriores.

Significa que, a melhor profilaxia não reside em algo mágico, mas em uma postura ética e amorosa com relação a tudo na vida.

O caso da neta querida do Dr. Benini exigiria não um processo terapêutico regressivo propriamente dito, mas uma nova modalidade de atenção do médico.

14
Obsessão Simples

Anna chegara ao consultório do seu avô, Dr. Benini, na expectativa de efetuar uma Terapia Regressiva às Vivências Passadas. Procurara se informar ao máximo a respeito do assunto e após conversar com o médico, havia marcado o atendimento inicial.

Agendaram para o período matutino, às 10 horas. Vovô Benini meditara a respeito da dificuldade da garota e tinha em mente outra conduta, diversa das pretensões da neta. Pretendia investigar a presença de uma personalidade intrusa que estaria interferindo sobre o psiquismo da jovem.

Anna havia chegado poucos minutos antes do horário combinado, de modo que Dr. Benini já a esperava pronto para dar curso ao seu programa de atendimento. Recebeu-a com o carinho de sempre.

– Anna, minha adorável neta, vamos, então, iniciar um tratamento para a questão que a trouxe aqui.

– Bem vovô, você sabe que estou namorando Pietro já algum tempo.

– Sim, e percebo que está indo muito bem.

– O problema é como já lhe disse eu ficar muito nervosa quando vejo Dona Flávia, a mãe dele. Todas as pessoas a endeusam, enquanto que Pietro, assim também o irmão dele, Caio, parece que vejo ambos adorá-la, ou pelo menos... Eles veneram a mãe. Enfim, se amo o meu namorado preciso resolver este problema.

– Só para confirmar, qual o sentimento que nutre por ela?

– Medo, aparentemente sem motivo, desconfiança... Chego a admitir até uma espécie de inveja. Que vergonha...

– Não se preocupe, sei das suas qualidades e como enxerga a vida com nobreza, portanto isso foge da linha geral da sua personalidade. É diferente de tudo que conheço da minha neta.

– Obrigado vovô!

– Não é comum atendermos parentes próximos, mas no seu caso, talvez outro profissional não conheça o recurso que vou utilizar... Por isso aceitei seu pedido.

– Não vamos fazer uma regressão padrão? Ou algo de rotina?

– Já explico. Diga-me Anna, a respeito daquele sonho que você tem com a mulher de bracelete de ouro e túnica marrom. Há alguma relação com o início da sua dificuldade com Flávia?

– A época é coincidente, creio, não sei precisar exatamente, porém é possível.

– Pense um pouco: só após conhecer Flávia passou a ter esses sonhos?

A garota pensou por um momento e assentiu.

– É verdade, antes não os tinha.

– Então vamos ao trabalho. Hoje irei efetuar uma investigação em você acerca de influências de energias externas, depois pensaremos em regressão. Certo?

– Estou aqui e confio plenamente.

– Ótimo!

Dr. Benini colocou uma música de fundo, muito relaxante, com sons da natureza.

– Vamos nos conectar com a *Luz Maior do Universo.* Imagine uma energia branca vindo do alto que envolve todo o nosso ambiente. Respire nessa Luz. Respire suave e profundamente, três vezes.

Anna seguiu o comando.

– Agora, nós iremos construir ideoplasticamente, isto é, com nosso pensamento, uma redoma de luz em torno desta sala. Vamos imaginar uma redoma azulada e prateada. O azul da paz e da harmonia e a energia prata do isolamento energético. Estamos sendo cobertos por uma belíssima redoma de luz... Respire suavemente, sinta a música...

Após alguns minutos indagou:

– Sente-se bem?

– Muito bem...

– Vamos nos conectar com os Seres de Luz e Sabedoria que amparam nosso trabalho. Ligue-se ao seu Criador e com sua hierarquia espiritual. Peça ajuda.

– Mentalmente?

– Sim.

– Feche os olhos, e volte toda sua atenção para dentro de você.

– Certo.

– Pense no seu problema.

– Sim.

Após alguns segundos de intervalo, o médico repetiu a frase, fixando a concentração da paciente.

– Continue pensando no seu problema...

– Sim!

– Lembre-se de que há um campo energético nos envolvendo. Estamos sob um fluxo de uma luz que vem do alto, uma energia de proteção. Tudo favorece para que brote do seu inconsciente a resposta correta. Confie nas suas respostas.

– Sim...

– Pensando no seu problema... Eu vou lhe fazer algumas perguntas e você vai me responder com a primeira resposta que lhe vier à mente. Sem raciocinar, certo?

– Sim...

– Responda sem pensar: quantas personalidades estão relacionadas com este problema?

– Três.

– Dessas três personalidades, quantas você intui que são você mesma em outra época, ou seja, são suas personalidades do passado? E quantas não são?

– Não entendi...

– Sinta a Luz que te envolve... Dessas três personalidades algumas podem ser você mesma em vidas anteriores, as suas personalidades, quantas são? Responda sem pensar: uma dessas personalidades, duas delas ou as três seriam você mesma?

– Uma.

– Vamos solicitar aos Seres de Luz e Sabedoria que nos apoiam neste trabalho, que se encarreguem de harmonizar a personalidade que é sua. Peça a sua hierarquia espiritual que assim proceda.

– Como?

– Mentalmente. Você poderá ter uma visão clara ou uma intuição apenas. Essa personalidade que é sua está sendo recolhida pelos Seres de Luz, ela ficará em tratamento e voltará a fazer parte de você no momento em que for adequado e necessário em sua jornada aqui na Terra. Essa personalidade se integrará a você quando, de fato, puder auxiliar você a superar as dificuldades da vida presente. Você está bem? Diga apenas, sim ou não.

– Sim!

– Neste momento, irá observar e ver claramente as duas personalidades que não são suas. Abra sua percepção e sua intuição... O que percebe?

– Não tenho certeza, mas imagino dois vultos, um homem e uma mulher.

– Você, hoje, vai eleger apenas uma dessas personalidades. Concentre-se na sua intuição e opte por uma delas. A outra será atendida em outra oportunidade. Escolha uma delas. Escolheu?

– Sim, a mulher.

– A outra personalidade, a masculina, vamos envolvê-la em uma luz verde, clara e brilhante. Construamos com nossas energias e as energias da natureza um cilindro verde, amplo e agradável, circundando esse homem. Imaginemos este cilindro sendo entregue para Seres de Luz, afetuosos, e protetores que o encaminharão a um posto de socorro e orientação. Observe...

– Senti que foi encaminhado...

– Agora você e a personalidade escolhida serão encaminhadas pelos Orientadores Extrafísicos, para um lugar seguro, onde será efetuado um trabalho muito especial. É um local determinado pela hierarquia espiritual. Sinta-se sendo conduzida, com essa mulher, para um local seguro no espaço ou na natureza. Onde sua intuição diz ser esse local?

– Na natureza...

– Como é esse lugar?

– Um campo... Há árvores grandes...

– Sinta-se nesse campo... Respire profunda e suavemente... Observe as flores, perceba se há pássaros, sol, céu azul...

– Sinto o rumor de um regato...

– Localize-se nesse lugar com a personalidade que você escolheu e saiba que seus Orientadores estão junto de vocês, das duas. Busque, mentalmente, o contato com seus Orientadores de Luz. Continue... Onde estão?

– É um gramado lindo, há poucas nuvens no céu, que está bem azul. Sinto o perfume das flores, a brisa do vento no meu rosto... O local é muito agradável.

– Fixe seu olhar na mulher, perceba-a em seus mínimos detalhes...

– É uma mulher de cabelos longos, lisos e negros.

– Que idade aparenta?

– Uns 35 anos.

– Que mais observa na sua aparência?

– Olhos penetrantes...

– Continue.

– Não será fantasia ou imaginação?

– Toda a estrutura na dimensão espiritual está preparada para este trabalho, muitas Entidades estão aqui para te auxiliar. Não se preocupe, fale sem receio de estar fantasiando.

– Parece... Isto é... Ela é a mulher que aparece em meus sonhos...

– Continue.

– Quando falei isso, pareceu-me que Ela se aborreceu. Ficou contrariada...

– Descreva-a.

– Ela está trajando uma túnica marrom, um bracelete de ouro, pés descalços.

– O que ela desperta em você?

– Curiosidade.

– Algo mais?

– Não creio. Não me induz medo, nem outro sentimento ou emoção. A ideia que me passa é que nada tenho a ver com Ela.

– Agora, sob o influxo das energias de seus Orientadores, você vai efetuar alguns questionamentos a essa mulher e ela responderá a você. Pergunte, repetindo mentalmente a questão que eu formulo e aguarde a resposta dela.

– Assim farei.

– Pergunte: como é seu nome?

– Soa estranho... Difícil...

– Pergunte novamente.

– Néfity!

– Pergunte como gostaria de ser chamada?

– Deve ser chamada Néfity!

– Como vai?

– Inconformada.

– Por que Néfity está inconformada?

– A rainha é má, ninguém percebe isso...

– Por quê?

– Ela abandonou a filha... Diz que está inconformada porque a rainha abandonou seu filho e Néfity tinha de cuidar dele. Nunca foi recompensada, só humilhada.

– Pergunte do que ela gosta da vida?

– Ela diz que o que mais gosta é fazer os outros detestarem a rainha.

– Continue perguntando, repetindo mentalmente: quando entrou na minha vida? Na vida de Anna?

– Desde quando Anna encontrou a rainha má.

– Pergunte a ela: quem é a rainha má?

– Não entendo... Ela diz que a rainha má é a mãe de Pietro...

– Indague: qual o objetivo de ter entrado na minha vida?

– Ela diz que eu sirvo, pois expresso o que Ela sente em relação à rainha.

– Pergunte se ela quer dizer alguma coisa mais. Escute-a!

– Ela diz que a rainha é falsa, aparenta ser bondosa, tudo que faz parece bom, mas não pode ser... Ela abandonou o filho... Não merece tanta consideração, merecia sim, uma punição.

– Diga a ela, mentalmente, que nós vamos cuidar disso, e ela vai receber, logo em seguida, uma visita de alguém que a ama muito e, que há muito tempo a procura... Será daqui a poucos minutos... Diga para ela se preparar, pois será uma grande emoção...

– Certo. Estou dizendo... Estou dizendo...

– Há Seres Superiores que estão chegando para ajudá-la.

– Sim...

– Agora, vou pedir para que você olhe novamente para Néfity. Como você a vê?

– Parece um pouco menos irritada.

– Vamos irradiar energias de amor em direção a ela, enviemos flores, muitas flores envoltas em uma energia rósea. Como você a vê?

– Vejo-a segurando as flores...

– O que você percebe de seu sentimento em relação a ela?

– Vontade de ajudá-la.

– Anna, você poderia, resumidamente, me dizer qual a importância que a influência de Néfity teve em sua vida?

– Não sei dizer...

– Você aprendeu algo com Ela, nesse episódio. Qual a função positiva dessa influência?

– Aprendi que o ressentimento nos infelicita...

– Você quer falar alguma coisa para Néfity?

– Que Ela seja feliz!

– Ela fala com você?

– Não. Ela está emocionada pela luz e pelas flores.

– Pergunte-lhe se ela quer dizer algo a você?

– Sim... Ela está dizendo que está cansada de tanta mágoa, que deseja ter paz!

– Peço que você agradeça a Ela pelo ensinamento e crescimento que trouxe para você.

– Sim, estou fazendo isso...

– Agora, você vai tomar consciência da luz que envolve o seu corpo e vai sintonizar um raio de luz que liga você a esta personalidade. Identifique onde, no seu corpo, há a conexão com Néfity. Pense nessa ligação, onde intui que ela esteja?

– No meu estômago... Que estranho...

– Pense nessa conexão e pergunte à sua personalidade hiperconsciente, ao seu Eu profundo, se você já pode se desligar de Néfity.

Dr. Benini aguardou alguns segundos e reforçou a indagação:

– Anna, você já pode se desligar Dela?

– Sim.

– Então, neste instante, vamos efetuar o desligamento para o bem-estar de vocês duas. Imagine que da sua mão direita saia um raio de luz branco e prateado e você vai cortar essa ligação. Um... Dois... Três! Agora! Pense que essa personalidade teve um sentido em sua vida. Você aprendeu alguma coisa com ela. O que ela lhe ensinou?

– Não devemos guardar mágoa...

– O que você aprendeu com Ela não se perderá. Foi uma experiência que, agora, faz parte de você. Agradeça. Era uma necessidade de amadurecimento que você precisava. Agradeça de todo coração, o que ela lhe fez. Permita-a partir e liberte-se.

O médico deu sequência:

– Vamos intensificar nossa ligação com os Seres de Luz, solicitando que você entregue a eles essa personalidade. Que Néfity seja envolta em luz suave, agradável e seja conduzida para um local na dimensão espiritual onde será cuidada, assistida e amparada com muito carinho. Que ela possa dar sequência à sua própria trajetória evolutiva.

– Vovô! Eu a vi sendo levada por um iluminado e maravilhoso casal com roupas egípcias antigas.

– Agora, eu vou pedir a você que pense no seu corpo físico, aqui nesta sala e retorne a ele. Retorne calma e tranquilamente... Vá voltando para o aqui e o agora... Vamos agradecer à Luz Maior do Universo pela proteção. Agradecer pela presença de tantos Amigos do astral que nos ampararam e nos intuíram neste processo. Sinta mãos de Luz sobre tua cabeça...

– Ligue-se com seu corpo biológico de forma plena e total. Encaixe-se no seu corpo físico... Respire fundo... Quando você se sentir totalmente aqui e agora, abra os olhos...

– Vovô que lindo... Adorei!

– Parabéns! O que foi mais significativo para você nessa experiência?

– Saber que meus pensamentos, ideias e sentimentos podem ser influenciados por outras personalidades.

– Anna, em que você pode se modificar, a partir de hoje, considerando o que vivenciou nessa sessão?

– Procurar ter, com relação à Dona Flávia, menos prevenção.

– Ótimo! No que você se sente mais fortalecida?

– No meu propósito de ver Dona Flávia como uma pessoa normal e com qualidades, afinal ela criou bem seus filhos e meu sonho é casar-me com Pietro.

– Anna, para tornar a vida mais harmoniosa e com perspectivas de um futuro familiar estável, o que você pode realizar de concreto?

– Não sei... Pode me sugerir algo?

– Abra seu coração e procure encontrar as virtudes nos que convive. Compreenda que todos têm limitações, perdoe pequenas falhas.

– Tenho algumas dúvidas sobre o que ocorreu, posso perguntar agora?

– Querida neta: o futuro é muito bom. Seja Feliz! Sim, vamos às questões...

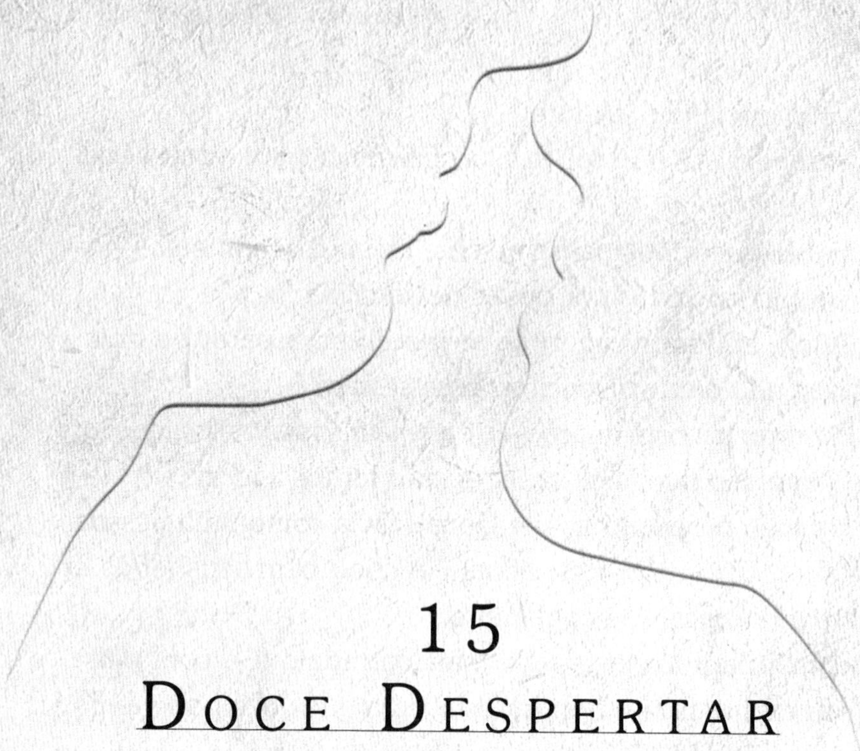

15
Doce Despertar

Flávia, naquela manhã, havia acordado com o cantar dos pássaros bem ao lado da janela do quarto de casal. Uma réstia de sol penetrava no ambiente acusando mais um belo amanhecer na cidade. Residir à beira do Lago di Garda sempre fora considerado por ela um privilégio do destino.

Abriu seus lindos olhos, esfregando as pálpebras devagar. Olhou ao seu lado percebendo que Linus dormia – como seu pai costuma dizer – o sono dos justos. Acariciou, levemente, com seus dedos delicados e finos, o rosto do marido. Este iniciou seu despertar esboçando uma espécie de careta culminado em um sorriso prazeroso. Com voz doce e feminina, quase que entoando uma canção, Flávia sussurrou ao ouvido do companheiro:

– Amore Mio... Acorda...

– Florzinha...

– *Buon Giorno!*

– *Buon Giorno!*

– Hum... Sabe que dia é hoje?

– Sábado... Nosso dia de dormir mais um pouquinho...

– Hoje não, querido... Não se lembra?

– Ah! Sim, sim, sim... É o grande dia da reunião com nossos pais, filhos e os seus amores.

– Isso mesmo Linus.

– Dá uns beijinhos, daqueles especiais...

– *Amore Mio*, hoje, eu acho que vou dar apenas um daqueles meus beijinhos especiais...

– Sabe Flávia, quero te dizer que... Eu adorei teres vindo ontem à noite, para cama, com teu chinelo de pluma e salto alto!

– Sei que gostas...

– Também com a linda tornozeleira dourada...

– Tudo para deixar meu marido feliz...

– Adoro essas coisas...

– Me pergunto se serás sempre assim?

– Assim como, Flávia?

– Babando, dessa maneira, pela tua mulher...

– Enquanto fores sedutora desse jeito... Linus a prendeu, enlaçando-a com os braços.

– Me solta, amado...

– Por quê?

– Porque... Querido, é bom demais, e assim não conseguiremos fazer tudo que precisamos nessa manhã... Me Solta... Temos de levantar logo...

Flávia beijou demoradamente seu marido, ato contínuo levantou-se, quase que pulando da cama.

– Certo Florzinha... Vamos ter um dia especial com a família, mas você fica me devendo...

– Vou pagar com juros, correção monetária e ainda dar um bônus...

– Oba! Depois eu não tenho de ficar babão...

– Vamos tomar um cappuccino?

– Está bem... Vamos...

Flávia, apesar de receosa, estava exultante. Receberia os pais de Linus, Sr. Carlo e Srª. Martha que viriam de Trieste. Tratava-se de um casal de família tradicional. Os contatos que Ela tivera com ambos, embora de significativa cortesia e amabilidade, sempre se caracterizaram pela ausência de maior profundidade. Por isso considerava que não conhecia, realmente, a alma dos seus sogros.

Embora tivesse confiança em si, havia a expectativa da reação de todos os membros da família à grande notícia, em especial dos mais velhos. Com relação aos ancestrais do outro lado da família, isto é, do lado de Flávia, seu pai falecera de infarto do miocárdio havia cinco anos, mas sua mãe Nicoleta, que vivia e residia em Udine, estava devidamente motivada para o evento.

Todos confirmaram presença no almoço daquele sábado. A Srª. Nicoleta, embora raramente saísse de Udine, decidira passar o fim de semana com a filha e genro que demonstravam estar entusiasmados para lhe dar alguma notícia, que – imaginava ela, deveria ser sobre mudança de domicílio para outra cidade. O que mais poderia ser – ponderava consigo mesma.

Estariam todos juntos no fim de semana. Caio com a esposa Isabella, Pietro com a namorada Anna, além dos mais velhos.

O encontro seria em Bardolino, portanto, na simpática cidade à beira do Lago di Garda e moradia do casal. Desde a véspera, a residência estava sendo carinhosamente preparada para receber a todos. Flores foram colocadas em todos os vasos disponíveis, o jardim externo cuidadosamente retocado, e os pratos preferidos de alguns, embora de maneira simples, estavam sendo cuidadosamente planejados.

16
Diálogo com a Neta

Doutor Benini aprontara-se para ter uma longa conversa com Anna. Sabia que muitas dúvidas assolavam a mente da garota. Além do imenso prazer de ajudar a neta, sempre o motivava a satisfação de sentir-se útil, ser prestigiado como profissional e valorizado pelo profundo conhecedor da vida espiritual, acima de tudo, havia a satisfação de ser considerado um avô muito querido.

Anna anotara tudo. Detalhista como era, pretendia obter o máximo aproveitamento da experiência que tivera com Dr. Benini. Não se perdoaria se esquecesse de perguntar algo importante, ou ainda desconhecer algo que, posteriormente, lhe faria falta na compreensão do que ocorrera.

Sentaram-se ambos à mesa da copa e iniciou-se a sabatina.

– Vovô, eu posso lhe perguntar qualquer coisa?

– Poder perguntar, pode, mas não sei se vou saber responder tudo...

– Doutor Benini sabe tudo...

– Não é verdade, ninguém sabe tudo.

– Bem, vamos então começar:

– Vovô, qual o motivo para imaginar que haveria uma personalidade intrusa comigo?

– Você tem alguma dúvida que houvesse?

– Não! Não... Eu entendi que havia, mas como você suspeitou disso?

– Um dos sintomas mais indicativos e mais comuns de influência espiritual obsessiva, que eu conheço, é a ideia fixa, constante, em especial quando não é uma ideia construtiva nem benéfica.

– A minha prevenção com relação à Dona Flávia, o fato de eu pensar muito nisso poderia fazer mal a mim e a Pietro, não é?

– O mais significativo é o fato de ter sido muito frequente, forte e sem razão lógica, o conjunto desses dados sugeria uma influência externa.

– Mas, então, porque eu *tinha* aqueles sentimentos com relação à mãe de Pietro? Seriam sentimentos meus ou sentimentos da personalidade intrusa?

– Tenho três importantes coisas a dizer a esse respeito: em primeiro lugar fico contente ao ouvir a expressão *tinha* o que significa que você já está trabalhando de forma inteligente a questão, ou seja, está se condicionando positivamente. Em segundo lugar, é importante colocar que são, também, sentimentos teus, ou melhor, "eram". Ninguém sintoniza de forma obsessiva com outros se não houver guarida, receptividade, logo havia algo seu também. Por último, respondo que sim, existiam, também, sentimentos dela, a personalidade intrusa.

– Por que só eu captei aqueles sentimentos da Néfity?

– Há um fator facilmente identificável e outros fatores que só mais tarde poderemos confirmar.

– E quais são?

– Há de existir uma predisposição para captar esses sentimentos há que existir uma predisposição energética sua.

– Como assim?

– Significa que, dentro de você há algo que se assemelha a Néfity ou algo em você que está emitindo energias de um padrão semelhante, pelo menos estava até aquele dia...

– Pensamentos semelhantes?

– Pensamentos aproximados. Não há dúvida, portanto, que existe no íntimo da minha neta Anna um resíduo de energias necessitando de melhora, há energias a sutilizar, ainda não harmonizadas, isto possibilitou a ligação com Néfity.

– Isto é grave?

– Não, de certo modo, todos nós temos questões a serem trabalhadas, superadas e harmonizadas.

– O que mais?

– Pode coexistir uma ligação histórica ou cármica entre vocês duas, mas não é muito provável.

– Pode me explicar melhor?

– O fato de ela ter sintonizado com você, ser atraída por seus pensamentos, poderia decorrer de uma vivência comum no Egito Antigo, ou seja, fatos daquela época facilitariam a conexão entre ambas.

– Mas... Por que... Por que disse não ser muito provável que assim fosse?

– Pelo fato de você, no processo submetido de investigação da personalidade intrusa, ter tido a sensação de que ela nada tinha a ver com você. Recorda-se?

– Sim, me lembro dessa sensação.

– Há algo mais, relativo a essa questão.

– *Madonna Mia,* quanta coisa!

– Nada preocupante, pode ser até muito bom para você.

– O que?

– Talvez você tenha sensibilidade mediúnica.

– Isso, eu não quero!

– Isso é uma amplitude de percepção, um sentido extra.

– Como vou saber se é mesmo uma... Coisa mediúnica?

– O nome é sensibilidade mediúnica.

– Certo, mas como vou saber?

– Só saberemos se é ou não é, quando você estiver conosco nos grupos de estudo para isso.

– Caso seja, como fui "pegar" tal sensibilidade?

– Não se "pega," nascemos com isso, há uma estrutura orgânica que trazemos. Uma glândula chamada pineal com certas modificações e peculiaridades, enfim, um conjunto de características...

– Trazemos antes de nascer? Significa que foi criada no mundo espiritual antes de reencarnarmos?

– Já viemos estruturando tal aptidão há muitas vidas, mas lá na dimensão extrafísica, o que significa dizer no mundo espiritual, os Orientadores podem dar uma reforçada, mas não "criar" algo que não tenhamos já desenvolvido parcialmente em vidas anteriores.

– Caso eu tenha essa "sensibilidade mediúnica" vou ter de receber espíritos? Vão entrar dentro de mim?

– Não. Não existe a possibilidade de um espírito entrar dentro de uma pessoa.

– Por quê?

– No seu corpo já existe um espírito, que é você mesma.

– Mas quando existe uma possessão?

– O termo correto é subjugação, nesse caso há um desvio da normalidade, uma patologia, não se trata de um fenômeno natural ou normal. Quando um espírito obsessor exerce um domínio mental sobre um médium significa que Ele, o médium esteja passando por um desequilíbrio.

– E como evitar que se desequilibre?

– Estudando bastante para conhecer sua própria mediunidade, praticando o Bem para entrar em faixas de pensamento e energias equilibradas.

– Essa subjugação... Pode ocorrer com qualquer médium?

– Não. Pois isso não ocorre com médiuns equilibrados que estudam, desenvolvem sua aptidão, e mantêm o pensamento no amor, no trabalho...

– Tudo bem, mas quando um espírito obsessor subjuga uma pessoa, parece que ela foi tomada por Ele...

– Se eu hipnotizasse você, e dissesse que está muito frio você tremeria de frio, os lábios ficariam arroxeados, solicitaria mais roupa, mas eu estaria há mais de um metro de você, portanto não dentro de você.

– Entendi. Na subjugação o espírito como que hipnotiza o... Com se chama a pessoa "vítima" disso?

– Obsedado ou obsidiado que está sendo subjugado. Sim Anna, é o que ocorre. A pessoa fica em um estado semelhante à hipnose.

– Outra questão: Vovô me disse que talvez outro profissional não soubesse fazer o que iria propor para mim. No caso, seria a sessão que identificou a personalidade intrusa. Pode me explicar?

– Essas informações são pouco conhecidas. Apenas os profissionais que possuem, paralelamente ao conhecimento das técnicas de hipnose e da terapia do insight, a vivência das questões ligadas à influência do mundo espiritual sobre o mundo físico, percebem mais além. Infelizmente, isso ainda não é comum.

– Entendi. Tenho mais perguntas...

– Pode fazê-las.

– No início da sessão... Deixa eu consultar minhas anotações... Ah! Está aqui... Aquela redoma de luz, ao redor de nós dois, pode me explicar melhor?

– É uma ideoplastia, criamos com a mente um campo de energia.

– Nossa mente é sempre capaz disso?

– Sim, embora eu sempre solicite a assistência dos amigos espirituais.

– O que eu narrei durante a sessão não pode ser tudo da minha cabeça?

– Da minha cabeça é que não é...

– Ah! Vovô... Quero dizer se eu não inventei tudo... Como vou saber?

– Trata-se de uma dúvida de quase todas as pessoas que se submetem ao processo. É perfeitamente normal esta dúvida. Para maior segurança peço, sempre, o amparo da Luz Maior do Universo...

– Deus?

– Sim, é a mesma coisa...

– Porque não fala simplesmente a expressão, Deus?

– Para já aproveitar e dar um conceito mais amplo, mais espiritista, evitando uma concepção antropomórfica, isto é, humanoide, de Deus.

– Existe algo de religião no processo?

– Não. É apenas o conhecimento das leis do Universo.

– Então é feita uma ligação com outras forças do Universo?

– Sempre. Efetuo a sintonia com as energias superiores, cria-se um campo de luz e proteção oportunizando a tudo ocorrer da forma mais correta possível.

– No atendimento foi sentido por mim a influência de duas personalidades, uma era Néfity, e a outra um homem. Fiquei curiosa e um pouco preocupada. O que acontecerá com ele?

– Foi envolvido em energias verdes e encaminhado para tratamento.

– E fica assim?

– Não. A Hierarquia Espiritual Superior tratará muito bem dele. Há estruturas no mundo extrafísico especializadas nisso.

– Ele pode voltar?

– Não se preocupe Anna, farei um atendimento a ele no grupo mediúnico se houver necessidade.

– Qual a razão da cor verde?

– Limpeza energética, higiene dos campos psíquicos... Verde é a cor das ervas, da medicina... Algo como uma cromoterapia mental, também é utilizada lá no mundo espiritual.

– Quem era a mulher de bracelete, quem era Néfity?

– Só sabemos o que já ocorreu na sessão, mas é uma pessoa que surgiu em razão de uma dificuldade entre Anna e Flávia, logo Néfity deve ter uma histórica relação com Flávia.

– O nome que me veio à mente, Néfity, é um nome Egípcio? Nunca ouvi antes.

– Sim, no Egito Antigo era um nome utilizado. Já li mais de uma vez esse nome relacionado ao de uma sacerdotisa. Não sei dizer se era exclusivo do Egito, mas sem dúvida era utilizado no Egito Faraônico. O fato de você nunca ter escutado ou lido esse nome dá ainda mais veracidade à história, embora seja apenas um detalhe, fique com o contexto geral.

– Ela pode voltar?

– Foi muito bem encaminhada e bem acompanhada, se voltar será no futuro para te ajudar, porém só deve acontecer quando ela estiver em equilíbrio.

– Por que me ajudaria?

– Néfity, embora sem desejar, quase te prejudicou. Digamos que ela estivesse atrapalhando um pouco. Logo, poderá ter a chance, no futuro, de reparar com amor e com trabalho construtivo.

– A rainha de quem Néfity falava deve ser Dona Flávia – foi o que senti no processo.

– Tudo se encaixa com o que ocorreu e se encaixa totalmente com outras regressões de outros pacientes.

– *Madonna Mia!* Regressão de quem? De Dona Flávia?

– Não necessariamente, pode ser de outras pessoas. Minha querida Anna, eu não posso comentar os dados de outros pacientes, somente eles é que podem comentar.

– Que vontade de saber quem seria...

– Não pode, por enquanto...

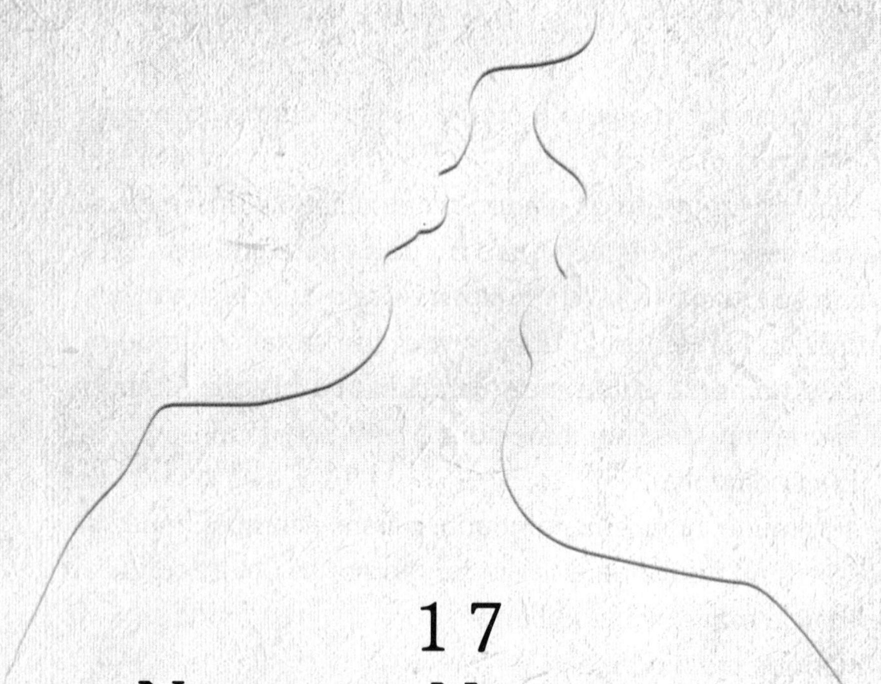

17
Nonna Nicoleta

A Senhora Nicoleta, apesar de não ser jovem, pois já contava suas sessenta e nove primaveras, fora a primeira a chegar. Afinal, era a mãe da dona da casa e além de saber como organizar um belo almoço, pretendia descobrir, antes dos demais parentes, qual seria a novidade que a filha e o genro teriam e estavam, a seu ver, fazendo um pequeno suspense.

A elegante senhora viajara sozinha. Dirigira seu carro com cuidado, mas não poupara a velocidade nas maravilhosas pistas da autoestrada. Saíra de madrugada e bem cedo já tocava a campainha da casa da filha.

– Linus, de pijamas, espiou pelo visor e impressionado comentou:

– Florzinha. Não acredito! Tua Mamma já está aqui.

Flávia, que se trocava, quase deixou cair uma peça de roupa e respondeu:

– Madonna Mia! São sete horas...

– Que faço?

– Atenda *Amore mio.*

– Assim?

– Se ela veio cedo tem de aceitar meu marido de pijamas...

Linus ajeitou-se superficialmente, e abriu a porta.

– Dona Nicoleta! Que prazer!

– Olá Linus... Isto são trajes para atender a uma senhora? Disse-o rindo e abraçando o genro.

Flávia, que estava saindo do banheiro, abraçou sua Mamma e a beijou carinhosamente.

– Mamma. Que bom, mas que cedo!

– Fiz questão de ser a primeira.

– Mamma querida. Puxa! Realmente ficamos felizes... Veio de Trem ou Ônibus?

– De carro, minha filha.

– De carro? Com quem?

– Sozinha!

– Dirigindo?

– Não... Um anjinho dirigia... Claro sua boba... Ainda tenho muita saúde, disposição, e capacidade...

Riram-se todos. Linus voltou ao quarto para se compor mais adequadamente.

– Toma um *cappuccino* conosco?

– Claro, tem uns brioches?

– Com recheio de *mirtilo* ou *amarena?*

– Já esqueceu qual gosto mais?

– *Mirtilo*!

– Ainda bem!

– Como está Udine?

– Adoro minha cidade, vai muito bem. Tranquila como sempre. Aliás, se a notícia de vocês é mudança de cidade, por que não escolheram morar lá?

– Udine? Por quê?

– Espaço para seu marido psicólogo trabalhar lá há, e bastante, quanto a você...

Flávia interrompe-a brincando...

– Que história é esta de mudança, Mamma?

– Não é a notícia que vão nos dar? Deixar esse lago maravilhoso? Os meninos estão em Milão, e Gênova, teu marido trabalha em Milão... Não é difícil imaginar que precisas mudar de cidade.

Flávia soltou uma risadinha.

– Mamma, o mais importante de Udine é que você mora lá...

– Também...

– Mamma, não é nada disso. Não vamos nos mudar...

– Então, qual é a novidade tão importante?

– Só às treze horas, todos vão saber...

– E eu que madruguei?

– Madonna Mia! Com 44 anos não tinha percebido que minha mãe era assim, tão curiosa.

– Só quando se trata da vida da minha filha Flávia...

– Vai me ajudar no preparo de tudo?

– Claro que sim, Flávia. Trouxe umas bandejas de prata, castiçais para um jantarzinho à noite, e outras coisinhas que gostas...

– Jantarzinho? À luz de velas?

– Não pensou nisso?

– Somos apenas nós da família, na realidade pensei em fazer algo mais simples à noite.

– E Dona Martha e o Senhor Carlo?

Linus interpôs.

– Meus pais, apesar de virem de famílias tradicionais são pessoas simples, embora de bom gosto. Se for um lanche ou café à noite está ótimo, porém se quiserem fazer algo mais requintado deve ser só pelo prazer de fazer... Não por eles.

– Já que Mamma trouxe tantas coisas lindas, façamos. Será divertido. Mãe, eu posso dizer a todos que foi ideia sua trazer os castiçais de prata e tudo mais? Assim, fico mais à vontade.

– Se você preferir pode dizer.

– Combinado.

– E a notícia, a novidade qual é?

– Mamma! Só às treze horas!

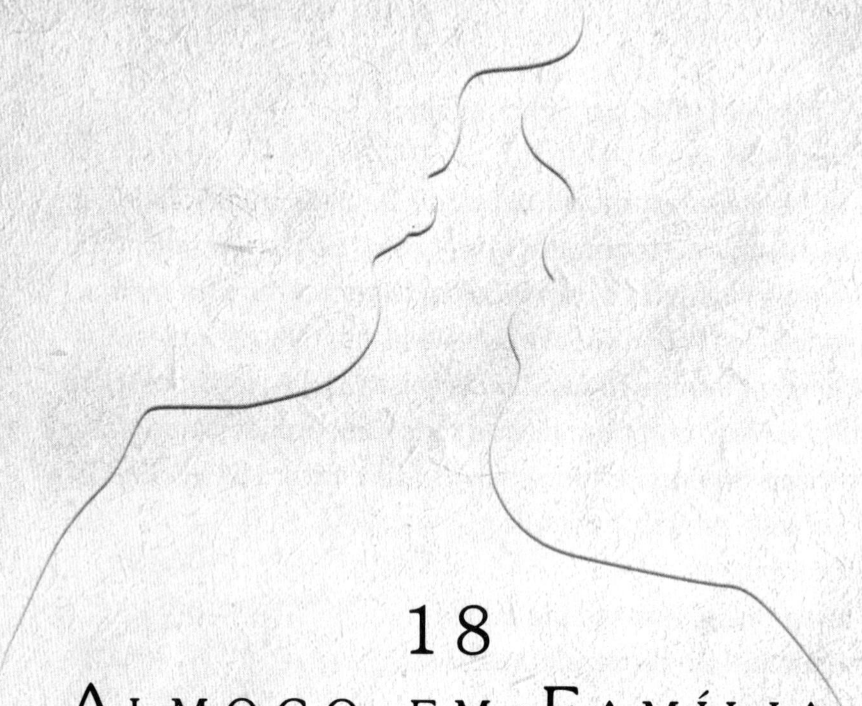

18
ALMOÇO EM FAMÍLIA

As massas estavam deliciosas. Ravióli de espinafre, e de *Zucca*[30], lasanha a quatro queijos, além da indefectível polenta com rúcula para agradar à senhora Nicoleta. O vinho, usado com moderação e acompanhando a refeição, dava um clima típico de família italiana reunida.

Pietro trouxera seu violão e procurava brindar a todos com músicas que solicitavam. Quando escolhia suas preferidas, Anna, sempre alegre, cantava e aprovava o repertório musical do namorado.

Antes da sobremesa, às 13 horas em ponto, a Senhora Nicoleta, pedindo silêncio e pondo-se de pé, se manifestou:

---

30 Abóbora em italiano

– Querida filha, querido genro, amados netos, e netas – *disse dirigindo-se tanto a Isabella quanto a Anna que sorriu e corou, diante da sua inserção precoce como membro da família.* Queridos Sr. Carlo e Martha, estamos todos aqui felizes pela vinda do novo membro da família que está chegando através de Caio e Isabella. Para mim é um momento muito especial estar com todos vocês e desde já os convido para, nas férias próximas, organizarmos um fim de semana em Udine. Um brinde à família!

Todos ergueram suas taças, e em uníssono anuíram:

– À família.

– Agora, vou passar à Flávia a palavra. Há uma notícia nova, cujo teor todo membro desta mesa está muito curioso em saber.

– Mamma, para demorar mais um pouquinho, Linus tem uma proposta. Diga Linus!

– Vamos fazer uma brincadeira, talvez Dona Nicoleta já saiba qual seja a novidade, mas vou fazer o seguinte, quem adivinhar ganhará de nós dois um jantar em Milão no restaurante que escolher, e claro, com direito a levar acompanhante...

– Se eu descobrir o que é, desejo um jantar à luz de velas... – Anunciou Nicoleta.

– Então, seja a primeira a adivinhar.

– Eu insisto em pensar que vocês dois irão se mudar de Bardolino. Você, Flávia irá para Milano. Linus já trabalha em Milano, os quadros tão bem pintados pela minha filha lá teriam ótimas oportunidades de divulgação. E Caio e Isabella já moram lá...

– Pois então, seu jantar à luz de velas está garantido!

– Eu sabia!!!

– Dona Nicoleta, mas é o jantar de hoje à noite, agora, com todos nós... A senhora errou mesmo.

Todos riram.

– O que me consola é que deve ser algo muito bom, pois, caso contrário, não estaríamos comemorando.

– Quem é o próximo a tentar?

Caio arriscou:

– Mamãe ganhou o prêmio acumulado da loteria, seria isso?

– Também não foi, aliás, vamos considerar como uma premonição... Obrigado, meu filho.

Pietro entoou no violão alguns versos improvisados que divertiram a todos.

A cara de Linus nunca mente,
Mamma Flávia está contente,
Os quadros dela agora irão,
À grande exposição,
Na feira de Milão...
Suas obras tão formosas,
Serão no mundo, famosas...

– Acertei?

– Filho querido. Não é isso também, mas agradeço pelo desejo. Seria mesmo um sonho...

Isabella deu seu palpite:

– Uma grande oportunidade profissional surgiu para Linus, aqui em Bardolino, morariam à beira do Lago... Poderia ser?

– Que pena não ser verdade... Mas, de qualquer forma, estou muito bem em Milão. Quem é o próximo?

Anna falando alto e, logo em seguida, considerando o inusitado da sua assertiva, escondeu-se brincando, atrás de Pietro.

– Dona Flávia está grávida... E Linus vai ser papai...

A risada foi geral.

Passado o impacto da brincadeira, Flávia colocou:

– Querida Anna, sua intuição foi perfeita, você e Pietro estão convidados. No próximo fim de semana, juntos, nós degustaremos um belo jantar em Milão à luz de velas.

Houve um rápido silêncio, seguido de uma série de interjeições de surpresa, acompanhadas da profusão de abraços, beijos, e cumprimentos.

– Mamma, tem certeza? – Indagou Caio.

– Já confirmamos duas vezes.

O velho Carlo não pôde esconder uma lágrima solitária que lhe escorria pela face. Abraçando seu filho ponderou.

– Martha e eu já havíamos desistido de sermos avós e você, com quase cinquenta anos, nos deu esse presente magnífico.

– Papà[31]... Estamos muito felizes, Apenas lembro que quem está dando esse presente não sou apenas eu, somos Flávia e eu...

– Claro! Claro, meu filho... Estou ainda sem raciocinar direito. Percebeu, com o canto dos olhos, que Martha lhe endereçava um olhar enviesado...

---

31 Papai em italiano.

19
De Volta ao Egito

As sessões de Terapia Regressiva às Vivências Passadas seguiram com evidente progresso, tanto com o paciente Linus quanto com sua esposa Flávia. Efetuavam-se em dias diferentes, porém já estavam sendo organizadas avaliações conjuntas com o Dr. Benini.

Lembramos, sempre, que várias sessões estão sendo aqui condensadas. Juntamos, também, em blocos únicos, fatos ocorridos nas regressões de Linus na personalidade de Áster assim também de Flávia na personalidade de Haymah. Assim procedemos visando a facilitar e tornar mais agradável o entendimento da história. Além disso, são efetuadas pequenas adaptações em certos termos e expressões, suprimindo outras ou as adequando à ética que norteia nossa editora bem como a proposta construtiva do autor.

Sigamos na narrativa:

Haymah, passados alguns dias, sentia por Áster seu desejo aumentar a cada hora. Resolveu, então, chamá-lo à sua presença. Seus pensamentos eram, ora claros na intenção do contato íntimo, ora titubeantes na decisão a ser tomada:

– Por Osíris, ele é um escravo... Não! Não! Não! Ele era um escravo... Agora é um homem liberto e... Desejo e quero este homem!

Olhou-se no reflexo das águas do seu jardim sentindo-se bela e atraente. Novamente se indagou como, sendo a rainha, expressava temor de tomar uma decisão que poderia ser muito simples: apenas usufruir de seus direitos de soberana. Não era o que desejava, buscava algo diferente, algo com mais substância, mais valor... Enfim, seria algo que existiria? Novamente se olhou no reflexo da água quedando-se pensativa...

De repente, seu corpo de mulher parecia falar mais alto que essas preocupações. Começou a pensar intensamente em Áster, sentindo-se invadir pelo amor e pelo desejo que sentia por ele.

Haymah preparara um novo encontro com seu amado Áster. Contudo, mantinha-se resolvida a não se deixar tocar fisicamente pelo ex-escravo, até que tivesse coragem de contar a ele seu segredo. Pelo menos essa era a justificativa que criara para si mesma...

De qualquer forma, preparara o que imaginava ser uma surpresa para o ex-escravo. Usaria de artimanha com a qual pretendia prendê-lo, cada vez mais, pela fascinação à sua pessoa. Seu corpo e sua alma continuavam ardentemente desejando Áster. Mandou-o chamar, a pretexto de que necessitava propor uma reformulação nos serviços da guarda do palácio.

Ordenara a todos não interromper, por se tratar de assuntos “de segurança máxima”. Quando Áster chegou à sua frente, os corpos de ambos pareciam tremer pela emoção da possibilidade de mais um encontro... Um encontro *sem-toque* como pensava Áster que ao contrário de desestimulá-lo, o deixava cada vez mais envolvido.

Entrando nos aposentos de Haymah, Áster a percebeu, sentada em uma cadeira mais alta do que a comum. Usava um traje azul celeste transparente e uma estranha coroa que mais parecia uma tira de pele de animal, com uma flor feita de material que ele desconhecia, muito delicadamente colocada na cabeça de sua rainha e mulher; de sua deusa, como costumava chamá-la em seus pensamentos. A expressão “minha deusa” sempre acompanhava suas fantasias quando pensava nela.

Ao pisar no ambiente mais íntimo da rainha notou que, espalhadas pelo chão, havia pedras azuis e verdes com muito brilho e outras brancas transparentes, pedras que ela também colocava sobre aquele estranho calçado. Os calçados de Haymah eram sempre deslumbrantes, aos olhos de Áster.

Haymah quase o hipnotizava, mirando-o com um olhar penetrante e sedutor, entreabrindo os lábios, mordendo-os vez por outra, sempre o fixando, mesmo sem dizer uma só palavra enquanto prendia, com pequenas correntes de ouro, as pequenas pedras brilhantes em seus pés. – De onde teriam vindo essas pedras, tão estranhas – pensava ele – e esses estranhos calçados?

A surpresa de Áster foi ainda maior quando começou a ouvir uma inebriante música provinda do mesmo instrumento de sopro que ouvira na vez anterior, quando viera aos aposentos da soberana.

– Áster, – *disse ela com voz quente e em tom baixo, olhando-o de forma feminina, por um instante o seu rosto não parecia ser de uma rainha altiva, mas de um ser com sentimentos e emoções.*

– Áster! Tu disseste que sou tua deusa, quantas vezes sonhaste em estar nesta cama, comigo, já que guardavas meus aposentos?

– Nunca! Minha rainha. Sempre a vi como vejo a deusa Ísis ou como vejo a esposa do Deus Sol, Amon.

– Pois bem, agora te peço como mulher e te ordeno como rainha deste reino: Eu permaneço aqui neste divã e tu deitas em minha cama! Embora você não seja mais meu escravo é meu servo, habitante de meu reino.

A princípio, Áster imaginou não entender bem o que ela dizia. Ele permaneceu imóvel por alguns minutos e ouviu novamente:

– Eu fico longe do teu alcance. Vai! Sinta o perfume de meus lençóis. Sinta que, estranhamente, minha cama guarda o calor de meu corpo...

– Obedeço! Já que é o vosso desejo...

– Agora, – disse Haymah voltando-se para a escrava:

– Néfity, tira a roupa dele que ainda tem aspecto de escravo e o conduza para minha cama, mas retorna aqui para meu lado. A escrava assim procedeu e Áster, ainda trêmulo, deitou--se sozinho sobre os lençóis de Sua Majestade...

– Áster, segura meus lençóis, sente seu perfume, quero que abrace meus lençóis e que os aproxime de teu corpo. Quero ver-te envolvido com meus lençóis, sim... Com eles junto ao teu corpo. Todo teu corpo... Quero que meus lençóis fiquem impregnados do odor do teu corpo.

Aperte-os no teu corpo. Vamos! Vamos rápido! Assim, quando não estiveres aqui, sentirei teu cheiro... Teu cheiro de homem, pois quero que tu sejas o meu homem sem me tocar, pois sou tua deusa intocável. Áster, eu serei para ti como a fêmea de um animal monogâmico, quer dizer a única para seu macho... Tu não poderás ter outra. Eu serei só tua, Áster, mas só em pensamento.

Ela olhava fixamente para o corpo de Áster. À medida que o via deitado e envolvido em seus lençóis, sentia-se energeticamente possuída por aquele homem. Nem ela mesma compreendia o que nele havia que a atraía tanto... Instintivamente, acariciava com suas mãos seus lindos pés enfeitados, sob o olhar confuso e hipnotizado do ex-escravo.

O rosto de Haymah se contraía de prazer. Virava o pescoço deixando cair seus cabelos longos, lentamente, de maneira a que Áster pudesse apreciá-los. Dizia: – Olha! Olha tua rainha-mulher, Áster! Ela sorria...

– Eu quero teu cheiro mais impregnado ainda em meus lençóis, Áster... Assim, continua olhando meu corpo. Assim... – Dizia falando lentamente e acompanhando os movimentos de seu homem.

Ambos pareciam enlouquecer de desejo, mas a regra havia sido dada pela rainha, Áster não poderia tocá-la e ela também por capricho se recusava a tocá-lo.

Sua voz tornava-se cada vez mais quente e, agora, ofegante.

– Hoje, Áster... Ainda não poderás me tocar, tocar meu corpo. Eu não te tocarei também.

Após alguns momentos, com essa regra imposta por Haymah, ambos chegaram ao êxtase e se tornaram, em termos psíquicos, com relação às vibrações da esfera sexual, plenamente ligados. As energias de um homem e de uma mulher se entrelaçaram, cruzaram-se e se interpenetraram, fisicamente distantes, sem que algum deles sequer tivesse contato mais íntimo no corpo do outro, mas muito próximos em seus corpos energéticos e emocionais. Uma ligação que, embora fosse já muito antiga, parecia ter sido ali iniciada, mas, sem dúvida, atravessaria muitos séculos de compromissos e consequências...

20
Paixão, Dor e Definições

Linus, no processo regressivo, fora submetido à hipnose superficial pelo médico. Como de hábito, Dr. Benini utilizava a técnica do insight preconizado pela Drª Fiore na qual o paciente mantém a consciência do ambiente que o cerca. Linus continuava trazendo à superfície do cérebro os registros do passado longínquo vivido na personalidade de Áster. Com voz emocionada dizia:

– Após ter-se encerrado o inusitado episódio, eu estava exausto! Não tanto pelo que fisicamente acontecera, mas pela tensão nervosa. Há poucos dias era eu um escravo, segurando minha lança no salão do trono. Naquele instante pensei nela, minha inseparável lança que agora se encontrava nas enormes mãos daquela fera humana, Horzeb.

– A rainha, antes de me proporcionar aquela situação, fizera um sinal a Néfity. A escrava, que curiosamente parecia ter grande autoridade sobre o gigante eunuco, tomou-o pelo braço fazendo-o virar-se de costas para o cenário, em seguida conduziu-o até a parte externa do ambiente, evitando que presenciasse ou escutasse mais do que o necessário.

Dr. Benini auxiliava o paciente:

– Continue Áster!

– Agora, como homem liberto, deitado na cama da rainha, em situação constrangedora envolto nos lençóis da soberana, eu não sabia o que deveria fazer, só temia sentir a minha própria lança atravessando minhas costas e penetrando no meu coração.

– Deixe esse cenário. Veja o que ocorreu mais tarde naquela vida.

– Fui transferido, em definitivo, para novos aposentos, esses eram claros e amplos, muito bem decorados e confortáveis. Muitas roupas finas estavam à minha disposição, passei a ter homens às minhas ordens, mulheres não, Haymah não permitia.

– Vá mais adiante.

– Vejo-me nos jardins do palácio.

– Os jardins internos de Haymah?

– Sim, é dia claro, há muitas flores e caminhamos sob as sombras generosas de grandes árvores. Sou cada vez mais solicitado pela rainha, em todos os sentidos. A cada dia que passa, sou mais valorizado e requisitado por Haymah. Ela tem me visitado e, frequentemente, nós dormimos juntos em meus belos aposentos. Nesta manhã, estou ministrando aulas de conhecimentos gerais para a rainha, sou considerado uma espécie de professor particular, além de amante.

– Veja o quê você está ensinando.

– Falo a respeito dos astros, e de outros temas... Agora estou desenhando em papiros. Tenho auxiliares. Haymah tem longas conversas comigo, é de seu agrado contar-me seus sonhos os quais são muito vívidos e aparentemente relacionados às vidas passadas dela. Tento explicar o significado disso à rainha.

– Continue.

– Descobri que, apesar da postura altiva, é uma mulher sensível, aprecia cultura, música e poesia. Surpreendi-me ao vê-la executar diversos atos generosos para com outras pessoas, inclusive prisioneiros. Percebo que ela, além de desejo sexual, sente amor por mim.

– E você?

– Sinto o mesmo. Mantenho minha posição de adorá-la como deusa, mas a amo muito.

– Olhe bem nos olhos de Haymah, concentre-se no seu olhar. Reconhece-a?

– Flávia. Não há dúvida.

– Vá para outro momento significativo de sua vida como Áster.

– Vejo Haymah chorando porque o filho, que lhe foi tirado dos braços ao nascer, faleceu.

– Busque no seu inconsciente a razão do falecimento da criança.

– Morreu por uma doença súbita e inexplicável. Há suspeitas de que tenha sido envenenado. Vejo Néfity com expressão de muito rancor com relação à minha amada. Néfity nunca perdoou a rainha por ela ter se acomodado com a criação do filho à distância da mãe. Sinto que Néfity atribui culpa à rainha, por negligência, pela morte do filho.

– Continue, vá para outro momento importante da sua vida na condição de Áster.

– Eu e a rainha estamos em meus aposentos dormindo. Sinto uma dor forte e muito aguda no peito. Estou muito tonto.

– Há mais alguém com você?

– Haymah... Ela está sangrando muito, está morrendo, tento levantar, mas não consigo, recebi punhaladas no peito, sinto perder os sentidos... Estou morrendo... Tento olhar para o lado, vejo que ela já está imóvel...

– Sinta-se deixando seu corpo morto. Sinta que você está cerca de dois metros acima de seu corpo.

– Sim... Estou...

– Olhe para seu corpo morto e se despeça dele, agradecendo, em pensamento, tudo que ele proporcionou a você, todo o aprendizado e experiência nessa vida. Você continua a viver na dimensão espiritual.

– Sim...

– Sinta uma luz azul a envolvê-lo. É uma luz clara e brilhante.

– Estou percebendo.

– Como se sente?

– A dor cessou. Estou me sentido bem.

– Agora, perceba que está chegando um Ser de Luz. Está se deslocando em sua direção. Consegue vê-lo?

– Ainda não, mas me sinto leve, tomado por uma sensação agradável.

– Concentre seu pensamento no Ser que está vindo em sua direção para recebê-lo na nova vida. Envolva-se na energia azul.

– Estou vendo dois vultos luminosos...

– Firme seu olhar e pensamento nos vultos luminosos.

– São dois... É um casal de sacerdotes egípcios. Estão com roupas claras e brilhantes, são azuis e douradas, lindas...

– Veja se os reconhece.

– Puxa! Eles emitem luz...

– Sim. Direcione seu olhar para os olhos de ambos. Reconhece?

– Incrível! São minha amiga Diva e George, mas com trajes egípcios antigos...

– Portanto, já eram velhos amigos seus.

– Onde está Haymah?

– Diva e George irão explicar, porém saiba que ela está sendo atendida, com todo o carinho neste instante.

– Estou emocionado...

Linus deixou verter uma lágrima solitária que escorreu pela face. George e Diva, pais de Isabella, eram seus melhores amigos, ambos falecidos há cerca de dois anos.

– Você está sendo conduzido para um local agradável, muito bonito. Permita-se localizar nesse novo ambiente. Respire em uma atmosfera de paz. Onde se percebe agora?

– Estou em um campo muito verde, com árvores imensas, um lago azul...

– Algo mais?

– Flores e pássaros, tudo é maravilhoso...

– Há alguém com você?

– George, com seu traje de sacerdote egípcio.

– Continue.

– George me acalma, diz que Diva está atendendo Haymah.

– Sim. Você está sendo atendido e amparado. Logo que se recuperar, terá notícias de Haymah.

– Quem nos assassinou?

– Não é o momento para saber isto. Localize-se sob uma das árvores, fixe seu olhar em George. O que ocorreu depois?

– Conversamos longamente. Ele, o sacerdote Egípcio, me encaminhou para locais de aprendizado. Parecem aulas...

– Fique tranquilo, tudo foi encaminhado e resolvido, inclusive com Haymah. Agora, é preciso retornar para a sua personalidade atual. É preciso voltar.

– Que pena!

– Usando sua imaginação criativa, entre no túnel do tempo. À medida que eu contar de dez a um, você vai retornando a ser Linus... Irá voltando para o aqui e o agora... Irá retornando ao meu consultório... À medida que você retorna, eu estarei lhe apoiando, dando algumas instruções e esclarecimentos. Permaneça de olhos fechados até eu disser para abri-los. Certo?

– Sim...

– Dez! Entre novamente no túnel do tempo.

– Nove! Você está voltando... Lentamente.

– Oito! Tudo que você vivenciou como Áster é real e faz parte da sua história...

– Sete! Você não irá se esquecer de nada...

– Seis! Agora você já sabe que há uma razão para a altivez da esposa, durante o relacionamento sexual, o atrair intensamente e, em outras ocasiões, essa postura incomodar.

– Cinco! A memória de Áster existe muito forte em você, são importantes registros, núcleos de energia intensos, porém eram desconhecidos do seu consciente. A partir de hoje são fatos conhecidos que serão dominados pela sua consciência como Linus. Você não é mais o escravo. É o psicólogo clínico, casado com Flávia, mulher suave, meiga que não é mais a sua dominadora rainha.

– Quatro! Vamos reforçar a imagem de ambos conversando nos jardins, ela atenta, aprendendo com você, perguntando sobre os astros e sobre os sonhos.

– Três! Vamos agradecer aos Seres de Amor e Sabedoria que nos ampararam nesse trabalho. Sinta mãos de luz sobre a cabeça, envolva-se nessa energia. Agradeçamos, também, à Diva e a George que amorosamente contribuíram para esse tratamento. Parabéns, por tudo que pôde acessar. Tudo ocorreu porque você já adquiriu merecimento e amadurecimento espiritual.

– Dois! Você está voltando e se sentindo muito bem... Movimente os pés um pouco... Isso, muito bem... Movimente suas mãos... Respire fundo e suavemente...

– Um! Você está de volta para o dia 18 de agosto de 2012, em Milão, no consultório do Dr. Benini... Pode abrir os olhos quando quiser...

21
Vida Conjugal em 2012

Foram longos e esclarecedores os diálogos do Dr. Benini com Flávia, bem como com o marido dela. As primeiras sessões, após o processo regressivo foram individuais, porém logo se tornaram conjuntas. A condução no processo terapêutico de Flávia seguira moldes semelhantes aos de Linus. Ficou notória a vinculação dos estímulos à sexualidade, entre ambos, com o passado vivido em comum.

A atual altivez de Flávia, ao intercambiar energias sexuais com seu marido, fato que parecia inexplicável devido ao seu temperamento suave e meigo, agora era facilmente compreensível. Ela, ao receber os estímulos na área específica, pelo mesmo companheiro do Egito Antigo, sintonizava com registros de seu inconsciente pretérito buscando a personalidade da rainha Haymah.

Paralelamente, seu esposo, em processo equivalente, ao interagir eroticamente com sua companheira, buscava, também de modo inconsciente, a personalidade de Áster, o escravo, que se tornara depois professor e amante da soberana.

O inconsciente nada mais é do que a nossa dimensão espiritual, ou seja, a alma. As emoções mais significativas, sejam elas de que natureza for, permanecem conosco arquivadas em núcleos de energia que pulsam nos porões do inconsciente individual. Este pulsar dos registros de memória costuma emitir ondas geradoras de tendências comportamentais.

Os arquivos de um passado comum, vivido por Linus e Flávia, jaziam em zonas profundas da alma de ambos. As fortes experiências vividas por Flávia na encarnação em que fora a rainha orgulhosa, mas apaixonada por um ser considerado inferior, ou seja, seu escravo vinham à tona no momento da sintonia vibratória mais íntima, relacionada à questão da sexualidade.

Foram muitos os dias de domínio da rainha até que a mesma resolvesse se entregar completamente ao seu amado.

Haymah, por ser muito jovem, temia ser manipulada pelo ex-escravo, assim, manteve algum tempo, a postura de senhora da situação com extravagantes expressões de domínio até nos detalhes e peculiaridades do relacionamento íntimo. Dessa forma, incrustou em sua memória o prazer associado ao domínio e controle, enquanto fazia questão de reforçar em Áster a emoção e o prazer de se sentir dominado.

Linus, ao intercambiar energias na esfera conjugal com sua amada esposa, estabelecia contato com seus núcleos de memória em que o prazer do sexo era agradavelmente associado à subserviência, fato real que guardara em seu ser. Assim, seu desejo estava associado à sensação de ser dominado pela sua Senhora, a rainha Haymah.

Flávia, na personalidade de Haymah, o obrigara a endeusá-la, inicialmente bloqueando seu desejo direto, na esfera erótica, passando por um período seguinte em que ele aceitaria, com prazer, a função sexual com subserviência, o que veio a se tornar um estímulo inconsciente na vida atual.

Fatores atuais, decorrentes da nova vida em comum de Linus e Flávia, estabeleceram gatilhos que acionaram a abertura de comportas da represa do inconsciente. A força eclodiu, desaguando na superfície do cérebro atual.

Após diversas sessões de regressão, ambos estavam cientes do que sucedera. Dispostos a escutar o médico no que pudesse auxiliá-los a completar de forma madura, mas sem perder alegria e criatividade no seu relacionamento íntimo. As lembranças do passado agora passariam a ser motivo de brincadeira e charme nas preliminares dos relacionamentos íntimos, sem angústias de qualquer natureza.

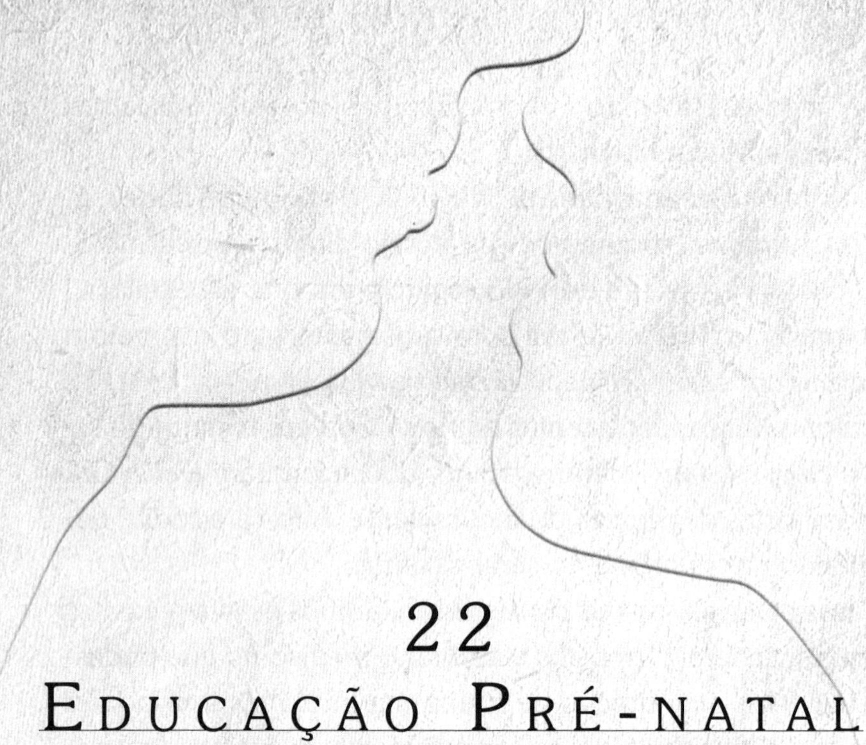

22
Educação Pré-natal

Linus e Flávia souberam aproveitar os conhecimentos da realidade espiritual para intercambiar energias de amor com seu bebê.

Cecília Aguiar, jovem brasileira, colaboradora do *Sentieri Dello Spirito*, casada com o italiano Mattia, residente em Milano, dera-se ao trabalho de traduzir do português para a língua italiana a obra *Gestação Sublime Intercâmbio*. O referido livro expõe, de forma detalhada, as intensas trocas energéticas entre o espírito da gestante e do concepto.

O casal, lendo a versão italiana da obra, pôde compreender como esse intercâmbio fluídico é importante. Exerce influência sobre o psiquismo da mãe, mas principalmente sobre o feto. As energias dos pensamentos e sentimentos da gestante são expressivas forças atuantes sobre o inconsciente do bebê.

O espírito, agora vindo como filho de Flávia, durante o processo de reencarnação *intraútero,* estava tendo a oportunidade de banhar-se constantemente em campos energéticos sutis.

Sem dúvida, havia uma grande diferença de situação entre Flávia e seu filho: o nível de consciência em que se encontravam. À medida que a gestação avançava em tempo e desenvolvimento, o espírito reencarnante passava a perder progressivamente o domínio de suas faculdades psíquicas que se prendiam ao Sistema Neuroendócrino em formação.

Na fase embrionária e fetal, embora não havendo desenvolvimento neurológico que permite ao cérebro registrar informações, o Espírito, por meio da memória chamada extracerebral, arquivava informações e experiências captadas pelo filtro materno do meio exterior.

Quanto à Flávia, passaria cada vez mais, dia a dia, a influenciar com suas emanações mentais o espírito prisioneiro do novo arcabouço biológico.

Linus, ao ser indagado pelos parentes sobre a real eficácia de se conversar com o feto, costumava comentar que as experiências de regressão de memória, ou retrocognição, efetuadas pelos terapeutas de TVP, muito têm oferecido de comprovação prática.

De fato, a Terapia de Vivências Passadas tem logrado obter um vastíssimo material a esse respeito. Não há como negar que os indivíduos retroagidos à idade fetal rememoram detalhes da vida intrauterina, bem como as emoções vivenciadas pela mãe.

Os pensamentos de nível elevado da mamãe Flávia, suas ideias de paz, fraternidade e amor ao próximo, sempre corroboradas pelo seu marido, o qual lhe propiciava todo o amparo e carinho possível, estavam sendo utilizados durante a gravidez, para educar aquele Espírito que aportava no templo do lar.

Pensamentos construtivos e de conteúdo ético constituíam-se em ondas de alta frequência, vibrações mentais percebidas pelos sensitivos como de tons claros e brilhantes. Anna, a namorada de Pietro, cada vez mais aberta às percepções mediúnicas e anímicas, chegara a notar um arco de luz partindo do coração de Flávia em direção ao útero grávido.

Essas vibrações ou ondas magnéticas continuavam banhando suavemente o Espírito preso nas malhas da reencarnação. Vibrações geradas pelo pensamento materno, com a contínua colaboração do papai Linus.

Diariamente, o filho (a) de Flávia recebia verdadeiros passes de amor por meio do diálogo que sua mãe mantinha com ele. Como mãe esclarecida, tendo consciência desse processo, já educava o espírito reencarnante na doutrina de amor e sabedoria, sem cores nem bandeiras religiosas, porém na visão holística do Amor Universal...

Linus, como psicólogo e, atualmente, estudioso dos fenômenos espirituais, tinha conhecimento de que se condiciona alguém ao lhe falar diariamente, ao pé do ouvido, durante o sono. Da mesma forma, os nove meses de gravidez, período em que o Espírito está em estado semelhante ao sono, se constituía em grande oportunidade de se imprimir condicionamentos educativos ao futuro filho ou filha.

Lamentavelmente, a visão materialista da maioria dos médicos, pela absoluta falta de informação das questões extrafísicas, impede a aceitação da memória extracerebral. Assim, o conceituado ginecologista de Flávia, apesar de ser muito gentil como pessoa humana e tecnicamente competente, não acreditava na existência do Espírito, perdendo muito no que se referia à instrução de suas pacientes gestantes a respeito do diálogo da mãe com o feto.

Felizmente, cada vez mais, surgem movimentos filosóficos que reacendem esses conhecimentos espirituais e o casal Flávia e Linus já desfrutavam do sabor dessas informações.

O conhecimento de que somos seres milenares nos dá uma visão mais ampla do processo educativo. Cada vez que renascemos, mergulhamos nas águas uterinas maternas e apenas esquecemos, temporariamente, nosso volumoso patrimônio, construído em inúmeras reencarnações, porém conosco permanece todo nosso passado.

As tendências, vocações e potenciais diversos estão latentes, temporariamente adormecidos para serem aprimorados, lapidados, incentivados ou redirecionados pelos fatores educacionais os mais diversos: físicos, extrafísicos, nosológicos[32], mas fundamentalmente pela ação constante das 24 horas diárias de amor, de carinho e de exemplificação dos pais, em especial daquela que é o ninho da vida – a mamãe.

32 Ambientais.

23
Energias da Natureza

Flávia e Linus pretendiam sair bem cedo naquele sábado. Como de hábito, Linus encerrara o trabalho no consultório sexta-feira às 12 horas. Viajara, após rápido lanche em pizzaria, à tarde já desfrutava da companhia da esposa e do bebê, ainda nos primórdios do período gestacional.

Ao chegar a casa beijou carinhosamente a esposa, colocou a mão sobre o abdômen da mesma e saudou o pequeno feto.

– Olá bebê querido, papai chegou e estava com saudades.

Flávia, ainda abraçada ao esposo, comentou:

– Que pena não sabermos se é um garoto ou uma menina.

– É verdade, só chamamos de bebê, neném, sem falarmos "ele" ou "ela".

– Sim, querido, ainda não podemos, pelos condicionamentos que isso poderia gerar na criança.

– Flávia, você gostaria de fazer uma ultrassonografia e definir logo o sexo da criança?

– Creio que não... O melhor da festa é, sempre, o esperar por ela. Não tenho pressa. E você, que pensa?

– Concordo. Por mim faremos o exame quando o médico recomendar.

– Combinado, além do que... Linus, me ocorre que se a informação do sexo for equivocada, passaríamos a nos dirigir de modo errado à criança. Não é?

– Sim, por enquanto ficamos assim, é simplesmente o nosso bebê.

A sexta-feira brindou-os com uma noite de céu estrelado, banhado pelo brilho prateado dos reflexos de generosa Lua cheia. A abóbada celeste parecia traduzir no firmamento o fluxo de amor entre o casal que vivia momentos de entrega mútua. A relação íntima fluiu, naquela noite, de forma maravilhosa para ambos, que acordaram com a réstia de luz solar que penetrava pela janela.

– Florzinha, bom dia!

– Bom dia, meu querido!

– Vamos passear nós três?

– Depois de um cappuccino...

– E uns croissants...

– Estamos com fome, não é minha querida?

Riram-se ambos.

Após um agradável desjejum, saíram caminhando pelo amplo calçadão ao longo do lago. Haviam combinado conversar bastante com o bebê naquela manhã. Linus iniciou:

– Bebê, nós ainda não sabemos se tu és um menino ou uma menina, mas queremos dizer que te amamos muito. Não é, mamãe?

– Sim, hoje nós vamos te mostrar o lago que mamãe sempre brincou, desde quando criança até agora.

– Olha neném, veja os cisnes, quantos cisnes lindos.

Seguiram, durante alguns minutos, conversando sobre os patos que eram abundantes no Lago di Garda, a vegetação, o colorido das flores, e os pássaros. Flávia sugeriu:

– Vamos agora falar sobre sua mamãe e seu papai.

– Foi uma surpresa muito linda estares conosco. Não sabia que um dia eu seria pai, estou muito feliz por estares aqui.

– E tua Mamma adora te sentir aqui dentro – disse colocando a mão sobre o útero. Mamãe também adora o teu papai.

Durante toda a caminhada conversaram com o Espírito reencarnante. Discorreram sobre a amizade, os valores de família, comentaram sobre os irmãos Caio e Pietro, enfim, direcionaram ao subconsciente do Espírito o maior número de pensamentos construtivos para a nova vida que estava se iniciando. Durante toda a gestação, assim procederam.

24

Desdobramento Astral

Linus naquela noite não viria para casa, dormiria em Milano. Fora intenso o movimento no consultório e os casos haviam sido mais complexos do que o habitual. Em função disso considerou prudente não viajar, pois estava psiquicamente exausto. Durante os últimos atendimentos sentiu que doara muita energia vital e não se lembrou, nessa oportunidade, de criar o isolamento energético recomendável.

Linus aprendera com Flávia a se proteger com um campo de energia em torno de si. Em outras ocasiões, invariavelmente construía ao seu redor, ideoplasticamente, um cilindro de luz azul, que concentrava energias de paz e harmonia.

Buscava mentalmente, na natureza, um lago azul de águas plácidas e de lá absorvia as energias para edificar o cilindro, colocando-o ao redor do seu corpo. Ato contínuo, mentalizava energias prateadas imaginando a luz do luar se condensando e circunscrevendo o primeiro cilindro com outro maior e mais amplo. Por esquecimento, naquele dia não procedera da forma usual. Nem mesmo fizera uma rápida prece.

A esposa recebera o afetuoso telefonema do marido explicando a situação. Embora lamentasse o que ocorrera, aceitou as explicações do marido. Linus dormiria lá no consultório já que possuía cômodos anexos. Muitas vezes fizera isso quando solteiro.

Flávia, já que estava só, procurou antes de dormir ler e reler a respeito de gestação sob o ângulo espiritual. Havia outro fato que a intrigava. Há algum tempo, vinha sonhando com o Egito Antigo, mas nada que lhe fizesse lembrar as regressões que havia efetuado com o Doutor Benini. Em seus sonhos aparecia-lhe o Deus egípcio Hórus.

Curiosa, Flávia buscou na Internet inúmeras informações para compreender melhor os seus sonhos, os quais não lhe pareciam ser apenas eclosões do seu passado que explodiam intensas em seu presente. Algo parecia estar relacionado com sua gestação, somente não entendia exatamente o quê. Ao colocar o nome Hórus no site de busca, encontrou o texto:

Hórus

Deus egípcio de cabeça de falcão. Filho de Osíris e de Ísis, muitas vezes representado por um olho, *o olho de Hórus*, ou por um disco solar com asas de gavião. Simboliza a implacável acuidade do olhar justiceiro, ao qual nada escapa da vida íntima ou da vida pública.

Hórus vela pela estrita execução dos ritos e das leis. Seu combate lendário com Set, o maligno, cujas partes ele decepou, mas que lhe vazou um olho, ilustra a luta da luz contra as trevas e a necessidade da vigilância, *i.e.* Hórus adverte sobre a necessidade de ter *o olho aberto* na busca da eternidade por meio das emboscadas dos inimigos e através do erro.

Na longa história do Egito, o personagem Hórus muito evoluiu, por certo: Deus celeste, divindade faraônica, soberano que luta pelo império do mundo. Mas sempre combatendo, para salvaguardar um equilíbrio entre forças adversas e para fazer vitoriosas as forças da luz. O que mais a impressionou foi o formato muito estranho da cabeça da entidade.

Outrora os sonhos de Flávia eram tal qual uma erupção vulcânica, as lembranças eram lavas vivas que rompiam as barreiras do seu inconsciente para se espraiar na superfície da sua consciência.

Atualmente, no entanto, seus sonhos eram diferentes dos anteriores, não conseguia entender a mensagem que seu inconsciente estava lhe transmitindo. Enfim, após diversas pesquisas sobre Hórus e o Egito resolvera que dormir seria o melhor.

Houve época em que não valorizava os sonhos, porém depois de conhecer Doutor Benini e participar dos grupos de estudos no *Sentieri Dello Spirito*, deixara de resistir ao fenômeno, colocando-se predisposta a receber as informações que surgiam durante os episódios oníricos noturnos.

Ao se preparar para cerrar os olhos, optou por uma música de Brahms que absorveu até o imo do seu ser. Solicitou à *Luz Maior do Universo* que lhe trouxesse paz e lucidez, para que eventuais informações provindas de suas vivências durante o sono pudessem contribuir para seu autoconhecimento.

Novamente, após sintonia com as energias espirituais superiores, Flávia passou a se sentir leve e logo se desprendeu do corpo físico. Via-se flutuando sobre seu corpo de carne. Não sentiu medo. Uma sensação de bem-estar a invadia gradativamente. Percebeu uma luz dourada banhando todo o quarto e, ao fundo, ainda se ouvia Brahms.

– Não quero estar sozinha... – Pensou consigo mesma.

– Não se preocupe Flávia, você está amparada – disse uma doce voz feminina.

Sentiu um leve arrepio pelo inusitado, mas observou que a voz suave provinha da luz que se distribuía por todo o ambiente. A sensação de bem-estar continuava a se fazer presente, e parecia crescer em intensidade. Resolveu falar:

– Sei que estou em desdobramento astral, não é a primeira vez que me ocorre isso.

– Sim, minha filha, você se desprende do corpo biológico quase todas as noites.

– Mas... Não me recordo sempre...

– Sim Flávia, seus desdobramentos costumam ser inconscientes.

– Quem é você?

– Sou Sílvia, lembra-se?

– Aquela que foi minha mãe há 2.000 anos?

– Sim, mas hoje já superei minhas dificuldades que te fizeram sofrer tanto naquela época.

– Sim, já tomei consciência do que aconteceu entre nós na Roma Antiga, mas hoje já te perdoei por ter-me forçado a abortar.

– Sei disso minha filha. Estamos dois mil anos mais amadurecidas.

– Puxa! Que belo o halo luminoso que vejo ao seu redor, Sílvia. – *Flávia nunca conseguira chamá-la de mãe.*

– É decorrente de inúmeras vidas de esforço em benefício ao próximo, muito estudo e meditação.

– Estou preocupada com meus sonhos.

– É justamente por isso que fui enviada. Sei o quanto deves reter na mente imagens e energias de amor e de luz para não prejudicares tudo que deve se desenvolver nos próximos meses.

– Como assim? Em função da gestação?

– Querida filha, estás em franco desabrochar de tuas potencialidades espirituais. Tu estás tendo atitudes que dignificam o teu ser e me fazem sentir muita alegria. Logo poderás demonstrar, ainda mais, teu valor em função das situações que irão ocorrer. Eu te quero muito bem. É importante para nós, que exista uma mútua troca de energias de amor. Nós precisamos, juntamente, dar sequência às tarefas espirituais e, por este motivo, nos foi oportunizado mais este encontro. É importante estares ciente de que, atualmente, há um vínculo positivo entre nós.

– Lembro que já nos encontramos... Em outras projeções conscientes. Sei também que fomos parentes em várias vidas.

– De fato, minha filha. Havia necessidade de nos aproximarmos novamente, depois do mal que te fiz quando fui tua mãe na época de César Augusto; a Espiritualidade Superior determinou que renascêssemos várias vezes no mesmo lar.

– Sei disso, mas nem sempre você foi minha mãe, não é verdade?

– Sim Flávia, antes disso eu fui tua irmã e, diversas vezes, tua filha.

– Compreendo. Para nos aproximarmos e nos perdoarmos, não é isso?

– Este é o mecanismo da Grande Lei.

A música de fundo parecia propiciar atmosfera favorável à troca de vibrações salutares entre ambas. Sílvia continuava a falar.

– Já convivemos como colegas de serviço e em diversas outras situações.

– Não me recordo dessas vidas. O importante é que hoje já convivemos em harmonia e acredito no seu auxílio. Peço desculpas, no entanto, por não conseguir sentir você como minha mãe.

– Os laços que contam e que perduram são os de amor e não os da consanguinidade.

– Meus sonhos são muito estranhos, teriam algo a ver com minha gestação?

– Esta é a razão de nos encontrarmos hoje. Você já possui condições de compreender e breve irá fazer as correlações com aquele passado no Egito.

– Sinto-me bem em sua presença.

– Querida filha, me expresso desta forma porque na mais recente encarnação fui, novamente, tua mãe. Muito evoluímos nestes 21 séculos e hoje já temos capacidade de distribuir nosso amor e nosso conhecimento àqueles com quem convivemos. Estarei contigo, amparando-te e intuindo para decisões e trabalhos que deverás executar. Nos próximos dias, vivenciarás alguns episódios que não estou autorizada a te informar, venho apenas te comunicar que estás amparada pela Luz e pelo Amor.

Sílvia abraçou a filha. Flávia emocionou-se ao sentir as energias daquele Espírito de Luz. Subitamente, sentiu-se de volta ao quarto. O telefone tocava. Viu-se mergulhada em um vórtice de luz e projetada de retorno ao corpo. Acordou com o som do aparelho tocando. Ainda zonza, percebeu que sua mão direita se movimentava em direção ao telefone quando este cessou de soar a campainha perturbadora.

Compreendeu que estava de volta ao corpo biológico. Tentou alçar-se do leito, mas a cabeça não obedecia ao comando. Os braços assemelhavam-se a grandes toras de madeira que não se moviam. Procurou tranquilizar-se. Fez uma prece, pediu ao alto que a protegesse. Aos poucos recobrou o domínio do seu corpo. Esticou a mão, acendeu seu belo abajur e, como de hábito, sorriu...

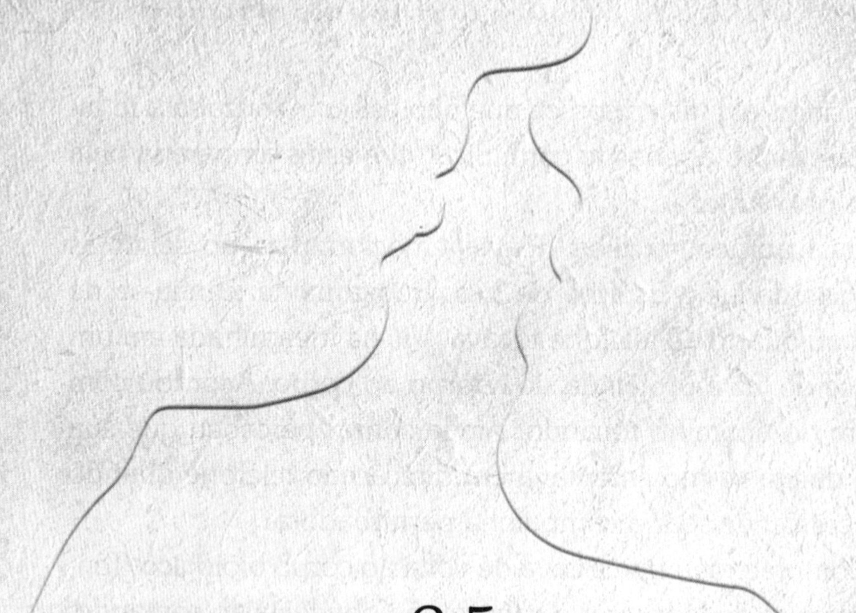

25
A Sessão Mediúnica

Estavam todos reunidos para a realização da sessão mediúnica de desobsessão. Os integrantes do Grupo já possuíam os conhecimentos necessários, adquiridos nos cursos teóricos e práticos de mediunidade. O local era adequado, tanto espiritualmente quanto sob o ponto de vista do ambiente físico.

A estrutura originara-se como continuidade do trabalho pioneiro de Regina Zanella, no *Sentieri Dello Spirito*. O novo grupo espiritista, coordenado pelo Dr. Benini, vinha se constituindo em mais um foco de luz a difundir os conhecimentos da dimensão extrafísica, e, sobretudo muito dedicado à caridade espiritual.

Nos processos de desobsessão, o Grupo, constituído apenas por oito integrantes, encaminhava Entidades Espirituais desde as mais simples até os Espíritos inteligentes, cultos e hábeis manipuladores de energia.

A ideoplastia, psicometria, desdobramento consciente do médium, comunicação mediúnica intervivos, utilização do ectoplasma, regressão de memória, hipnose e sugestão eram alguns dos recursos que manuseavam no relacionamento com os Espíritos obsessores, no caso, desencarnados.

O treinamento, organizado pelo coordenador, propiciava aos médiuns desdobramentos conscientes por locais e ambientes inimagináveis na dimensão astral. De tudo que o grupo vivenciou extrairemos algumas passagens mais representativas do caso relacionado à nossa história.

A *Equipe Mediúnica de Libertação* foi a denominação sugerida pelo Dr. Benini quando fundou o grupo, designação esta facilmente acatada por todos. O Grupo iniciou a sessão às 20 horas. Flávia e Isabella, por estarem gestantes, apesar de serem médiuns já equilibradas, controladas, harmonizadas e confiantes em sua mediunidade não poderiam dar comunicações de entidades necessitadas ou em desequilíbrio. Um zelo especial do Dr. Benini com os bebês, que poderiam captar emoções violentas das entidades pela via mediúnica.

Como pessoas muito estudiosas, e já com excelente desenvolvimento da sua mediunidade, ambas foram liberadas para participar da sessão, exclusivamente para desdobramentos conscientes. Sua função, enquanto gestantes, limitar-se-ia a descreverem o que perceberiam pela vidência mediúnica, e ou transmitir mensagens dos Espíritos Superiores.

Os transes psicofônicos, isto é, as chamadas "incorporações" dos obsessores ficariam ao cargo de outros médiuns tais quais: Caio, Linus e outros integrantes do grupo.

Naquela noite atenderiam ao caso de Anna, já que a neta do médico vinha relatando, diariamente, a sensação da presença de vultos escuros no quarto, ideias torpes e repetitivas que não lhe pareciam coerentes com seu modo de pensar, além de uma estranha dor de cabeça clinicamente inexplicável.

Inicialmente, visando ao preparo energético do ambiente foi lida por Pietro, a pedido do coordenador, uma página da obra psicografada por Chico Xavier denominada *Assim vencerás*, que vertida para a língua italiana levou o título *Cosi Vincerai*. À medida que Pietro lia, ocorria verdadeira harmonização dos pensamentos que passaram a vibrar em uma frequência muito semelhante.

Em seguida, dando continuidade à preparação energética do ambiente, procedeu-se a um exercício de "relaxamento mental", conduzido por Flávia que orientou o grupo a criar, ideoplasticamente, uma paisagem onde flores fossem abundantes. Com voz suave, porém, firme Flávia os fez imaginar caminhando entre as flores, observando as cores, inalando o perfume das mesmas, absorvendo as energias e fortalecendo--os fluidicamente para o trabalho mediúnico.

À medida que o exercício se desenvolvia, ondas de luz e cores inundavam o ambiente sendo percebidas pelos videntes do grupo. O pensamento de todos uniu-se ao dos Mentores Espirituais e uma prece silenciosa se constituiu com as energias espirituais emanadas pelos presentes.

Em seguida, abriram o campo mental na frequência da luz. De acordo com Dr. Benini, "abrir o campo" significava manter postura mental receptiva dos presentes a captar percepções e intuições. "Na frequência da Luz" queria dizer em sintonia com os amigos espirituais esclarecidos.

Nessa fase inicial dos trabalhos, apenas se estabeleceria contato com Mentores presentes. Poderia ocorrer ou não, comunicação dos colegas de trabalho do Plano Espiritual.

Dr. Benini sempre recomendava, em caso de comunicação dos Espíritos de Luz, escutar atentamente, agradecer e depois analisar com cuidado as informações, antes de colocá-las em prática. A responsabilidade das mudanças sempre deveria ser atribuída não aos espíritos, mas a cada uma das pessoas.

Ainda nessa parte inicial da sessão, o coordenador solicitou aos médiuns que descrevessem as presenças, imagens, cores e ideoplastias ligadas ao equilíbrio e à luz, perceptíveis no ambiente.

Isabella observava inúmeras pétalas de flores coloridas caindo sobre todos. Flávia confirmava. Pietro não percebeu as pétalas caindo, mas sentiu um perfume floral.

Abriu-se o espaço para comunicação dos Mentores. Flávia deu passagem mediúnica (transe psicofônico) a uma Entidade [33] de Luz, amiga do Grupo, que os incentivou aos trabalhos, informando que a Equipe Espiritual estava a postos. Falanges de luz e amor, em grande número, se faziam presentes.

Na fase seguinte da reunião, efetuou-se a avaliação do campo vibratório ligado ao caso. Leu-se o nome, sobrenome, motivo do atendimento e o endereço detalhado de Anna. Fez-se uma concentração, mentalizando inicialmente Anna, buscando-se entrar em sua psicosfera (campo mental). Dr. Benini colocou:

– Neste momento, vamos nos concentrar no campo espiritual de Anna... No endereço... (citou detalhes). Vamos aprofundar nossa observação na psicosfera de Anna.

---

33 Nestes relatos, o termo Entidade refere-se a Espíritos da dimensão extrafísica.

Após alguns segundos, Dr. Benini indagou:

– Alguém já está adentrando ao campo vibratório de Anna? Concentremos o pensamento no local! – Após essa mentalização Flávia conseguiu, desdobrada extrafisicamente, entrar na casa de Anna e comentou haver uma verdadeira confusão de energias no local, disse isso ao observar diversos Espíritos andando à solta pela casa. Percebeu, também, duas entidades deformadas anatomicamente.

Caio também captou a mesma faixa vibratória e informou, igualmente, ver as Entidades.

Dr. Benini esclareceu que as Entidades não deveriam ser as coordenadoras do processo obsessivo, mas apenas "sargentos", ou seja, comandantes de periferia, portanto subordinadas a outras Entidades perversas e mais inteligentes. Naquele local comandariam outros Espíritos mais ignorantes que lhes eram subordinados.

O coordenador do grupo, Dr. Benini, solicitou à Isabella dirigir uma irradiação de energias. Esta verbalizou, pausadamente e com firmeza, que se idealizasse uma energia verde, clara e brilhante, ideal para assepsia. Orientou a todos para pensar intensamente em um lindo campo verdejante, de onde todos os presentes iriam extrair mentalmente o manancial fluídico para a higienização necessária.

Isabella recomendou que todos imaginassem que aspiravam energias desse campo. Flávia fez uma belíssima prece, mentalizando ondas de amor e luz, ocorrendo intensa movimentação de energias. Foi utilizado tanto ectoplasma do ambiente externo (natureza) quanto ectoplasma de todos os presentes.

Durante a irradiação dirigida ao lar de Anna, os videntes perceberam que as Entidades, à medida que foram sendo tocadas pela atmosfera energética, foram envolvidas em cápsulas de luz verde e encaminhadas, adormecidas, para postos de socorro no astral.

O encaminhamento foi efetuado pelos Espíritos que apoiavam o trabalho mediúnico. Na irradiação foi produzido ectoplasma, material utilizado como "braço" ou ponte para os Seres de Luz fazerem contato direto com as Entidades densas.

Desdobrados, extrafisicamente, vários membros do grupo perceberam significativa melhora no ambiente astral dos familiares de Anna.

Linus conseguiu perceber uma Entidade, com características de autóctone centro-africano, que executava magia negra visando atuar sobre Anna. Logo em seguida deu transe psicofônico à referida Entidade que se mostrava ameaçadora querendo intimidar o Grupo. Desde sua chegada, percebeu-se que o mesmo não se dispunha ao diálogo. Foi dito à Entidade comunicante (que vociferava de ódio), que alguém demonstrando muito carinho por ela estava ali para recebê-la e ouvi-la.

O Espírito recusou, terminantemente, a sentir a presença de seres que o amavam. Disse que já acompanhara outras sessões espíritas e sabia que isso era praxe, e em função desse conhecimento se condicionou a não querer nenhum contato com qualquer pessoa que o estimasse. Mostrou dardos energéticos escuros e passou a jogá-los sobre os integrantes do Grupo. Os dardos tinham a intenção de provocar sonolência, conforme foi percebido por Pietro.

Após algumas tentativas infrutíferas, em que se falou em amor, perdão e outras virtudes, o Grupo passou a utilizar uma conduta mais enérgica. Dr. Benini construiu mentalmente (ideoplasticamente) escudos iluminados e os mostrou à Entidade.

Esta exigiu que se afastassem os escudos, pois os dardos retornavam para ela. Recuou reclamando que os escudos estavam "imantados". Foi visto fazendo gestos debochando do dirigente da reunião.

Lamentavelmente, esse Espírito não aceitou qualquer diálogo nem a aproximação de seus familiares. Ria e caçoava do dirigente. Acusou-o de incapaz de resolver o problema. Por meio do excelente médium, Linus, afirmava que não deixaria o local, e continuaria a intervir sobre o cérebro de Anna.

O dirigente indagou ao Espírito se conhecia a Lei de Ação e Reação, que era inexorável no Universo, portanto, tudo que ele estava fazendo tenderia a voltar para Ele mesmo. Disse ao Espírito que não desejava que ele sofresse as terríveis consequências de seus atos. Utilizando ectoplasma de todo o Grupo, plasmou uma tela e mostrou, na mesma, o que sucederia caso persistisse naquela postura. A Entidade gritou assustada, voltando a ameaçar todos do Grupo.

À medida que projetavam ondas de amor e paz em direção à Entidade, Isabella observou que a mesma apresentava-se envolvida em fios energéticos parecendo amarrada. Tratava-se de um fenômeno não provocado pela equipe de trabalhadores, mas pelo próprio inconsciente do Espírito que se sentia preso.

Pietro perguntou ao dirigente se não seria interessante indagar à Entidade se gostaria de ser desamarrada. Isabella percebeu que o Espírito comunicante sofria de constante e forte dor de cabeça. Ao mencionar este fato o quadro de cefaleia se intensificou no Espírito, que levava a mão à cabeça.

Dr. Benini edificou um campo de energia com as vibrações de todos, formando um círculo azul ao redor da Entidade. Solicitou à Isabella que efetuasse uma prece mobilizando energias direcionando-as ao Espírito comunicante. Essas energias, provindas de encarnados, por serem mais densas, facilitaram aos Mentores Espirituais atuarem sobre a criatura.

À medida que Isabella pronunciava sentida prece em benefício da Entidade, os videntes observaram um halo azul intenso ao redor desse Espírito. Dr. Benini idealizou gotas terapêuticas sobre a cabeça daquela criatura. Houve suavização da sua expressão de dor, seguida de sonolência, sendo a mesma conduzida pela Equipe Extrafísica para um Posto de Socorro no astral.

Após o encaminhamento, foi efetuada uma prece mentalizando-se as Energias Superiores do Universo buscando obter fluidos da natureza para higiene do ambiente. Dr. Benini orientou a todos que se desligassem da casa de Anna, pois o caso seria retomado na semana seguinte.

Foi dado um curto intervalo para recomposição das energias dos presentes. Colocou-se uma música suave que proporcionou relaxamento a todos. Logo em seguida, abriu-se espaço para comunicação dos Mentores. Vários dos presentes descreveram Entidades de Luz que, sorrindo, colocavam suas mãos sobre a cabeça dos presentes, na altura do chakra coronário, transfundindo luz prateada, clara e brilhante.

A música suave banhava a sala criando uma atmosfera receptiva à concentração. Não houve mais transe psicofônico. Isabella captou, telepaticamente, uma mensagem de amigo da Espiritualidade que agradeceu, comovido, o empenho do Grupo deixando um ramalhete de flores com cada um dos presentes. Flávia percebeu claramente os ramalhetes sendo depositados no colo de todos.

Por solicitação do coordenador, Linus efetuou a prece de encerramento, reforçando a imagem das flores fluídicas. Encerrou-se a primeira reunião de desobsessão do caso Anna.

26
Aparelho Parasita no Corpo Espiritual

Após uma leitura de página edificante, Flávia efetuou bela prece mobilizando energias da natureza. Convidou a todos a imaginar uma linda cachoeira com o sol incidindo sobre suas águas e refletindo em um arco-íris que banhava o ambiente de luz.

Suave luminosidade azul invadiu a sala de reuniões. Sensação que foi sentida por alguns membros do Grupo. Não houve comunicação ostensiva dos Mentores Espirituais, porém foram visualizadas diversas Equipes de Luz que compareceram ao local da reunião.

Dr. Benini coordenou a conexão mental do Grupo com o campo espiritual de Anna. Construiu-se mentalmente no Grupo, uma ponte de luz azul partindo da sala até o ambiente de

Anna. Isabella, projetada *fora do seu corpo físico,* percebeu que o astral da casa de Anna ainda não estava energeticamente equilibrado. Descreveu uma névoa escura na residência.

Flávia, sempre por indicação do dirigente, fez uma irradiação, imaginando um foco de luz a iluminar o ambiente onde estava a garota. Após a irradiação as nuvens se dissiparam e conseguiram perceber o que ocorria no local.

Caio, sempre de forma bem-educada e controlada, *deu passagem* (transe psicofônico) a um Espírito. Vamos reproduzir o diálogo deste, com o coordenador do Grupo.

– Estou aqui a contragosto. Não quero falar com ninguém!

– Não precisa falar, fique à vontade, mas queremos lhe dar as boas-vindas.

– Já disse que não quero falar.

– Com todo respeito, me permite perguntar por quê?

–Todos me detestam...

– Menos a pessoa que está te procurando...

– Não há ninguém me procurando, isto é uma grande mentira!

– Não precisa acreditar em nós. Nós entendemos, mas essa pessoa diz que sempre acreditou em você. Ela é muito afetuosa e tem um carinho especial por você.

Na realidade, Dr. Benini não estava percebendo ninguém, porém sabia que em todas as ocasiões há um Ser Superior, em geral familiar, que ama o Espírito necessitado e está a postos para atendê-lo. Necessário se faz efetuar a sintonia entre ambos, por isso, induziu o processo. A Entidade continuou a reclamar.

– Ninguém gosta de mim.

– Olha com atenção! Essa pessoa está chegando!

– Para de mentir, não vejo ninguém!

Caio continuou dando passagem à Entidade que estava renitente na posição. O dirigente continuou o diálogo:

– Eu peço a todos do Grupo que cedam bastante energia, para facilitar a que *Ela* possa ver esta Entidade querida que muito lhe procura e muito lhe quer ver.

Caio interrompeu sua comunicação mediúnica e disse:

– Dr. Benini o espírito comunicante é uma Entidade masculina.

É orientação do Grupo que os médiuns participem dando informações. O coordenador passou a se dirigir ao Espírito como um homem.

– Amigo, olhe bem a luz lá no fundo, à sua esquerda... Essa pessoa está chegando!

– Há uma luz sim, e parece que alguém está chegando mesmo...

– Estou com feridas, ninguém pode me receber assim! Não quero que ninguém me veja deste jeito. Não deste jeito! – Repetiu.

Dr. Benini, *usando energias do grupo (ectoplasma) fez um tratamento de recuperação dos tecidos do corpo espiritual da Entidade.* Todos permaneceram vibrando em silêncio com amor e carinho em relação à Entidade Espiritual.

Após recuperação parcial do corpo espiritual, a Entidade conseguiu enxergar um parente que se aproximava. Emocionou-se, mas não se tornou receptiva ao diálogo. O dirigente aplicou energias magnéticas e um Espírito Protetor familiar a conduziu. Isabella observou a condução da Entidade confirmando o encaminhamento.

Isabella percebeu outra Entidade no local à cabeceira da cama de Anna. Informou que tal Entidade estava usando técnica hipnótica e imantação negativa de objetos na casa da jovem. Flávia também percebeu a mesma situação. O coordenador solicitou concentração mais efetiva de todos, doando energia.

Linus recebeu mediunicamente a Entidade mencionada. Esse Espírito riu muito, dizendo que conseguia ler a mente de todos os presentes. Informou que os estava somente observando. O Espírito se expressou de forma agressiva, porém com vocabulário culto, dizendo para não virem com choradeiras de amor nem citar parentes que o amavam e o procuravam, pois não estava a fim de nada daquilo.

Acrescentou já conhecer muitos grupos espíritas e sabia, muito bem, lidar com todos.

Seu aspecto físico, aos olhos dos videntes, era de um inteligente mago das trevas[34]. Em função das características evidenciadas pela Entidade, foi solicitada em voz alta, pelo coordenador, a presença de um Grande Mestre na área da hipnose e magnetismo.

Após uma mentalização, surgiu uma Entidade Superior (não identificada), que foi vista pelo magnetizador das trevas. Dr. Benini comentou que esse Espírito de Luz seria conhecedor de diversas técnicas de manipulação de energias. O Espírito, que ria de todos, se sentia, naquele momento, envolvido por liames energéticos, parecendo estar amarrado.

O Espírito queria se soltar, dizendo que não conseguia enxergar nada. O dirigente promoveu o surgimento de uma luz muito suave e agradável, envolvendo a Entidade. Pietro

---

34 Esta denominação, "mago das trevas," é referente a seres inteligentes, perspicazes manipuladores de energias, utilizando-as com finalidades não éticas. Encontramos inúmeras alusões a essas Entidades nas pesquisas de inúmeros estudiosos da doutrina espírita.

também percebeu a chegada de um Espírito de Luz irradiando muito amor. Flávia informou que o magnetizador tinha sido envolto em energia luminosa e conduzido.

Naquele momento, Isabella viu um rio com um leito de pedras e, de lá, saindo uma luz em direção a todos. Uma imagem agradável, provavelmente o local de onde o Grupo estava captando energia positiva.

Durante o encaminhamento havia sido mencionado que todos que estivessem na mesma frequência de energia iriam juntos... Dr. Benini reforçou mentalmente e magneticamente essa ideia verbalizando isso. Os videntes perceberam e descreveram vários Espíritos que lá estavam, em postura similar, sendo conduzidos simultaneamente.

Após o atendimento a essa Entidade, Flávia percebeu um campo de energia desarmônico ligado à cabeça de Anna. Informou a necessidade de se efetuar uma limpeza energética com urgência.

Foram reforçadas as energias do Grupo e se conseguiu divisar um equipamento penetrando na parte baixa do crânio de Anna, região occipital. Na realidade era uma condensação de fluidos, de baixa frequência vibratória, utilizada pelos obsessores que manipulavam forças negativas. Alguns autores designam de "aparelho parasita". Os médiuns perceberam, intuitivamente, que o referido equipamento fazia ressonância[35] com alguma mensagem negativa subliminar.

Enquanto se procurava ver e entender melhor o equipamento, Caio deu transe psicofônico a uma Entidade que dizia não permitir a retirada do equipamento. O dirigente iniciou

---

35 Ressonância, no caso, significa ondas emitidas que encontram afinidade e se reforçam.

a orientação e o diálogo com a Entidade. Este Espírito disse que estar em uma guerra que não ia se deixar vencer. Dr. Benini disse que a sua guerra era a do amor. Ofereceu flores à Entidade. As flores foram fluidicamente construídas em um grande buquê...

O Espírito disse não querer saber daquilo e informou que estava se retirando. O coordenador o aconselhou a não fugir da realidade, mobilizando seu sentimento ao citar com emoção a mãe da Entidade. Referiu-se ao amor que sua mãe lhe devotava e ainda devota até hoje.

O dirigente conduziu a irradiação, juntamente com as energias de todos. Efetuou-se o corte das ligações energéticas da Entidade com o aparelho implantado no cérebro da Anna. Chamou os irmãos da Falange Egípcia e pediu pelas forças da natureza. Os irmãos egípcios, todos com indumentária do período faraônico, foram vistos pelos videntes.

Foi efetuado o questionamento à Entidade perseguidora por que acompanhava Anna. O Espírito respondeu que o assunto se referia somente a ele e não interessava ao Grupo. À medida que enviavam vibrações mentais, energias de harmonização, o Espírito reclamou que se sentia preso em malhas de energia e fez menção de se retirar. Nesse instante essa Entidade foi removida e encaminhada, amorosamente, embora a contragosto, pelos Espíritos caracterizados como egípcios.

Energias de amor foram enviadas e, ao mesmo tempo, solicitada a presença da mãe da Entidade. Dr. Benini iniciou a retirada do aparelho parasita implantado no cérebro do corpo astral de Anna. Flávia descreveu a presença de Entidades de Luz removendo o aparelho parasita. Flávia percebeu que Anna, em sua casa, sentiu estranho abalo em seu corpo.

No espaço vazio, no sentido de que antes o espaço era ocupado pelo aparelho parasita, após a drenagem de energias residuais, foram colocados bandagem e gases, elaborados mentalmente com matéria-prima fluídica.

O coordenador colocou:

– Dirigimo-nos, todos nós, agora, nossos pensamentos à Anna. *A paciente nunca deve estar presente neste tipo de sessão para não se impressionar.*

– Anna: é importante que você se lembre, neste instante, de cenas agradáveis da infância: cenas de alegria, amor, ternura e carinho. Estas cenas, agora, estão sendo dinamizadas energeticamente, reforçadas com nosso ectoplasma e seus registros ampliados em seu cérebro astral, substituindo o local do aparelho parasita.

Dr. Benini, com esta técnica, visava à aceleração da energia cinética das moléculas que compõem os mais saudáveis registros de memória de Anna.

Na sequência, o coordenador, sempre aproveitando o ectoplasma do Grupo, criou um pequeno cristal, em forma de diamante e o implantou no corpo espiritual (períspirito) de Anna, ligando-o à glândula pineal.

– Este cristal fluídico ampliará todos os pensamentos positivos de Anna facilitando a conexão com seus Protetores Espirituais.

Enfim, o artefato fluídico, ou seja, o aparelho parasita fora retirado com sucesso. Observou-se que, no corpo astral, a cicatrização fizera-se bem e completa. A paciente seria orientada a um trabalho de renovação mental, indispensável para evitar a recidiva do problema.

Dr. Benini recomendou que encaminhassem Anna para uma orientação individual (atendimento fraterno) além de receber irradiação mental, toda semana, por tempo indeterminado do grupo específico, para esse fim.

Enfatizou a todos do Grupo a necessidade de se desligarem mentalmente do caso. Em seguida, solicitou que os médiuns dessem oportunidade à comunicação de algum Espírito amigo ou orientador.

Isabella deu transe psicofônico a um Ser de Luz que colocou:

Companheiros encarnados:

Mesmo que todos nós, laborando em conjunto, voemos muito alto, é importante que se mantenha a humildade dentro de nossos corações e de nossa alma. Por pior que sejam as Entidades que aqui comparecem devemos nos lembrar de que todos nós já passamos, no astral, por situações assemelhadas. Sempre houve quem nos auxiliasse a sair de posturas nocivas e desequilibradas.

Continuem com esse trabalho que produz frutos úteis. Não percam, no entanto, a noção de que se trata de um labor conjunto efetuado nos dois planos: físico e extrafísico. Cuidem para que pequenas mazelas e desarmonias não minem o entendimento entre vocês e estejam atentos para preservar os valores maiores. Estaremos sempre com vocês.

Um amigo.

Por solicitação do coordenador, Flávia procedeu ao encerramento da reunião. Recomendou a idealização de campos verdes, flores, pássaros e cachoeiras. O ambiente se tornava cada vez mais suave e agradável. Agradeceu às equipes dos Espíritos Amigos e finalizou a reunião.

27
Luz no Lar

Regina Zanella, a coordenadora do *Sentieri Dello Spirito*, recebera um pedido de orientação por parte de um casal. A questão era: como melhorar o nível de harmonização no ambiente doméstico através de reunião familiar.

Tratava-se de um casal com dois filhos que vinha tentando implantar, em casa, uma reunião periódica com toda a família, no sentido de gerar interesse pelos temas espirituais e, principalmente, criar uma atmosfera de proteção ao lar.

Havia um fator especial no pedido de orientação: a jovem mãe estava novamente grávida e sua situação a tornava insegura com relação ao procedimento adequado a ser adotado na reunião.

Como era do seu feitio, Regina sempre estava disponível para indicar um caminho ou uma solução às questões que lhe eram apresentadas. Uma das suas características, como de todo bom dirigente, era delegar funções aos que já se encontravam bem preparados para executá-las. Assim, oportunizou à Flávia e Isabella, ambas gestantes, desincumbirem-se da tarefa.

As datas e horários, sugeridos para a visita à família solicitante, não eram compatíveis com o trabalho de Caio nem de Linus, em função disso, ambas resolveram estudar bem o caso e prepararem-se para a visita.

Uma das queixas da jovem mãe era o filho de sete anos não ter o menor interesse pela reunião no lar, e a filha, um ano mais velha, bocejar todo tempo durante a reunião. Ambos constantemente perguntavam:

– Pai, falta muito para terminar?

O pai e a mãe procuravam despertar o interesse dos filhos para a reunião tornando-a mais dinâmica possível e dando exemplos do dia a dia. A leitura de *O Evangelho Segundo o Espiritismo* parecia sempre cansativa e nem sempre assimilável às crianças.

De posse dessas informações, Flávia e Isabella, antes de efetuarem a visita ao lar programaram um encontro com o casal, porém sem a presença das crianças. O local escolhido seria a sede do SDS.

No dia agendado, sentaram-se os quatro ao redor de uma pequena mesa para organizarem o esquema. O pai das crianças tomou a iniciativa:

– Meu nome é Carlo e essa é minha esposa Ângela. Nossa intenção é receber todas as orientações de vocês e reorganizar a reunião. Estamos abertos a qualquer sugestão e até promover a modificação que vocês julgarem necessária.

– Bem-vindos, eu sou Flávia e esta é minha nora e sobrinha Isabella.

Ângela indagou:

– Seu filho é primo dela?

– Na realidade não. A mãe de Isabella, Diva, era como minha irmã, por isso o hábito de me chamar de "tia Flávia". Vamos começar pelo seguinte: como vocês denominam a reunião familiar?

– Culto do Evangelho no Lar, colocou Ângela.

Flávia e Isabella se entreolharam, o que foi percebido pelo casal. Carlo indagou:

– Não é o termo habitual?

Flávia assentiu:

– Sim, é muito usado, se vocês gostam não há problema, mas vejo que desde o início pode-se evitar que as crianças criem uma sacralização de um livro.

– Como assim?

– Algumas famílias têm o excelente hábito de executar semanalmente a leitura do Evangelho no Lar. No movimento espírita costuma-se chamar de Culto Cristão no Lar, ou Culto do Evangelho no Lar, a essa prática. O que costumo explicar é o seguinte: como a Doutrina Espírita não prevê cultos de qualquer espécie, eu sugiro não usar a expressão "Culto Cristão no lar" nem "Culto do Evangelho no Lar", mas "Reunião do Evangelho no Lar". Na nossa visão, o termo "culto" lembra cultuar e dá a impressão de que se está venerando ou cultuando algo, alguém ou o Evangelho. Creio que "cultuar" não deve ser a intenção de vocês.

– De fato, nunca pensamos no significado dessa palavra na reunião.

– Aliás, por que nos restringirmos apenas a ler o "Evangelho"? Quanto à leitura, poderia ser outro livro de conteúdo espírita, porém de linguagem mais atual e abordagem mais ampla e aberta. Penso que a reunião possa se feita sem nos restringirmos a apenas um livro específico como se fosse um livro sagrado. De qualquer forma, a reunião é muito útil para se congregar a família em torno de um objetivo superior e psiquicamente saudável. Flávia acrescentou:

– Isabella, na sua casa, como você e Caio denominam a reunião?

– Reunião de harmonização do lar.

– Não usam nem mesmo o termo Evangelho? – Indagou Ângela.

– De acordo com muitos espiritistas, poderíamos usar "Reunião do Evangelho no Lar", porém Caio, o meu esposo, não aprecia a denominação.

– Desculpe, estamos aprendendo, posso perguntar: por quê?

– Ele argumenta que a nomenclatura induz à leitura de um só livro e não devemos nos deter apenas em um livro, depois a finalidade da reunião é realmente a harmonização.

Flávia anuiu:

– De fato. O que importa não é um determinado livro. Não temos livros sagrados. A ideia de Caio é interessante, pois desvincula o psiquismo de certa obrigatoriedade em se ater exclusivamente ao livro *O Evangelho Segundo o Espiritismo.*

Carlo inquiriu:

– Vocês não leem o Evangelho nessa reunião?

– Entre outros livros, sim, poderemos lê-lo, por que não? Apenas não nos prendemos apenas a um livro.

Ângela ainda questionou:

– Mas, Isabella, a finalidade da reunião, não seria, também, estudar o Evangelho?

– Não, nada impede que exista outra reunião com esse fim, o que é meritório. No entanto, a finalidade da *Reunião do Evangelho no Lar*, como é mais comumente designada, é criar uma psicosfera de harmonia entre os membros da família e a conexão com Equipe de Protetores do lar. Não é *estudar o Evangelho*.

– Em termos objetivos, como vocês nos orientariam para motivar nossos filhos, especificamente, nessa reunião?

– Utilizar livros espíritas infantis, com mensagem bem definida, mas, sobretudo de linguagem atual e agradável às crianças.

Carlo salientou:

– Como vocês nos chamaram aqui, suponho que não irão à nossa residência, então gostaria de crivá-las de perguntas...

– Tia Flávia, nós não iremos lá?

– Iremos sim, minha querida, apenas considerei que este contato prévio sem as crianças seria importante, depois organizaremos a reunião de... Como você a chama mesmo?

– Reunião de harmonização do lar.

Ângela interpôs:

– Bem, creio que o nome é secundário, iremos escolher entre, Evangelho no Lar e Reunião de harmonização do lar, mas o que importa é: Se vocês vão até lá, as demais questões são de ordem prática e poderemos aprender no local.

– Tia Flávia, gostaria de levar o livrinho *O lobo mau reencarnado* e utilizá-lo na reunião, que pensa?

– Perfeito, para a idade das crianças. Temos mais meia hora disponível, Senhor Carlo e Ângela, desejam questionar algo mais?

Carlo aproveitou a oportunidade:

– Senhora Flávia, o fato de Ângela estar em período gestacional requer algum cuidado específico, na reunião de... Harmonização do lar?

– O espírito reencarnante, embora às vezes semiadormecido, sentirá as vibrações da reunião. Semanalmente, ouvirá a leitura espiritualizada no Lar e ficará envolvido na atmosfera saudável que se estabelecerá no ambiente doméstico. Verdadeiras transfusões de energia se operam ao se criar condições favoráveis à Espiritualidade Maior. Abre-se um canal de sintonia permanente com as energias cósmicas de alta frequência e oportuniza-se a interferência constante dos Protetores Espirituais do binômio materno-fetal. Portanto, tudo a favor...

– Então, vocês duas, que estão grávidas, naturalmente, fazem a reunião.

– Sem dúvida – respondeu Isabella.

Ângela preocupada perguntou:

– Considerando que temos duas crianças, devemos usar algum tipo de prece padrão?

Flávia sorriu, lembrando-se de seus filhos quando eram pequenos... Retomou a conversa.

– A prece só tem valor pelo pensamento que lhe está vinculado. Ora, é impossível vincular um pensamento qualquer a uma fórmula exterior e convencional. As preces decoradas, por via de regra, se não são inócuas pelo menos perdem muito em eficácia. Isto porque aquilo que não se mentaliza claramente custa a tocar os sentimentos. Isabella, o que mais você diria?

– Para muitas pessoas, as preces são apenas amálgamas de palavras que nada dizem à mente. Para que a prece toque, necessário se faz que cada palavra desperte uma ideia, e se não for entendida ou sentida, nenhuma ideia pode despertar. Não é tia?

– Sim. Há dois mil anos, o apóstolo Paulo já ensinava: *Se oro numa língua estranha que não entendo, meu coração ora, mas minha inteligência não colhe fruto.* Somos, portanto, contrárias a prescrever fórmulas absolutas de preces. O pensamento é tudo. As preces de todos os cultos são boas, quando não são ditas apenas com os lábios, mas com os sentimentos mais profundos. As preces deveriam ser claras, simples, cada palavra pondo em vibração as "fibras da nossa alma". Acima de tudo, a prece durante a gravidez cria uma aura energética superior em torno do feto, protegendo-o.

Carlo interpôs:

– Senhora Flávia... Mas a prece é sempre um ato religioso, não?

– Orar não é privilégio de religiosos. Há ateus que oram melhor que repetidores maquinais de fórmulas convencionais de prece. Está se orando quando se pensa e irradia amor, paz, fraternidade, sabedoria, perdão ou qualquer valor ético indiscutível. No futuro não encontraremos mais posturas religiosas de superfície, mas uma religiosidade independente de rótulo exterior, uma religiosidade holística e de comunhão com a força cósmica universal. Admiro a religiosidade, mas me afasto do "religiosismo".

– Na reunião de Harmonização do lar ou Evangelho no Lar, é válido ou produtivo haver manifestação mediúnica?

– Na reunião estabelece-se um liame mental entre todos os membros da família, reforçando os laços espirituais. Sem dúvida os Mentores Espirituais estão presentes. Não é correto nem prudente o exercício habitual da mediunidade psicofônica

– transe mediúnico – para atender sofredores. Com relação à comunicação ostensiva dos Espíritos de Luz podemos dizer o mesmo, exceto quando a família estiver muito consciente e com total maturidade da faculdade mediúnica. Como se sabe, não são adequados o ambiente doméstico e a reunião do Evangelho no Lar para o intercâmbio mediúnico, prática essa que deve ser restrita, por via de regra, ao local específico.

28
O Nascimento

No transcurso de seu trabalho Caio havia recebido um telefonema de Isabella informando-o dos primeiros sinais de seu trabalho de parto. Apesar de todo esclarecimento que possuía, não pôde se furtar ao nervosismo típico de todo pai debutante.

Despediu-se apressadamente dos colegas de trabalho, desceu às dependências de garagem do prédio onde trabalhava e ao se aproximar de seu carro, e colocar as mãos no bolso sentiu a ausência do chaveiro. Exclamou aborrecido:

– Mamma mia! Outra vez! Logo agora, que meu filho está para nascer...

Sentiu seu *telefonino* [36] vibrar no bolso esquerdo dianteiro da calça. Pelo toque, identificou Isabella.

---

36 Significa celular em italiano.

– Pronto tesouro...

– Caio, estão acelerando as contrações... Você está perto daqui?

– Querida ainda estou aqui embaixo na garagem e... *Ficou em dúvida em dizer ou não que esquecera as chaves, afinal seria mais uma tensão, desnecessária, para a esposa. Ao invés disso, acrescentou:* – Está doendo muito?

– As dores vêm e vão com as contrações, mas agora cessaram...

– Estou indo querida, mas se as contrações acelerarem chama um táxi e nos encontraremos na Maternidade.

– Acho que nosso "tesourinho" está com pressa... Caio... *Dio Mio*! Ai!Ai! Voltaram...

– Chama o taxista de sempre, se não estiver disponível veja na agenda o... Isabella o interrompeu:

– Querido... Pode deixar... Tia Flávia está aqui! Tchau... Desligou.

O marido de Isabella permaneceu alguns segundos com olhar fixo no carro. Infelizmente, sempre esquecia alguma coisa: seu guarda-chuva, a jaqueta, o chaveiro... Calculou, mentalmente, o tempo de ida e retorno até onde poderia encontrar o chaveiro... Estaria na gaveta? Tê-lo-ia deixado em outra sala? Levaria algum tempo para localizá-lo. Já evitava usar qualquer acessório que não fosse preso à indumentária para evitar esquecê-lo em algum lugar.

Por sorte, Isabella encarava essa dificuldade do marido com compreensão e até certa esportividade. Por mero reflexo, Caio olhou o relógio como se houvesse um horário determinado para o bebê nascer. De qualquer forma, deu-se conta de que não havia muito tempo. Correu, como um competidor de cem metros rasos, até a saída da garagem e dali até o ponto de taxi do lado oposto da rua. Dizia de si para consigo próprio:

– *Mamma mia*, pensei que essas coisas só acontecessem nos seriados e novelas...

Havia planejado assistir ao parto, conversar com o médico, segurar a mão da esposa durante as contrações finais, fotografar e filmar... Enfim, tudo muito bem ensaiado e planejado... Daria tempo?

Enquanto atravessava a rua em direção ao ponto de táxi, percebeu que o único carro estacionado estava se deslocando do ponto e... Já com um passageiro. Pensou em telefonar para Isabella, mas logo mudou de ideia, isso em nada ajudaria a esposa, pelo contrário, só iria piorar a situação da mesma. Correu, ainda mais, em direção à avenida distante dali uma quadra, lá circulariam muitos táxis. Após algum tempo de espera angustiante, conseguiu um carro.

Nesse ínterim, Isabella ligou para o taxista de confiança, Sr. Luigi, que costumava atender não só à família, mas toda a vizinhança.

– Senhor Luigi? Bom dia!

– Bom dia, Senhora! Pelo número que está no visor, é a senhora Isabella, não?

Luigi, homem extremamente educado, aprendera com seu pai os segredos da profissão. Herdara não somente o veículo, também a postura específica de um bom profissional. Fazia questão de chamar Isabella de Senhora, apesar da mesma ser muito jovem. A maneira elegante e cortês do profissional conquistara a todos do bairro.

– Senhor Luigi, poderia me levar à Maternidade Arcobaleno?[37]

---

37 Significa arco-íris, em italiano.

– Sim senhora. Em cinco minutos estarei à sua porta para apanhá-la.

Isabella já havia deixado toda a mala pronta, inclusive com as roupas do bebê. Não esquecera nem mesmo as pequenas lembranças para presentear as visitas que receberia.

Na véspera ligara para Flávia que já havia se oferecido para substituir a falecida mãe como acompanhante na estadia da maternidade.

Enquanto ambas se encaminhavam para o táxi a jovem lembrou-se da mãe Diva, e do pai George, com muito carinho. Sentiu uma lágrima a lhe escorrer pela face, mais de saudade do que de dor pelas contrações uterinas.

Flávia, após descer com a mala, retornou para ajudar Isabella que, com dificuldade, acomodou-se no banco de trás do carro. Luigi, sempre solícito, procurava reduzir o tempo de deslocamento até a Maternidade Arcobaleno, embora sem cometer imprudências.

Enquanto isso, o jovem marido entra no outro táxi, esbaforido.

– Maternidade Arcobaleno, por favor!

– Prefere por qual via?

– Quanto mais cedo chegar, melhor. Minha esposa está para ganhar bebê.

– Consigo chegar lá em... Vinte minutos.

– Muito obrigado!

Resolveu ligar para Flávia.

– Mamma, tudo bem com Bella?

– Já estamos perto da maternidade, e a bolsa rompeu... Isabella está bem e tranquila.

– Mamma mia! Manda um beijo para ela. Posso fazer alguma coisa para ajudar?

– Sem dúvida! Afinal, se estudamos tanto sobre a Espiritualidade é para colocarmos em prática, nos momentos importantes, o que já sabemos. Lembra-se, meu filho, quem nos iniciou nas informações de tudo que sabemos atualmente?

– É verdade Mamma, tudo começou com os pais dela. Tio George e tia Diva.

– São espíritos de luz. Podemos sintonizar com eles. Peça ajuda!

– Vou fazer isso.

– Meu filho, dirija com calma se for possível. Não corra muito. *Flávia lembrou-se de que Diva havia falecido por acidente em seu automóvel.*

– Estou de táxi, Mamma. Depois eu explico.

– Providencial! Então, usa o tempo para buscar as melhores energias espirituais. Vou desligar, estamos chegando. Beijo!

– Beijo para as duas.

– Somos três... Tchau. Desligou.

O jovem pai sorriu. Aproveitou os minutos restantes para idealizar as energias extrafísicas do Sol. Caio aprendera, desde *O Livro dos Espíritos,* de Allan Kardec, que as Entidades solares eram superiores, portanto sábias e amorosas. Diva e George o haviam ensinado a buscar, com o pensamento, as forças espirituais do Sol. Forças que uma vez solicitadas atuariam através dos Protetores Espirituais.

Com seu potencial anímico, usando como matéria-prima os fluídos da natureza, criou mentalmente dois espelhos. Com seu amor à esposa e ao bebê, imaginou raios de sol incidindo no espelho, construído ideoplasticamente, refletindo luz e energia em direção ao útero de Isabella. Mentalizou, também, saindo do seu coração um fluxo cor-de-rosa buscando o campo vibratório da companheira. Procurou inspirar e aspirar energias solares retransmitindo-as para a aura da gestante.

Caio sentiu a presença dos pais de Isabella. Percebeu-os em trajes Egípcios faraônicos, típicos de sacerdotes iniciados nos conhecimentos das energias superiores do sol. Atribuiu à sua imaginação senti-los assim. Considerou que os fatores emocionais associados à mentalização do sol teriam alterado sua percepção mediúnica ou sua sensibilidade anímica. De qualquer forma acreditou que George e Diva deveriam estar presentes.

Flávia e a gestante chegaram a tempo à Maternidade Arcobaleno. O médico da família "coincidentemente" resolvera retornar à maternidade com o fito de conferir a escala de serviço. O obstetra encontrou ambas no saguão de entrada da Maternidade. Isabella foi convenientemente atendida e instalada. Ao ser examinada constatou-se a iminência do parto.

Caio abriu os olhos e verificou que já se avizinhava da maternidade. Procurando não se demorar no táxi, colocou a mão no bolo à procura da carteira ou cartão de crédito.

– *Mamma mia*! Deixei a carteira na jaqueta... E... Lembrei-me agora, junto com o chaveiro.

Evitando demorar mais do que o necessário, explicou a situação com rapidez ao taxista, informando-o que trabalhava a duas quadras de onde tomara o táxi. Desculpou-se e resolveu deixar como garantia seu relógio, cujo valor seria muito superior à corrida.

O motorista contrafeito, não teve outro remédio senão se conformar. Enquanto anotava o celular de Caio, pensou:

– Espero que este avoado pelo menos saiba cuidar do seu filho...

Após as identificações de praxe, na recepção da maternidade, Caio logrou encontrar Isabella já nas últimas contrações. Devidamente paramentado com a indumentária esterilizada, conseguiu segurar a mão da parturiente e assistir, sem filmes nem fotos, a filhinha deixando o aconchegante ninho uterino. Enfim, ela estava sendo apresentada à nova família, na presente encarnação.

Lágrimas de felicidade, sorrisos, toda uma atmosfera positiva envolvia o momento. O médico sentiu-se satisfeito pelo parto ter ocorrido da melhor forma possível. Após algum tempo Isabella colocou:

– Caio, lembra-se que até agora estávamos em dúvida com relação ao nome "Dela", se você concordar... Eu estou com muita vontade de homenagear uma vovó.

– Nona Nicoleta? Caio não pode disfarçar uma expressão de surpresa e descontentamento.

A garota riu-se e aproveitando a ausência temporária de Flávia, resolveu divertir-se um pouco:

– Sem dúvida! O nome da sua vovó é perfeito! Não acha?

– Bella, está falando sério?

– Claro que não, querido... Não falo da sua avó, eu falo da avó do bebê.

– Flávia? Puxa! Que susto...

– Então, que me diz?

– O nome da Mamma é lindo e significativo, porém... O que pensa de Anna Flávia?

– Anna Flavia? Sim... É bonito, me agrada também.

– Não geraria enganos no futuro.

– Como assim?

– Imagino Linus chamando: Flávia! A criança ficaria confusa com um nome igual. Ao passo que, ao nos referirmos à criança como Anna Flávia não haveria este problema... Ou então chamarmos, Aninha...

– Querido! Sem diminutivos... Por favor! Nós, quando chamarmos a nossa Anna Flávia, – parece que já estamos assumindo o novo nome... – Diremos, Anna Flávia ou apenas Anna, concorda?

– Combinado! Termos uma filha com o nome da Mamma, ainda mais por sugestão da minha mulher, é maravilhoso...

Um beijo selou o acordo.

29
Energia das Cores

O casal, Isabella e Caio, estava iniciando nova etapa de sua existência. Felizes, é verdade, porém bastante envolvidos com as preocupações típicas de pais com filhos recém-nascidos.

A chegada de um bebê sempre modifica todo esquema de vida em um lar. Horários, sono, alimentação, vida sexual, enfim tudo passa por uma adaptação. A maturidade psicológica de ambos, apesar da juventude cronológica, propiciava ao casal uma flexibilidade muito positiva frente à nova situação.

A amamentação vinha ocorrendo com muita naturalidade. À noite, o casal deixava uma pequena luz azul acesa, algum tempo, no quarto do recém-nascido antes do mesmo conciliar o sono. Caio aprendera nas aulas do Dr. Benini que a primeira cor que o bebê percebe é a azul.

O comprimento de onda e a frequência do azul são mais facilmente captados pela retina. Por esta razão, sempre é a primeira cor a ser registrada pelo bebê humano. Além disso, a energia da luz azul gera um estímulo à sensação de paz e harmonia.

Isabella, ao acender a luz azul, indagou:

– Caio, como era mesmo... O nome do primeiro cosmonauta russo que falou sobre a cor da Terra vista lá do alto?

– Titov? Não... Espera que logo eu vou me lembrar.

– Caio, eu me lembro das cadelinhas astronautas, Laika, Belka, Strelka, mas me foge da mente o nome do...

– Gagarin!

– É isso! Yuri Gagarin.

– "A terra é Azul", foi a mais famosa frase ou expressão dele – lembrou Caio.

– Frase histórica!

– Querida, quando da nossa janela, olhamos o céu sem nuvens, em um dia claro, nós o vemos todo azul. Sabe por quê?

– Se o azul é a cor mais perceptível, é a única que nós todos enxergamos ao olhar para o céu, ou seja, para a luz do sol...

– Sim, sem dúvida. Nós estamos olhando a luz solar. Se colocássemos um prisma veríamos todas as cores do espectro solar, mas como estamos mirando a olho nu vemos apenas o azul.

– Entendo, e o mesmo sucedeu com Gagarin, olhando do Sputnik para a Terra. Ele captou só a cor azul.

– Era esse mesmo o nome? Sputnik?

– Acho que sim...

– Isabella, eu fico pensando... Se o azul tem uma frequência de onda que nos favorece a paz e a harmonia interior, e ao mesmo tempo é a primeira cor que enxergamos ao reencarnarmos, também a cor que percebemos ao olhar para o céu e, além disso, é a cor que se vê ao olhar para a Terra, lá do alto... Não haveria nisso tudo, algo... Algo, mais transcendental?

– Você quer dizer uma razão maior? Sempre existirá. Na natureza, tudo tem uma razão de ser mais profunda.

– Bella, talvez nossa retina capte mais facilmente o azul por ser um recurso terapêutico da natureza.

– A Humanidade necessita deste estímulo de paz, você quer dizer.

– Sim. Creio que sim...

– Considero muito lógico. Um amigo espiritual nos disse *A natureza é o livro divino onde Deus escreve a história de sua sabedoria...*

– Querida, certa ocasião alguém perguntou, lá no Sentieri, porque não se usavam lâmpadas coloridas para cromoterapia. Lembra-se?

– Sim, e me recordo da resposta. A cromoterapia deve ser mental. Pode-se irradiar com o pensamento que as cores ocorrem sem usarmos recursos físicos tais como lâmpadas.

– É verdade. A ideia, em nossos grupos, sempre foi a de priorizar o mental. Alguns espíritos até já expressaram seu apoio, com relação à nossa posição neste aspecto.

– Querido, por falar em Espíritos, tenho sentido a presença de papai e mamãe visitando Anna Flávia.

– Que beleza! Bella, uma curiosidade, alguma vez percebeu o vestuário deles?

– Comum. Como usavam aqui.

– Nunca os percebeu com indumentária de sacerdotes do antigo Egito?

– Não, querido. Nunca. Sei que já os viste assim, mas eu nunca.

– Quarta-feira haverá a reunião de perguntas livres com o Dr. Benini. Vamos indagar sobre a modificação física lá no mundo astral?

– Já temos uma boa ideia disso, mas sempre é bom conversarmos com quem entende mais.

30

Alterações no Corpo Astral

A reunião da quarta-feira seguinte seria totalmente voltada para questionamentos livres. No dia aprazado, às 20 horas, lá estava o casal, com o bebê de 25 dias de idade dormindo no carrinho, ao lado de Isabella. Flávia fora convidada por Dr. Benini para participar das respostas.

Após diversas e interessantes perguntas, Caio indagou:

– Doutor Benini, certa vez eu percebi os pais de Bella, – para quem não sabe, são desencarnados, – em trajes de sacerdotes egípcios faraônicos, poderia comentar um pouco sobre como se opera esse fenômeno?

– Algumas explicações que eu irei colocar já são do seu conhecimento, meu caro Caio, porém como na reunião há pessoas com graus diferentes de informação, vamos recordar que o corpo astral, ou corpo perispiritual é composto de células e moléculas como existem no corpo físico. Quem comanda automaticamente a organização celular e molecular do corpo astral é o corpo mental. Flávia, você quer salientar algo a esse respeito?

– Apenas para lembrar que conforme o corpo mental pensa, ele emite uma energia específica que atua sobre seu próprio corpo perispiritual, modificando a sua aparência.

– Exatamente Flávia. Na questão levantada por Caio, como você explicaria ele ter percebido George e Diva – pais de Isabella – nos trajes descritos?

– Se não os tivesse conhecido encarnados, diria que eram Entidades que vivem, ainda hoje, com os costumes da época faraônica. Como os conheci em Milano e frequentando até nosso Grupo de Estudos, sei que estavam, temporariamente, se expressando daquela forma, com alguma finalidade construtiva.

– Doutor Benini – indagou Pietro, porque eles estavam se apresentando com aqueles trajes vistos por Caio?

– Observe o seguinte, Pietro: excluindo-se a imaginação que, pela experiência de Caio, não deve ter sido o caso, o nosso querido casal de amigos estava sintonizado com uma faixa do inconsciente deles próprios, onde devem estar arquivadas vidas pregressas vividas no Egito faraônico. Pietro continuou:

– Meu irmão Caio me contou que quando os viu ele estava fazendo uma prece ou irradiação em direção à Isabella. Estava mentalizando as energias solares. Isso teria propiciado a presença deles em roupas egípcias antigas? Como?

– No caso, sem dúvida. Ao manipular, com o pensamento, as energias do Sol e solicitar o apoio dos Espíritos que trabalham nessa área, é esperado que as Entidades que estudam e se relacionam com o Sol se sintam psiquicamente daquela forma, como as que já viveram no Egito Antigo, que deve ser o caso de Diva e George...

Flávia interpôs:

– Durante as terapias regressivas que fiz, com Doutor Benini, constatei diversas vezes que vivi naquela época, e Diva sempre foi para mim alguém que conhecesse há milênios. Todos pensavam que éramos irmãs, tal nossa afinidade. Dr. Benini esclareceu:

– Sim Flávia, isso é bem possível. Para compreendermos bem, se eu fosse me imaginar realizando uma cirurgia me viria com roupas de um cirurgião, e você, – disse apontando Pietro – ao se imaginar fazendo exercícios em uma academia se imaginaria com um traje de ginástica. A grande diferença é que na vida física temos de trocar de roupa abrindo o armário e na vida astral, em geral, se faz mentalmente.

– Isto não significa – acrescentou Flávia – que eles estejam, sempre, com roupas daquela época. Não é verdade, Isabella?

– De fato tia Flávia, como eu já disse a Caio, percebo papai e mamãe, com alguma frequência, visitando nossa casa e vejo-os em trajes de milaneses comuns, como nós.

Um senhor de barbas brancas, artista imigrante da Romênia, que estava iniciando seus estudos na área da Espiritualidade, não declinou seu nome, mas solicitou permissão para efetuar uma pergunta, ao que o coordenador da reunião assentiu com simpatia.

– Muitos sensitivos descrevem a presença de Espíritos com roupas, trajes e muitas vezes há referência, com relação aos que acabam de desencarnar, que os mesmos ao abrir os olhos astrais, ao perceberem que estão no mundo espiritual, recebem e são vestidos com uma túnica branca. Por que a cor branca?

– Vejamos alguns aspectos: Com relação à Entidade sendo vestida com uma túnica branca, conforme foi indagado pelo senhor que nos honra com sua visita, compreendemos que o Espírito recém-chegado, portanto em fase de perturbação mental, não tem possibilidades de plasmar, com o pensamento, uma roupagem.

Convém informar o seguinte: assim como foi observada uma túnica branca, em uma determinada Entidade, poderia ter sido vista uma túnica azul, verde, ou outra cor suave. Nada nos prende a qualquer simbologia ou significado especial atribuído à cor branca. Como estamos falando de espíritos no mundo astral e essa resposta talvez seja transmitida a outros no futuro, eu aqui reforço: usar o branco não tem algo a ver com "ser um Espírito". Certo?

O coordenador da reunião continuou:

Em alguns casos, os amigos da Espiritualidade trazem a vestimenta já pronta para atendê-lo, em outros casos a energia oferecida pelos nossos trabalhadores é o material plástico com o qual se constrói a vestimenta. A roupa pode ser elaborada por nós próprios no Grupo Mediúnico, com rápida mentalização. O branco é uma opção de cor leve, suave.

– Posso fazer mais algumas perguntas, não desejo incomodar, mas estou muito interessado na vida social dos desencarnados.

– À vontade! – colocou o coordenador.

– Sem desejar fazer trocadilho, ao estudarmos vestes e tecidos, o senhor poderia "tecer" algumas considerações a respeito dos tecidos no mundo astral?

Após uma onda de sorriso percorrer o ambiente, em função da inteligente e bem-humorada indagação, o palestrante respondeu:

– As Entidades espirituais, por possuírem um corpo astral, usam vestes, como nós as usamos aqui no mundo físico. Essas vestes têm diversas origens. Existem comunidades astrais onde vestimentas são confeccionadas de forma similar ao nosso mundo, ou seja, há plantações depois colhem e manipulam as fibras confeccionando as roupas. O conceituado médium brasileiro, Francisco Cândido Xavier recebeu um importante livro denominado *Evolução em Dois Mundos,* e em dado momento, mais exatamente na segunda parte do livro, capítulo V – "Apresentação dos Desencarnados" – o Espírito orientador nos explica que roupas, calçados e outras peças podem ser confeccionadas artesanalmente, sem a ação da mente sobre as moléculas dos panos e tecidos, isto é, confeccionados por outros processos mais manuais.

– Em outras comunidades, mais adiantadas, a confecção é mental e a matéria-prima é a energia cósmica universal. Não se necessita, nessas Comunidades Superiores, do manuseio direto ou manual das fibras vegetais para se fabricar roupas.

– Há também a situação de seres humanos no mundo extrafísico em péssimas condições evolutivas que são vistos andrajosos, com roupas em frangalhos como reflexos de suas condições mentais.

– Outros se imaginam com determinadas roupas e plasmam inconsciente e automaticamente a indumentária.

O artista romeno acrescentou:

– Sem querer ser impertinente... Por que, ao invés de uma roupa tradicional nossa, se plasmou uma túnica?

– Responderei por mera dedução. Com relação ao "por que" ser túnica... Bem, eu diria que é um modelo mais fácil, igualitário, dá menos trabalho mental e não necessitaria aulas de corte e costura...

Novamente todos riram inclusive o simpático artista romeno. Pietro, que após o ocorrido com sua namorada Anna, vinha se interessando cada vez mais por tudo que se referia ao mundo espiritual, indagou:

– *As modificações no corpo astral das entidades, principalmente as que estão em tratamento ou atendimento no Grupo mediúnico parecem ocorrer imediatamente. Como se explica isto?*

– Em Espíritos mais equilibrados, mais receptivos, as modificações se operam rapidamente. O comando do corpo mental mobiliza as moléculas do corpo astral e as mesmas se movimentam com velocidade. As moléculas que compõem a estrutura do corpo espiritual, também denominado corpo astral ou ainda perispírito, são como as nossas moléculas dos gases terráqueos, facilmente moldáveis.

– Em função da mudança de postura mental passa a existir um novo comando direcionador da organização molecular, em síntese, um novo modelo. Havendo um novo modelo mental, a forma exterior do corpo espiritual se transforma. Somando-se ao fato de que os médiuns e todos os trabalhadores do Grupo estão emitindo ectoplasma, ainda que em quantidades não perceptíveis, para o processo de regeneração dos tecidos do enfermo espiritual. Com relação aos espíritos mais atrasados, mais renitentes, este processo é mais lento, mais difícil.

– Há Entidades que, apesar de receberem as informações e esclarecimentos, não conseguem mudar sua frequência vibratória e somente após longo tratamento nos hospitais astrais é que elas retornam às formas anatômicas normais.

Dr. Benini explicou, em seguida, como as moléculas do corpo astral são móveis, dotadas de energia cinética maior que nossas moléculas físicas, rolam umas sobre as outras, tais como moléculas de água, alterando a anatomia do perispírito. Quanto à vestimenta, reforçou que em geral são reflexos dos registros existentes dentro do próprio indivíduo.

31
Dor Abdominal

Linus vinha sentindo estranha dor no abdômen. Provisoriamente, fora orientado pelo Dr. Benini a fazer uma dieta abstraindo-se de alimentos muito calóricos. Reduziu, então, a ingestão de carboidratos e gorduras, passando a alimentar-se mais de frutas, legumes e verduras.

Como as dores continuavam a se manifestar e se tornando mais frequentes e intensas, foi recomendado pelo médico a realizar alguns exames de laboratório e, na sequência, uma ultrassonografia. Linus seguiu as instruções e realizou todos os exames, no entanto a pesquisa redundou em conclusão nula.

Efetuou na sequência, sempre por orientação do Dr. Benini, um exame endoscópico, mais exatamente esôfago e gastroduodenoscopia, que nada evidenciou de significativo. Foi quando o médico da família o encaminhou para um especialista.

O facultativo, após detalhado interrogatório ou anamnese clínica, criterioso exame físico e, revisando os exames que já haviam sido feitos, todos normais, cogitou da possibilidade do problema ser de ordem psicogênica.

Segundo o gastroenterologista não se tratava de um fenômeno psicológico como uma dor imaginária, mas uma dor real, gerada pelo stress de trabalhar em Milão e residir em Bardolino. Essa situação poderia gerar uma colisão na mente do seu paciente. Colisão de duas forças antagônicas. Uma força seria a preocupação e a tensão em se deslocar constantemente de uma cidade à outra, levando-o a desejar, embora inconscientemente, não ter vida concomitante em duas cidades relativamente distantes.

A força oposta corresponderia ao prazer de estar às margens do Lago com a mulher amada, não admitindo privar Flávia daquele convívio com a natureza e a suavidade do Lago di Garda, caso se mudassem para Milano.

O gastroenterologista prescreveu um medicamento tranquilizante e sugeriu que Linus buscasse uma solução para sua questão pessoal.

Linus agradeceu ao profissional e, ao sair do consultório, logo telefonou ao Dr. Benini solicitando-lhe uma conversa pessoal. Marcaram encontro no Parque Simpione, aproveitando que o horário e o clima ofereciam uma atmosfera agradável. Dentro de quarenta minutos estavam os dois sentados em um banco de jardim à sombra de frondosa árvore.

– Olá Doutor, muito bom vê-lo!

– Sempre é um prazer conversar com você, Linus.

– Fiquei impressionado como uma pessoa tão ocupada pode, em seguida, se dispor a conversar comigo.

– Nada de excepcional. Meus dois últimos clientes de hoje, que eram mãe e filho, desmarcaram as consultas e eu estava cogitando em dar um passeio no Parque Simpione, justamente no momento que recebi seu telefonema...

– Como dizem os estudiosos de física quântica, *sincronicidade...*

– São nomes novos para fenômenos milenares, mas tudo bem, eu já estou quase me acostumando a todas essas denominações modernas.

Linus relatou como havia transcorrido a consulta médica e agradeceu a excelente indicação do profissional. Dr. Benini indagou:

– Você tem, realmente, estado mais preocupado, ultimamente, com esses deslocamentos constantes entre Milano e Bardolino?

– Por incrível que pareça, a impressão que possuo, pelo menos conscientemente, é estar cada vez mais tranquilo com relação a esse fato. À medida que os meses passam, aceito cada vez melhor as viagens.

– Você disse, conscientemente...

– Sim, como psicólogo sei que na superfície da minha mente poderia estar me convencendo de que as viagens são agradáveis, porém, lá no fundo posso não estar aceitando.

– É bem o papo de psicólogo... Desculpe, saiu sem querer. Riram-se ambos.

– O que me parece estranho é não haver uma correspondência entre as dores e meu estado emocional.

– Explique-se melhor.

– Justamente agora, que estou feliz pela gravidez de Flávia, e por estar viajando menos, pois ela está mais em Milão acompanhando a netinha, não deveriam as dores estar sendo assim frequentes.

– Faz, *aparentemente*, como diria você... Certo sentido. Poderíamos cogitar, também, de algum fator extrafísico.

– Alguma influência espiritual?

– Como você bem conhece, nossa posição é sempre buscar as causas físicas em primeiro lugar.

– Que, de fato, não foram encontradas.

– Sim, Linus. Concordo que você buscou corretamente as causas, buscando-as na sequência e conforme orientação médica.

– Seria interessante abrirmos o campo energético da minha psicosfera no grupo mediúnico, fazermos uma investigação?

– Há mais algum dado que você julga importante mencionar?

– Tive, ontem, um sonho com meu assassinato na personalidade de Áster.

– Linus, vamos averiguar isso, sem dúvida. Na próxima sessão, segunda-feira, nós atenderemos o seu caso. Faremos uma pesquisa sobre isso. Não comente sobre seu sonho com ninguém, para não induzir a alguma percepção. Mais alguém, além de Flávia, soube algo acerca deste sonho?

– Nem Flávia sabe, não tive tempo de contar a ela.

– Melhor assim, por enquanto.

– Doutor Benini, me parece prudente não comentarmos nada com Flávia sobre a questão das minhas viagens serem estressantes ou algo do gênero, não pensa assim?

– A gestação é um momento muito especial, como você muito bem sabe. Concordo que seja mais saudável preservá-la desta ansiedade.

– Apesar de ela ser muito equilibrada.

– Com certeza, porém não há quem não se preocupe com um problema real.

– Sim...

– Linus, façamos assim: na investigação que faremos na sessão mediúnica será mencionada, apenas, sua dor abdominal sem causa conhecida, o que é a pura verdade.

– Ótimo Doutor.

Ambos caminharam, por alguns minutos, sentindo a brisa trazer o odor da vegetação, observando as aves e, após alguns minutos, despediram-se.

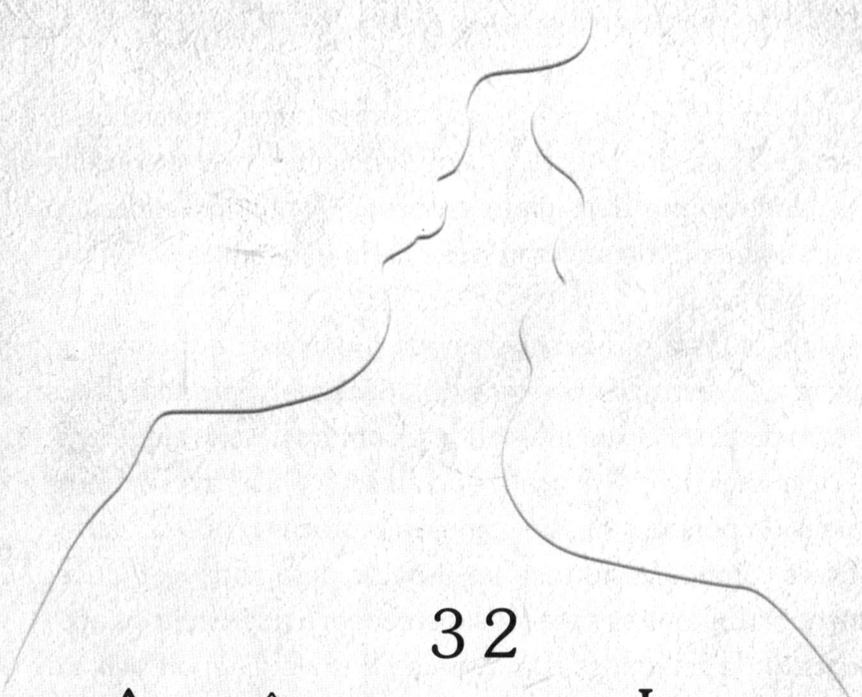

32
Ausência de Linus

O atendimento de Linus seria feito dentro de dois dias. Dr. Benini aproveitaria algumas horas, no fim de semana, para equacionar os passos da sessão mediúnica. Antes de tudo, teria de definir da validade ou não da presença de Linus no seu próprio atendimento.

Alguns grupos que realizam sessão mediúnica com atendimento espiritual de casos efetuam a reunião com o "paciente" presente, ainda quando a pessoa não tem qualquer conhecimento da dinâmica energética que envolve as relações do mundo físico com o mundo astral.

Essa atitude nós não a endossamos por considerá-la incorreta e potencialmente prejudicial ao atendido. Deve-se, sempre, evitar a presença do mesmo na sessão.

Quando um grupo mediúnico atende casos específicos, a presença física do "atendido" ou "paciente" não é conduta recomendável por duas grandes razões: A primeira delas é o constrangimento de se sentir observado e invadido na intimidade psíquica.

Os médiuns e ou sensitivos podem perceber e mencionar, em voz alta, aspectos pessoais do "paciente", informando-os até com detalhes, ao coordenador. É comum descreverem campos de energia negativa ligados ao chakra genésico ou a outros chakras da pessoa que está sofrendo o processo obsessivo.

Esses campos costumam ter aspecto desagradável e constrangedor. Em outras situações, percebem a aderência ou acoplamento de Entidades com aspecto horrível que, ou deixam de mencioná-las para não assustar o "atendido" ou o fazem de forma incompleta pelo mesmo motivo.

Se os médiuns mencionarem o fenômeno exato, passam a invadir a intimidade da pessoa que veio em busca de auxílio, expondo-o à frente de um grupo. Infelizmente, isso ainda ocorre em alguns grupos de desobsessão.

A segunda razão, para não se convidar ou permitir ao "paciente" estar presente no momento da sessão mediúnica, é o risco de choque emocional com liberação súbita de adrenalina. Isto sucederia ao escutar frases muito agressivas ou ameaçadoras dos obsessores. Para pessoas não muito bem preparadas, pode gerar efeitos cardíacos com risco de vida ao "paciente".

Além do que, ao retornar para o lar após a sessão, poderá se impressionar com o que ouviu e entrar em pânico. Pânico sim, em função do que escutou. As pessoas não compreendem bem o processo, tanto por insegurança quanto pela falta de estudo espírita. É claro que as ameaças, por via de regra, não poderão ser cumpridas. No entanto, imaginemos escutar em uma sessão de desobsessão, vindo de um Espírito violento:

– Vocês podem me levar daqui, mas todos os meus asseclas ficarão encarregados de prejudicar teu filho esta noite...

Suponho que isso tenha ficado claro. Não é qualquer um que está preparado psiquicamente para isto. Não é adequada, mesmo, a presença do "atendido" na sessão mediúnica, a pessoa fica exposta a tudo que se comenta durante a sessão.

A questão da validade ou não, da presença de Linus no seu próprio atendimento, prendia-se ao fato de ele estar muito bem preparado, tanto no aspecto do conhecimento quanto do ponto de vista psicológico, não só pela profissão mas pela vivência mediúnica.

Doutor Benini acompanhava Linus desde os primórdios de seus estudos. Em poucos anos devorara dezenas de livros, crivara de perguntas aos mais experientes e procedera a uma significativa reforma íntima.

Flávia muito participou desse processo e todos perceberam o crescimento espiritual do marido dela, além do rápido desabrochar da mediunidade de Linus, magnificamente orientada pelo coordenador do grupo.

Linus costumava dizer à esposa que, à medida que tomava conhecimento das explicações sobre a vida espiritual, vivenciava uma sensação subjetiva de ter conhecimento prévio de tudo que lia nas obras espiritistas e o mesmo sucedia em relação aos estudos da fenomenologia mediúnica ou pesquisas sobre reencarnação.

Tudo indicava que os conhecimentos de vidas anteriores, os quais jaziam adormecidos nos porões do inconsciente, estavam sendo despertados de um sono profundo e naquele momento se expressavam com naturalidade.

Estava o médico a cogitar dessas nuances quando tocou o telefone.

– Pronto!

– Bom dia! Doutor, é Linus.

– Bom dia, meu amigo, como vai?

– Tudo bem. Espero não estar incomodando. Posso ligar mais tarde.

– O Horário é perfeito, fique tranquilo.

– Sobre a reunião de hoje, tenho uma dúvida...

– Sobre sua presença?

– Exatamente.

– Pergunto então a você, sente-se à vontade para participar?

– Pensei muito a esse respeito neste final de semana, mas desejo seguir sua recomendação.

– Se a reunião acontecesse em um grupo estranho, não recomendaria, no entanto você está em casa.

– Sim, é verdade, também, no tocante ao me impressionar, creio que não deva existir problema. Há muito tempo convivo com essas questões, diria: tão comum como um parto para um obstetra...

– Concordo, mas lembre-se que até um obstetra ao fazer o parto da esposa, ou seja, do seu próprio filho, pode se emocionar e atrapalhar.

– O Doutor quer dizer que...

– Não se preocupe tanto com minha recomendação, seu conhecimento é amplo. Caso se sinta totalmente tranquilo, convencido de que não irá se constranger, participe normalmente. Na hipótese de estar em dúvida, recomendo que permaneça em casa, em sintonia com a luz Maior do Universo e os Amigos Espirituais. Preste atenção às mensagens do seu inconsciente e siga as intuições...

– Assim farei. Um abraço, muito obrigado. Caso eu decida não comparecer, avisarei por Flávia.

– Boa noite! Linus.

Cerca de uma hora antes do trabalho mediúnico, a cólica abdominal retornou. Linus ingeriu um analgésico e considerou mais prudente decidir-se... Pela Ausência.

33
Agendando Obstetra

A gestação de Flávia seguia tranquila. Consultas médicas vinham sendo regularmente efetuadas. O casal intensificava as conversas com o bebê promovendo um fluxo de luz e de amor que banhava, constantemente, o espírito ligado ao feto.

Havia uma felicidade indizível no coração dos pais que se esmeravam em mostrar as belezas da natureza para o filho ou filha, pois, até aquele momento, não sabiam o sexo do bebê. Flores, pássaros, pôr do sol, vegetação, o voo das aves, tudo era motivo para um suave diálogo com o Espírito que se aconchegava no ninho uterino.

Semanalmente, realizavam a reunião de harmonização do lar, também conhecida como Evangelho no lar. Nessas reuniões, Flávia, fosse pela vidência mediúnica ou pela clarividência anímica, costumava perceber pétalas de flores caindo sobre seu abdômen e se emocionava.

Certa ocasião, após o encerramento de uma dessas reuniões, Linus indagou:

– Querida, quando será a próxima consulta com o Obstetra?

– Semana que vem – sexta-feira.

– À tarde?

– Sim, querido. Às 18 horas, você sabe o porquê do dia e horário, não?

– Para facilitar a minha presença.

– Já verificou sua agenda?

– Farei isso hoje.

– Então Linus, vamos matar a curiosidade para saber o sexo do bebê?

– Uma ecografia?

– Dr. Enzo já me explicou que existe muito mais do que a definição do sexo a se observar em uma ultrassonografia, mas, para nós dois, saber se é uma filha ou um filho é o que nos atrai mais...

– Nem cogito de algum problema de qualquer ordem.

– Linus, e se houvesse algum problema?

– Teríamos de pôr em prática tudo que já sabemos e orientamos aos outros.

34
Ambiente Especial

Segunda-feira, às dezenove horas e trinta minutos, portanto meia hora antes da sessão mediúnica, todo o Grupo já se encontrava reunido. O caso de Linus seria a razão do trabalho espiritual.

A sala, também utilizada em dias e horários diferentes pelo grupo de irradiação mental a distância, oferecia um ambiente agradável, transparecendo suavidade em todos os sentidos. As paredes, de um branco como neve, eram ornadas com dois belos quadros de flores multicoloridas. Percebia-se, sempre, música de fundo quase inaudível, com sons da natureza. O ambiente era iluminado por tênue luz azul.

Não havia nesta, como em nenhuma sala adjacente, gravuras ou quadros de qualquer espécie que lembrassem as religiões convencionais. Dr. Benini já recusara, polida e carinhosamente, doações de crucifixos ou imagens das mais diversas.

O local, onde cada integrante do Grupo sentava, era fixo, isto é, a posição que cada um ocupava no grupo era determinada. Não havia cabeceira, pois não usavam mesa. Colocavam as cadeiras, muito leves e confortáveis, em círculo.

Já haviam lido, em outras reuniões e principalmente estudado nos cursos de mediunidade, que o plano espiritual preparava previamente, cada local onde o trabalhador se acomodaria e, às vezes, o faziam minuciosamente.

De fato, conforme as características do trabalhador, campos magnéticos são construídos, fios energéticos e luzes são estrategicamente organizados pelos amigos do astral superior.

Portanto, Dr. Benini considerava que cada um deveria ter uma posição definida. Salientava, no entanto, que isso não deveria ser uma regra inflexível; admitia que algum lugar pudesse ser trocado em casos específicos, necessidades individuais, ou ausências justificadas de membros do Grupo. Tal acontecera naquele dia.

O coordenador também adotava o critério de evitar, tanto quanto possível, um médium sentar-se ao lado do outro. Há, neste sentido, opiniões bem distintas de estudiosos diversos. O dirigente costumava dizer que os fenômenos mediúnicos se efetuam em diversos planos: no plano material (eletricidade), no plano etérico (energia vital), no plano perispiritual ou emocional e no plano mental ou intelectual.

Caso os médiuns se sentassem todos em seguida, seja em uma mesa ou em um círculo, formar-se-ia uma corrente semelhante a um bloco inteiriço, como se fosse uma corrente interligada ou interdependente. Tal fato, por analogia, seria como a "corrente de Foucault" ou corrente parasita, que ocorre quando um gerador é construído com uma peça inteiriça.

O conhecimento desse efeito foi considerado útil para a constituição dos lugares no grupo mediúnico, assim também o seria de uma "mesa" para quem a utilizasse. Dr. Benini optara por colocar as cadeiras em círculo, fazendo sentarem-se os médiuns (ostensivos) intercalando-os com "não médiuns", ou seja, quem não desse transe psicofônico.

O coordenador baseava-se nos estudos do livro *Técnicas de Mediunidade* de Carlos Torres Pastorino, e *Desobsessão Estudo Prático* de Di Bernardi, em que ambos os autores colocam que em caso dessa corrente de Foucault se formar, pela sequência de vários médiuns, poderia haver interferência no campo magnético do vizinho ao lado, o que é ainda assunto de pesquisa.

Dr. Benini considerava a hipótese do médium, dito de "incorporação", poder se envolver na vibração do médium adjacente, com isto poderia se enganar forçando uma manifestação, supondo tratar-se de fluidos de um desencarnado.

Outro aspecto para se intercalar os médiuns com aqueles não sensitivos, seria o risco de se exacerbar as manifestações, o que, teoricamente, poderia ocorrer com vários médiuns sentados um ao lado do outro.

Apesar de ser uma conduta muito lógica e até prudente, admitia Dr. Benini que isso era, ainda, apenas mera hipótese por enquanto não comprovável. Apesar disso, não custaria nada dispor os sensitivos intercalando-os com os *de sustentação*, sem deixar de efetuar uma sessão se, no dia, não houvesse número adequado para se efetuar a disposição ideal.

Antes de se proceder ao atendimento, a "Equipe Mediúnica de Libertação" procedeu à proveitosa leitura sobre ideoplastia e formas-pensamento, em trechos de obras do Espírito André Luiz, psicografados por Chico Xavier, que muito agradou a todos.

35

Ressonância com o Passado

Linus decidira permanecer em casa. Deveria se preparar, adequadamente, para o atendimento espiritual. A investigação extrafísica seria efetuada pela *Equipe de Libertação,* em seu benefício, naquela segunda-feira.

Despedira-se de Flávia com um abraço demorado. Como sempre haviam participado juntos de todas as atividades mediúnicas. Uma leve tristeza sombreava suas vibrações ao se sentir só, na residência, enquanto sua esposa participaria da reunião que tanto trouxera, a ambos, satisfação e crescimento psíquico.

Jantara frugalmente, como sempre é recomendável nessas ocasiões. Como há alguns anos não ingeria carne vermelha, foi-lhe fácil fazer uma ligeira e leve refeição.

Após saborear a sobremesa, à base de frutas, arrumou a louça na máquina de lavar, deitou-se no sofá da sala, desconectou o telefone e colocou um suave CD de Brahms no aparelho de som. Olhou o relógio, faltavam dois minutos para as vinte horas. Pensou em voz alta:

– A sessão está para começar.

Solicitou ajuda dos Mentores Espirituais, imaginou-se envolvido em uma redoma de luz e após uma prece silenciosa, adormeceu.

Enquanto isso, a *Equipe de Libertação* iniciava o seu trabalho de investigação extrafísica.

ABERTURA DA REUNIÃO

Flávia, como de hábito, a pedido do coordenador, conduziu um exercício de relaxamento mental. Induziu a todos imaginarem uma cachoeira de água límpida e translúcida. Em voz alta, porém muito suave, idealizou uma luz branca incidindo sobre a cachoeira. À medida que essa luz branca incidia na água, formava-se um belíssimo arco-íris. Recomendou a todos que se colocassem mentalmente sob as águas, observando as cores e luzes que se desprendiam da cachoeira.

Cada cor, mentalizada e captada pelos presentes, se tornaria um manancial de energias diferentes. O azul transmitiria paz e harmonia, o verde proporcionaria sensação de higiene energética, a cor rosa transmitiria a afetividade provinda do plano extrafísico, o dourado vitalizaria e assim por diante.

Colocaram-se todos, mentalmente, sob o fluxo de água da cachoeira, cada um captando a frequência energética que mais necessitava para o trabalho de amor ao próximo, ou seja, de caridade espiritual.

SINTONIA COM ENERGIAS SUPERIORES

Após o exercício conduzido por Flávia, que equivalia à precede abertura dos trabalhos, porém não efetuada de forma decorada e automática, mas com intensa participação mental de todos, abriu-se o espaço para comunicação com os Mentores Espirituais. Pietro recebeu breve mensagem, incentivando o Grupo a mobilizar o amor na forma de ondas de energia para os encaminhamentos necessários.

Caio, por sua vez, descreveu um lindo cristal no centro do Grupo. Este cristal concentrava fluidos advindos da Espiritualidade e ectoplasma dos presentes.

AVALIAÇÃO DA PSICOSFERA LIGADA AO CASO

Dr. Benini coordenou a conexão mental do Grupo com o campo espiritual ligado a Linus, assim, verbalizou:

– Vamos construir ideoplasticamente uma ponte de luz azul partindo do centro do nosso círculo até o ambiente espiritual de Linus. Em seguida, vamos doar energia e intensificar este campo de luz. Desloquemo-nos, mentalmente, até a casa de nosso companheiro de trabalho, Linus.

Dr. Benini citou os detalhes do endereço e, após alguns segundos, salientou: alguém já está se situando no ambiente astral da residência?

Flávia, então, informou:

– Já me encontro lá. O ambiente energético da nossa casa está equilibrado, percebo Linus dormindo no sofá da sala.

– Mais algum de vocês já conseguiu se deslocar até o ambiente de Linus?

– Sim, eu também consegui me desdobrar até lá – informou Caio. – Não percebo nada de estranho. Tudo calmo.

Não vejo Espíritos perturbadores no astral da residência. Que fazemos Dr. Benini?

– Neste caso, solicito a Pietro que efetue uma irradiação. Pietro, agora é com você.

– Certo Doutor. Façamos, então, um direcionamento da nossa mente àquele cristal que foi percebido no centro do nosso Grupo. Busquemos as energias ali condensadas e as enviemos a Linus. Que essas energias possam permitir uma visualização mais clara da psicosfera de nosso amigo.

Caio acrescentou:

– Vejo o corpo de Linus iluminado... Ah! Um momento... Agora eu o visualizo melhor, depois que Pietro efetuou a irradiação, apesar de Linus estar iluminado, percebo uma mancha mais escura no seu abdômen.

O dirigente comentou:

– Vamos mentalizar essa mancha escura observada no corpo energético de Linus. Construamos uma lente e a coloquemos sobre essa região. Concentremos nossa atenção nesse ponto. Alguém do Grupo está percebendo algo mais?

– Sim, eu vejo. Visualizo, saindo da mancha obscurecida sobre o abdômen do meu marido, uma espécie de fio cinza escuro, que se projeta em direção à parede do quarto atravessando-a e se perdendo no horizonte.

O coordenador orientou:

– Nesse instante, solicitando como sempre o amparo das Falanges de Luz, nós vamos enviar um feixe de energias às estruturas espirituais de Linus. Acessemos os registros de memória, de nosso querido amigo, relacionados ao campo vibratório percebido. Indaga, então, o dirigente:

– Isabella, alguma percepção que gostaria de comentar?

– Percebo uma névoa escura que oblitera a visão do que estaria no final deste fio energético. Consigo ver, facilmente, a mancha escura sobre o abdômen de Linus, também a espécie de fio que se estende da mancha até um local distante, mas tudo termina nessa névoa espessa que impede a visão.

– Reforcemos, mais uma vez, nossas energias. Mentalizemos a captação de um fluxo de luz que desce em nossa direção. Com este acréscimo de energia iremos atuar sobre esses arquivos do inconsciente de Linus que necessitam ser aflorados e, em seguida, equilibrados.

Dr. Benini, após esse rápido exercício mental, indagou:

– Isabella, a névoa persiste? Como está o aspecto que você descreveu? Mudou alguma coisa?

– Melhorou muito. Consigo observar uma figura feminina conectada a Linus através daquele fio que foi descrito.

– Vamos mentalizar este ser. Direcionemos nosso pensamento a esta criatura convidando-a a se manifestar.

Apenas o coordenador concluiu a frase e Caio já iniciou a comunicação mediúnica. A Entidade estabeleceu um diálogo com o Dr. Benini.

– Querem ajudar e se meter a caridosos?

Como já fora definido no Grupo, os médiuns em frases curtas e rápidas davam informações ao dirigente, assim, Flávia informou:

– Dr. Benini, esta não é a Entidade feminina que foi visualizada ao final do fio magnético. É outra, masculina, com olhos penetrantes e ares de muita inteligência. Aparentemente, Ele é hábil magnetizador, pois controla inúmeros serviçais que o acompanham. O coordenador fez sinal com a mão de que já era o suficiente e dirigiu-se ao Espírito:

– Boa noite, caro amigo, nós desejamos apenas conversar e lhe ajudar. Seja bem-vindo.

– Ajudem quem tem interesse em ser ajudado, não é meu caso. Não se intrometam.

– Estamos dispostos a ouvi-lo.

– Vocês, pelo visto, não estudaram muito sobre livre-arbítrio. Não interfiram em minhas atividades.

– Somos pela paz e pelo diálogo. Você mencionou o livre-arbítrio, de fato estamos ajudando um amigo nosso, porque ele nos solicitou. Não seria você quem está interferindo onde não deveria?

A Entidade ameaçou a todos com severidade, declarando ter grande poder e que o Grupo estaria se imiscuindo em questões pessoais, frisou a questão do livre-arbítrio. Passou a fazer demonstrações de manipulação de energia criando formas intimidadoras. Buscava, sobretudo, impressionar. Afirmou que todos iriam sofrer as consequências dessa intromissão indevida. Após essa exibição de pretensa força, acrescentou através da mediunidade de Caio:

– Aquele que vocês chamam de Linus está, há muitos séculos, ligado a nós, pertence-nos e não o deixaremos escapar. Há alguns anos, nosso controle sobre ele está arrefecendo, mas é o momento de tudo voltar à normalidade. Não queremos, com vocês, qualquer diálogo, nem venham nos mostrar antigos parentes ou Seres de Luz que estão nos procurando, pois já estamos cansados de observar o trabalho de vocês. É o primeiro e último aviso!

Dr. Benini, efetuando sentida prece, solicitou auxílio aos magos do Antigo Egito. Imediatamente, foram percebidos pelos videntes, diversos Espíritos egípcios irradiando intensa luz dourada. Surgiu, então, um Ser de grande porte que se postou atrás do dirigente. O coordenador passou a mobilizar as energias disponíveis anestesiando a Entidade. Envolveu-a em uma cúpula verde e pediu aos egípcios que a levassem para tratamento na Espiritualidade. Em seguida, orientou:

– Sintonizemos com as energias do Sol. Busquemos a força emanada pelos Seres de Luz que do Astro Rei nos enviam energias de alta frequência vibratória. Mentalizemos espelhos a refletir essa luz e a direcionemos à névoa escura que se liga a Linus. Após alguns segundos indagou:

– Alguma nova percepção?

Flávia anuiu:

– Sim, tenho forte sensação de que um processo de retorno ao passado está se processando. Insistentemente vem à minha mente a informação de que estaremos adentrando aos arquivos do pretérito de Linus.

O coordenador continuou:

– Enviemos uma energia azul de muita paz e amor em direção aos corpos espirituais de Linus. Mentalizemos o desdobramento desses corpos e busquemos os arquivos do seu passado. Sintonizemos com os registros que necessitam ser reequilibrados. Acrescentou:

– Isabella, percebeu algo que considere importante mencionar?

– Sim, Doutor... Após sua irradiação, consigo perceber um homem, aliás, um belo jovem, com roupas muito antigas, caminhando em um jardim maravilhoso... Muito elaborado mesmo esse jardim. O jovem tem em suas mãos algo que se assemelha a pergaminhos ou talvez papiros. Parece que irá dar aulas a uma moça.

– Continue sintonizando com sua percepção e a descreva.

– Vejo agora uma mulher, também jovem e bela, com roupas riquíssimas, muitas joias e enfeites na cabeça. É a moça que vai receber as aulas. Esta jovem tem muito poder em suas mãos, sinto que é muito invejada. Capto fortes energias de inveja e ódio sobre os dois.

– Mais alguém está sintonizado com essa percepção da Isabella? – Também capto parte desse quadro, acrescentou Caio. – Não vejo o jardim, mas percebo o casal com a exata descrição feita por Isabella, da mesma forma, sinto uma energia de trama contra ambos.

O dirigente asseverou:

– Nós estamos sintonizados com a psicosfera de Linus, então Caio, no quadro mental percebido por vocês, onde se encaixaria Linus?

– Não tenho certeza, mas o jovem mancebo parece ser Linus, seria bom que alguém confirmasse.

Isabella acrescentou:

– Sim, é Linus. Eu fixei meu olhar no jovem e senti, intensamente, a energia de Linus.

Pietro colocou:

– Puxa! Agora estou percebendo algo muito estranho...

– Descreva Pietro – comentou o dirigente.

– Vejo essa mulher em outro momento. Ela mais parece uma rainha, sentada em um local mais alto observando o rapaz com outra moça em uma cama enorme, em cena íntima. Ela fica só olhando os dois...

O coordenador salientou:

– Não é prudente detalhar, fale só a essência do que ocorre.

– Entendi. Com relação aos detalhes, não os vejo mesmo. São flashes para que possamos entender o conteúdo. É como se a rainha usasse o jovem mancebo, assim também aquela moça, talvez uma escrava, para satisfazer desejos apenas observando-os. A cena desapareceu e vejo a escrava com muito ódio de ambos...

Isabella acrescentou:

– Também percebo, parcialmente, essas cenas, o que fica mais forte é o ódio da moça. Vejo-a, depois, junto de alguém, talvez um companheiro, tramando, no escuro, uma vingança. Intensificando minha percepção, eu a vejo entrando em um templo, junto com seu companheiro e falando às escondidas com um poderoso sacerdote.

O aspecto dele é de uma pessoa violenta. Percebo que Ele lhes entrega dois grandes punhais, cujos cabos são cravejados de pedras preciosas. O casal recebe do sacerdote algumas joias. O religioso efetua um ritual com os punhais, como que os energizando com um líquido vermelho. Que horror...

Flávia colocou:

– Também captei a cena desse passado distante. O homem do templo, o rico sacerdote, é o mesmo que se comunicou há pouco e foi hipnotizado, encaminhado, envolto na cápsula de luz verde.

Caio, após ter dado a anterior e difícil comunicação da Entidade, rapidamente se recompôs estabelecendo sintonia com seus Mentores. Concentrando-se nas cenas percebidas pelos demais, acrescentou:

– Visualizo aquele casal com seus punhais; eles estão caminhando por corredores, no escuro, em direção a luxuosos aposentos. Há um hall cheio de estátuas com corpos metade homem metade animal, tais quais deuses antigos. As paredes são imensas e com grandes blocos de pedras.

Percebo muito luxo. Observo Linus, no quarto, na figura do jovem mancebo dormindo em companhia da suposta rainha. Os registros não são estáticos, são pulsantes e vívidos, com se assistíssemos a um filme em DVD. Neste momento Flávia informou:

– Dr. Benini, estou me sentindo tonta e com uma pressão no peito, preciso de ajuda. Como o Senhor já sabe, essa história tem a ver comigo também...

– Certo. Vamos imaginar mãos de luz sobre a Flávia. Busquemos, na natureza, os recursos energéticos para restabelecer o equilíbrio dos seus chakras. Construamos agora, juntos, ideoplasticamente, um globo de luz azul e o façamos circular entre todos nós. Cada um colocará neste globo uma energia que intuitivamente perceberá ser adequada. Depois, entregaremos o globo de luz azul para Flávia.

Assim foi feito. Dr. Benini envolveu o globo com intensa energia de amor, passou a Caio que o envolveu com energias de coragem para se fazer o que precisasse ser feito. Isabella mentalizou as forças da natureza, focando muito a cor verde. Pietro mentalizou energias de alta frequência com muito dourado, e vibrações de gratidão. Quando a esfera luminosa chegou à Flávia ela se expressou da seguinte forma:

– Eu recebo este globo de luz azul, pleno de cores e energias dos mais puros sentimentos, me envolvo nele e deposito no globo o sentimento de perdão. Peço perdão a quem eu tenha prejudicado no passado e também desejo do fundo do meu coração perdoar a quem tenha me feito algum mal.

O coordenador indagou:

– Alguém poderia comentar como estão as energias em torno de Flávia?

– Havia uma espécie de redemoinho em torno do peito e abdômen da tia Flávia – informou Isabella. Mas agora desapareceu. Está envolta em luz cor-de-rosa – Flávia acrescentou:

– Obrigada a todos, me sinto bem agora.

– Prossigamos, então – acrescentou o dirigente. – Caio, busque novamente sintonizar com as percepções anteriores.

– Vejo o casal, com os dois punhais já em suas mãos, adentrando ao quarto. É mesmo Linus quem está lá, dormindo com a rainha. Que horrível! Os dois são esfaqueados, há um ruído... O casal assassino foge... Linus tenta se levantar, tomba sangrando... Ambos morrem ali... Isto é, desencarnam.

Isabella completou:

– A cena descrita era mantida e reforçada pela Entidade que se comunicou no início da sessão. Aquela que foi encaminhada com todo um grupo de seguidores. A dor de Linus pode ter diversos outros fatores, mas era o chakra ou o campo de energia onde a Entidade, mandante do crime, tinha ligação e acesso.

Dr. Benini orientou:

– Façamos uma irradiação em benefício do casal que cometeu o assassinato. Pietro, você pode efetuar?

– Sim. Sem dúvida.

– Companheiros de jornada evolutiva: milhares de anos se passaram. Recebam ambos, neste momento, nosso carinho em forma de luzes e cores. Sintam-se banhados por energias de amor. Recebam o pedido de perdão daqueles que os prejudicaram. É nosso maior desejo que vocês sigam seus caminhos em busca da felicidade e da sabedoria. Onde estiverem que a *Luz Maior do Universo* os envolva.

Isabella interveio, com os olhos marejados de lágrimas:

– Estou emocionada! Mamãe e papai me acenaram de longe e agora estão se aproximando... Estão nos informando sobre o casal que executou a rainha e Linus. Mamãe comenta que ambos os executores estão, novamente, em processo de reencarnação, cada um em local diferente, porém recebendo um facho de luz vindo de nós. Meus pais precisaram ir embora, que pena! Mas me senti abraçada pelos dois! Isabella chorou, silenciosamente, tocada pela energia amorosa dos pais.

Dr. Benini deu sequência aos trabalhos:

– Voltemos nossa atenção a Linus. Enviemos um feixe de luz azul, partindo de nosso Grupo, em direção a Linus, buscando os registros de sua vida no Egito Antigo.

– Vamos direcionar nossas energias aos arquivos daquela vida que ainda possam estar lhe trazendo prejuízos ou dificuldades. Neste instante, atuemos sobre esses arquivos reduzindo sua expressão. Que os núcleos energéticos dessa memória possam ser reduzidos na sua energia cinética. Atuemos, mentalmente, reduzindo a vibração desses registros.

Após as informações de Caio e Isabella, que perceberam campos de energia a encolher, o dirigente continuou:

– Atuemos, agora, sobre os registros positivos de memória de Linus, ligados ao Egito Antigo. Vamos fornecer energia para acelerar a vibração desses núcleos. Alguém percebe algum quadro que possamos utilizar? – Indagou Isabella.

– Sim. Vejo Linus e a rainha... Madonna Mia! Como ela se parece com a tia Flávia... Vejo-os juntos, naquele jardim maravilhoso, em dia de sol, estudando sobre a natureza. Há muitos pássaros coloridos, muitas flores. Sinto uma luz cristalina vindo da Espiritualidade Superior os envolvendo. É um momento de reflexão deles em relação aos verdadeiros valores da vida.

– Neste caso, reforcemos esta imagem. Concentremo-nos nesta percepção e a usemos como referência, enviando muita energia em direção às mesmas, reforçando-as nos corpos sutis de Linus.

SINTONIA COM O PLANO ASTRAL SUPERIOR

Foi dado um intervalo para recomposição das energias dos presentes. Colocou-se uma música suave que proporcionou relaxamento a todos tornando a atmosfera propensa à concentração. Ao se abrir o espaço específico para comunicação dos Mentores, Isabella descreveu uma Entidade com trajes de sumo sacerdote do Egito faraônico, irradiando intensa Luz. O Espírito, através da mediunidade de Caio, iniciou sua manifestação:

Queridos amigos, muito boa noite! A obsessão determinada por um Espírito que vive na dimensão extrafísica – equivocadamente considerado morto –, sobre uma pessoa que vive na dimensão física é um fenômeno que necessita, cada vez mais, ser compreendido em profundidade. É algo que transcende a uma simples constrição mental, que também ocorre, porém faz-se necessário ampliar o conhecimento dessa realidade.

Existe uma infinidade de fatores participantes no processo obsessivo, no entanto, é importante frisarmos que a raiz do problema, habitualmente, se encontra no próprio obsidiado, cuja história é milenar e frequentemente complexa, no que tange ao inter-relacionamento entre o atual perseguidor (obsessor) e a atual vítima (obsidiado).

O binômio obsessor e obsidiado possui um novelo de envolvimentos e simbioses mentais que interferem secundariamente na obsessão. Inúmeros outros espíritos, movidos por interesses escusos dos mais diversos, ou mesmo desequilíbrios psíquicos, podem associar-se ao fenômeno. O que demanda a necessidade de encaminhamentos adequados.

Técnicas desobsessivas podem e devem ser utilizadas, porém deverão ser aplicadas por pessoas éticas e conhecedoras dos ensinamentos filosóficos espíritas. Aqueles que detêm e procuram vivenciar a filosofia espírita estão, teoricamente, em melhores condições para efetuar os raciocínios corretos que permitem entender a obsessão como consequência de múltiplos acontecimentos pretéritos.

Não podemos nos esquecer dos valores éticos e conteúdos filosóficos que já conquistamos por meio do estudo das obras espíritas básicas. Lembro que o maravilhar-se pelas luzes feéricas das novidades pode obstruir os canais do bom-senso e do amor.

O estudo da mediunidade deve partir do conhecimento detalhado de ***O Livro dos Médiuns*** *de Allan Kardec. Conhecer bem essa obra é indispensável para os complementos literários nessa área. Uma base sólida e clara permitirá inúmeros acréscimos, porém um alicerce defeituoso ou mal construído tornaria a edificação não confiável.*

Após assimilarmos o conteúdo básico kardecista, é importante que estudemos muitas outras obras espíritas, tanto as ditadas pelos Espíritos desencarnados, quanto aquelas oriundas de intensa pesquisa e vivência no campo mediúnico de autores que, na atualidade, deram continuidade aos estudos básicos.

Queridos amigos: torna-se muito eficaz a criação e utilização de ideoplastias, ou seja, formas-pensamento por parte do grupo mediúnico de desobsessão. A manipulação mental de ectoplasma, mesmo em quantidades não visíveis, tem intenso efeito sobre Entidades espirituais que necessitam ser encaminhadas.

A proteção espiritual e sintonia com os Mentores são fundamentais, porém o intercâmbio conosco, vossos Amigos Espirituais, não é de subserviência nem de sujeição automática às nossas determinações. Vocês não devem ser simplesmente comandados pelos Espíritos desencarnados. As comunicações dos Orientadores da dimensão extrafísica deverão, sempre, ser submetidas ao crivo da razão.

Estimados companheiros de trabalho: Médiuns, todos os humanos o são. Sim, qualquer ser humano tem essa possibilidade, embora discreta, de intercambiar com o mundo dos Espíritos, portanto, desde que tenha bom conhecimento da mediunidade e Amor no coração poderá colaborar com seu pensamento e atitude mental construtiva em uma sessão mediúnica.

Há, também, aqueles investidos do Mediunato ou mediunidade-tarefa, pessoas que se comprometeram, antes de reencarnar, a exercer o labor nessa área. Faz-se necessária a presença desses dois tipos de integrantes em um grupo mediúnico. Um grupo bem estruturado pode contar em média de 04 (quatro) a 14 (quatorze) integrantes entre as diversas funções necessárias ao bom desempenho da desobsessão. Há trabalho para todos...

Tanto quanto possível, urge no planeta que sejam organizadas mais sessões de desobsessão nesse molde, isto é, direcionadas a casos específicos, ou seja, com nomes que devem ser verbalizados no início dos trabalhos. Esse direcionamento visa ao melhor estudo e compreensão do que ocorre, inclusive, saber quem é a pessoa que está sendo atendida. Comumente observamos que nas sessões mediúnicas abrem-se os trabalhos deixando a cargo da Espiritualidade o envio de Entidades, cuja procedência é desconhecida no sentido de compreenderem de onde vêm ou com quem estão, ou ainda qual a sua ocupação e como estariam exercendo seu processo obsessivo...

Continuem com o atendimento fraterno, este é fundamental antes do caso ser encaminhado à sessão de desobsessão. Recomendamos, da mesma forma, que após a sessão de desobsessão sejam as orientações bem filtradas e passadas de forma tranquila, atenuada e suave sem provocar temor ou gerar fantasias ao atendido ou aos seus familiares.

Acima de tudo, ninguém cura ninguém, nem mesmo o Grande Mestre, se não houver esforço significativo de quem buscou o auxílio. Quando Jesus curou o cego não disse a ele: Vai porque eu te curei! Ao contrário, asseverou: Vai porque tua fé te curou. Não se trata de fé cega, mas de legítimo esforço em buscar a solução. Todos podem auxiliar, porém somente a própria pessoa com sua reforma íntima assegurará a solução do seu problema.

Na matemática do trabalho é preciso somar novos conhecimentos, sem subtrair conceitos filosóficos básicos, evitando divisões desnecessárias para multiplicar os resultados na tabuada do amor.

Muita Paz!

O amigo de sempre.

O coordenador, indagando se Flávia estava bem, ao que Ela anuiu, solicitou que a mesma efetuasse a prece de encerramento da sessão.

O ambiente foi inundado de flores astrais cujo perfume foi sentido por Flávia. Enquanto efetuava suave prece, percebeu que sua casa também estava sendo coberta por pétalas de flores, coloridas e perfumadas.

36

Ultrassonografia Reveladora

Enfim chegara o dia da nova consulta com o obstetra. Linus fizera questão de se organizar para estar presente naquele momento. Remanejara diversos horários de pacientes e transferira uma terapia de grupo. Atitudes simples, como esta, uniam cada vez mais o casal.

A gestação de Flávia estava beirando as treze semanas. Para Linus tudo era novidade, nunca tivera filhos, ao contrário de Flávia que possuía Pietro e Caio.

Assim como era verdade que os rapazes tornaram-se seus grandes amigos, também se tornara nítido que eles não se sentiam como filhos de Linus, nem mesmo havia essa pretensão por parte de qualquer um dos lados.

Enfim, Flavia e Linus teriam agora um filho em comum, uma nova etapa da vida já estava em curso.

Dr. Enzo, veterano na profissão, tornara-se o obstetra de confiança da família. O competente médico havia feito os partos anteriores de Flávia, portanto acompanhara os nascimentos tanto de Caio quanto de Pietro.

Posteriormente, o médico manteve seu contato com Flávia, acompanhando os exames ginecológicos preventivos que a paciente efetuava com razoável regularidade. Com surpresa e satisfação, voltara a tê-la como paciente obstétrica.

Linus, apesar de não conhecer o obstetra, uma vez que nas consultas anteriores não pudera comparecer, já simpatizava com o médico em razão dos relatos elogiosos da família, inclusive os de Caio e Isabella, também clientes do mesmo profissional.

Dr. Enzo, após efetuar um curso de especialização complementar, adquirira um aparelho de ultrassonografia da mais alta definição que era utilizado no elegante anexo de seu consultório.

Ao ser anunciada pelo nome, Flávia entrou na sala do Dr. Enzo e apresentou o marido.

– Doutor, este é meu esposo Linus.

– Bem-vindo, meu amigo! Na posição de esposo de minha cliente, que em mim confia já há vinte e cinco anos, devo considerá-lo assim. Sorriu de forma simpática, apertando a mão de Linus.

– Muito prazer, Dr. Enzo, este é meu cartão profissional.

– Psicólogo clínico? Ótimo! Depois conversaremos, conforme for talvez eu lhe encaminhe uma determinada paciente. Voltou sua atenção para Flávia.

Após a colheita de informações de praxe, bem como a verificação dos primeiros exames complementares, explicação acerca de hábitos, alimentação, esclarecimentos sobre vacinas e outros aspectos gerais da gestação, o médico procedeu ao exame físico da paciente. Ao encerrar esta parte do atendimento, Dr. Enzo sugeriu realizar uma ultrassonografia do bebê.

Convidou o casal para se deslocar ao anexo elegantemente decorado, onde se efetuaria a ultrassonografia de alta definição. Linus comentou o bom gosto do facultativo ao decorar o ambiente. Flávia acomodou-se na mesa de exames na expectativa de saber o sexo do bebê. Enfim, poderiam dialogar com aquele Espírito, especificando a conversa, isto é, dirigindo-se a Ele sendo um menino ou uma menina.

O médico, antes de iniciar o exame, deu algumas explicações sobre as diversas finalidades da ultrassonografia. À medida que executava o procedimento, passou a mudar sua expressão que de simpática e sorridente, assumiu um aspecto de preocupação crescente, que foi facilmente detectada pelo psicólogo Linus.

Dr. Enzo havia parado de conversar e, segundo Linus, parecia repetir algum movimento ou procedimento como se estivesse a confirmar algo. Linus comentou:

– Está difícil de definir o sexo?

– Tudo indica que é uma menina...

Flávia exultou:

– Doutor, isto seria meu maior prêmio, depois de dois rapazes... Estou muito feliz!

Linus endossou o entusiasmo da esposa:

– Que maravilha! Para mim está ótimo. Também gostaria de ter uma bela menina.

Dr. Enzo, ainda com a fisionomia séria, colocou:

– Flávia, após você se vestir, nós três devemos conversar um pouco na outra sala.

Enquanto se aprontava, Flávia murmurou consigo mesma:

– *Madonna Mia*! Que estranho está o meu médico, onde está sua simpatia? Será algo com Linus? O exame me pareceu meio interrompido e sem calor humano... Dr. Enzo não pareceu feliz com o atendimento, por que será? Acariciando o ventre, pensou:

– Filha querida! Nós te amamos!

O médico, já na sala de consultas, ajeitou-se na cadeira, pigarreou discretamente, como sempre fazia quando em tensão, e iniciou a explanação:

– Flávia, minha estimada paciente, Linus meu amigo, tenho uma notícia delicada para dar a vocês.

Ambos permaneceram por alguns segundos mudos e extáticos, a esperar um veredicto, mas Linus logo salientou:

– Pelo visto, foi observado algum problema com o bebê.

– Sim, de fato, é sobre isto que precisamos conversar.

– Doutor, eu e Flávia amaremos nossa filha, seja qual for o problema que ela venha a ter.

Flávia, já com os olhos marejados de lágrimas implorou:

– Dr. Enzo, por favor, fale logo, o que há com nosso bebê?

– Amigos, hoje em dia, a partir da oitava semana, já há capacidade técnica para diagnosticar este problema, portanto, lamento muito, não há dúvida, o bebê é anencéfalo.

– *Dio Mio!* Flávia... O que faremos...

37
A Decisão

O choque emocional, motivado pelo triste e inesperado diagnóstico, havia deixado o casal atônito. Linus e Flávia pouco conseguiram assimilar das primeiras explicações do Dr. Enzo.

O médico, ao perceber a impossibilidade de um diálogo mais prolongado e lúcido, sobre a questão, decidiu substituir as explicações técnicas por carinhosas palavras de apoio e consolo. Assim agindo, sentiu-se identificado com a dor dos clientes, porém entravado para entabular raciocínios mais precisos e detalhar opções no seguimento do caso.

Dr. Enzo, apesar de experiente obstetra, posicionou-se, psicologicamente, mais na condição de um amigo do que na de um profissional. O sentimento de piedade, pela situação constrangedora que o casal se encontrava, obliterava seu raciocínio.

Naquele momento, vinha-lhe à mente o acompanhamento da cliente desde sua adolescência. Lembrou-se de que Flávia tinha a mesma idade de sua filha. Embora considerasse incorreto o envolvimento emocional, não conseguiu evitá-lo. Sentia-se pesaroso ao fitá-la nos olhos, vendo-os marejados de lágrimas.

Percebendo nas expressões de Flávia e Linus, que ambos necessitavam de um tempo para refletir, baixar o nível de ansiedade e angústia, o médico, após responder a questões e fornecer orientações diversas, indagou a ambos se gostariam de dar continuidade ao diálogo no dia seguinte, em horário especialmente reservado. Como concordaram, sugeriu que o casal retornasse, trazendo todas as indagações que lhes passassem na mente, para uma entrevista mais minuciosa.

No retorno ao lar, o casal decidira, temporariamente, não comentar nada com qualquer parente ou afim até se harmonizar emocionalmente, estar bem esclarecido e definido acerca de tudo o que poderia vir a suceder.

Até aos mais íntimos, foi adiada qualquer informação até o casal estar de posse do que supunha ser uma confirmação do problema. Sempre haveria chance de alguma modificação, após a segunda conversa com o obstetra. Chorar abraçados foi algo que ocorreu mais de uma vez com Flávia e Linus, durante aquele dia e também à noite.

Ambos os filhos de Flávia haviam telefonado para saber o sexo do bebê. Deixaram recado na secretária eletrônica que não foi retornado. Não seria de bom alvitre dar este tipo de notícia ou entabular algum comentário sobre o que ocorrera, via telefone. No dia seguinte resolveriam como fazer.

Dormir não foi tarefa fácil. Não havia desespero, mas uma sensação de dor, amargura e frustração, tal qual erva daninha invadindo os jardins da alma de ambos. No entanto, apesar da energia de dor pairar no ambiente doméstico, intensificava-se a união entre ambos. Linus, tomando a iniciativa, propôs um diálogo prático:

– Querida, como você pensa responder ao telefonema dos rapazes?

– Imagino que, sem dúvida, duas perguntas serão feitas pelos meus filhos:

– Eu também as imagino...

– A primeira pergunta deverá ser: – Qual o sexo do bebê? E, logo após a primeira resposta... A questão mais difícil: – Tudo bem com nossa irmãzinha?

– Sim, Flávia, mas eles podem indagar, também, na ordem inversa: A primeira pergunta poderia ser relativa à saúde ou normalidade do bebê, algo assim... De qualquer forma, penso que só após nossa entrevista de amanhã à tarde deveríamos informá-los de tudo. Que pensa?

– Não tenho muitas esperanças de algum engano, Dr. Enzo é autoridade no assunto e foi categórico no seu diagnóstico. Contudo, concordo que só depois de amanhã deveríamos informar a todos.

– Sei que seu médico é competente, aliás, demonstrou igualmente ser uma pessoa sensível. Qual será o teor da conversa amanhã, já pensou nisso?

– Com certeza. Acredito que a interrupção da gravidez deva ser cogitada por ele.

– Flávia, minha querida, essa questão para você é... Digamos... Bem clara? Afinal, quem vai passar por esta gestação é você.

– Querido... Somos nós dois. Já estamos vivendo, juntos, uma dor comum.

– Concordo plenamente. Entendo como um processo comum e de decisão comum.

– É também minha maneira de ver. Como mulher, eu nunca sintonizei com colocações do tipo: "Sou dona do meu corpo". A filha é nossa, e não apenas minha. Acima de tudo, não somos donos do corpo dela.

– Sim, sem dúvida. Conhecendo a realidade da vida espiritual, tendo conhecimento de que alguém ao estar reencarnando nesta situação será para seu aperfeiçoamento, impedir a gestação seria prejudicar essa alma.

– Penso assim também.

– Você está decidida, então, a levar até o final esta gestação...

– Claro que sim. E você, meu amor?

– É nossa gestação, nossa filha, nossa responsabilidade. Temos muitos meses para lhe dar muito amor.

Abraçaram-se, demoradamente...

38
O Telefonema

Logo após o desjejum, soou a campainha do telefone. Linus e Flávia se entreolharam, nada falaram, mas ambos pensaram a mesma coisa: Um dos rapazes ligando para obter notícias do bebê. Flávia se deslocou até o aparelho telefônico com o coração taquicárdico.

– Pronto...

– Bom dia, tia querida...

– Bom dia, querida Isabella. Como estão vocês três?

– Tudo maravilhoso! Ana Flávia chora um pouco à noite, mas está muito bem.

– Caio já saiu para o trabalho?

– Saiu bem cedo. Continua um papai encantado pela filhinha.

– Estou com saudades de vocês e, sobretudo, de beijar minha neta, aquela coisinha fofa...

– Tia, antes de Caio sair lembrou-me de telefonar em horário que não acordasse vocês, por isso só liguei agora. Estamos todos entusiasmados e curiosos. Afinal, vou ser titia também... Queremos comemorar a notícia, então pergunto: azul ou rosa?

Flávia tentava conter sua emoção evitando transparecer a dor e a angústia que sentia no peito. A palavra "comemorar" atingiu os recônditos mais íntimos de sua alma. Conteve sua emoção. Procurou adiar o assunto.

– Hoje à tarde tenho consulta agendada com o Doutor Enzo, depois nos reuniremos para conversar.

– Não foi ontem?

– Bella querida, ontem nós estivemos no consultório médico, porém será necessário repetir o exame hoje, no início da tarde. Há algumas dúvidas que precisam ser mais bem esclarecidas, depois daremos notícias.

– Sobre o sexo do bebê?

– Segundo o Dr. Enzo, tudo indica que é uma menina.

– Que maravilha! Como sempre foi seu desejo. Parabéns!

– Sim. Logo poderemos nos dirigir ao Espírito, conversar bastante com ele sendo uma menina.

Isabella estranhou a falta de alegria e entusiasmo nas expressões de Flávia. A tia que sempre demonstrara muito calor humano e afeto parecia estar indiferente, havia algo no ar. As palavras eram suaves, mas sua inflexão de voz não combinava.

– Sendo menina ou menino sei que receberá muito amor. O mais importante é que tudo esteja normal, não é tia?

– Sim, é verdade. Mas a repetição do exame é para confirmar se está tudo normal.

– Puxa! Tia... Algo que a preocupe?

– Talvez. Prefiro não falar nisso, no momento.

– Sim, logo iremos comemorar. Fico imaginando se será um sobrinho ou sobrinha...

– Sim, logo saberemos.

– Vamos jantar juntos, hoje à noite, aqui em casa? Convidaríamos Ana e Pietro. Você já aproveitaria para matar as saudades da Ana Flávia.

– Aliás, se não estou enganada, é o dia da reunião do Evangelho no lar, de vocês, não é?

– É o dia sim, tia. Aqui chamamos de Reunião de Harmonização do Lar. Que tal fazermos juntos, todos nós?

– Adoraria. Como iremos ao obstetra hoje, posso confirmar depois?

– Espero seu telefonema.

– Enviarei uma mensagem, só daremos as notícias pessoalmente.

– Combinado tia. Um beijo!

– Tchau, Bella!...

39
Diagnóstico Médico

Linus e a esposa haviam pesquisado tanto na internet quanto em livros, tudo que fora possível acerca do problema da gestação de Flávia. Nutriam remotas esperanças de uma mudança de diagnóstico.

O retorno à consulta médica havia sido agendado para uma hora e meia da tarde, horário excepcional, pois o Dr. Enzo iniciava, sempre, seu atendimento às duas horas. As treze e quinze, já estavam Linus e Flávia na *sala de atesa*. [38]

Na véspera, o médico entrara em contato com outro colega de profissão, em parte por desencargo de consciência, em parte para dar uma satisfação aos pais apesar de não possuir qualquer dúvida acerca do diagnóstico. A iniciativa redundou

38 *Em português: sala de espera.*

em ampliar horizontes e produtiva troca de conhecimentos sobre o tema.

Faltando cinco minutos para o horário da consulta, a recepcionista efetuou o chamado.

– Senhora Flávia, por favor...

– Aqui vamos nós.

Entraram no consultório. Dr. Enzo estava mais sorridente do que no dia anterior!

– Bem-vindos amigos.

Flávia também sorriu, apertou a mão do seu obstetra e comentou:

– Obrigada, Doutor. Agradecemos sua disponibilidade e estamos dispostos a conversar.

– Antes de tudo, quero expressar meu sentimento de solidariedade. Flávia, você é minha cliente desde a adolescência, eu estarei sempre disposto a colaborar, orientar e sugerir o que julgar ser o melhor. Vamos, então, às questões: – O que gostariam de me perguntar?

– Em primeiro lugar, há alguma possibilidade de nosso bebê não ser uma menina?

– Fico surpreso por ser esta a primeira questão, digo isso diante da gravidade do problema e da razão maior de nosso contato hoje.

Linus salientou:

– Se for uma menina, nosso diálogo com o bebê será diferente, isto é, nos dirigiremos a ela tal qual uma menina, da mesma forma, se for um garoto será específico o diálogo.

– Entendo. Trata-se de uma concepção dentro da sua linha de atuação na psicologia.

– Somos espiritistas. Sabemos que o espírito ligado ao feto recebe de nós pais as energias dos pensamentos e os arquiva no inconsciente. Daí, se o tratarmos como menino ou menina pode ser importante. Poderia nos dar uma posição definitiva sobre o sexo de nosso filho?

– Já que para vocês é importante, sim. Dependendo do método que se usa para descobrir o sexo do bebê, poder-se-ia a partir da nona semana, já se saber, embora o mais comum seja identificar com, mais ou menos, quatro meses. Em resumo, falando em termos de semanas: A partir de oito semanas completas, com um exame de *sexagem fetal*. A partir de dez semanas, com um exame de urina também específico e dispendioso ou, igualmente, a partir de dez semanas, com exames genéticos e invasivos que trariam certo risco ao bebê, só recomendados em casos muito especiais.

No caso de vocês, a partir de 13 semanas, pelo ultrassom, dependendo da perícia do ultrassonografista, da qualidade do aparelho e da posição do bebê, – *transpareceu uma ponta de orgulho profissional* – e ainda assim com chance de erro de no mínimo 10%, pois erros humanos acontecem. Às vezes, é preciso um pouco de paciência para matar a curiosidade, e finalmente contar para todos se vem menino ou menina e poder escolher o nome.

Linus asseverou:

– Muito bem. Com todo respeito, e sem a intenção de pressioná-lo, em resumo, não podemos, já, ter a certeza do sexo.

– Permita-me uma brincadeira. Eu rasgo a fotocópia do meu diploma se não for uma menina.

– Fotocópia?

– Sim, pois o original não pode correr risco... Amigos, vocês podem escolher o nome da menina. Mas, temos algo mais grave para conversar.

Flávia indagou:

– Há alguma possibilidade de nascer um bebê normal, isto é, que não seja um anencéfalo?

– Lamento muito, não vejo outra possibilidade neste caso.

– Linus e eu fizemos exaustiva pesquisa, ontem à noite, sobre anencefalia e gostaríamos de alguns esclarecimentos.

– À vontade. A propósito, a cliente do próximo horário acabou de desmarcar, temos bastante tempo para conversar. Podem indagar o que desejarem.

– Qual a margem de segurança no diagnóstico da anencefalia, considerando que a gestação de Flávia tem quase treze semanas?

– Segundo o Dr. Pettersen, existe, hoje, capacidade técnica para diagnosticar a anencefalia com cem por cento de segurança, já no primeiro trimestre de gestação, mais precisamente a partir da 8ª semana. Ele observou que essa segurança técnica foi alcançada nos anos de 1995-1996, com o advento da ultrassonografia em três dimensões (3D) e com a padronização de normas sobre o assunto. Basta termos uma imagem do feto, em corte transverso do polo cefálico, e teremos a imagem ultrassonográfica bem clássica da formação correta do desenvolvimento do sistema nervoso central.

Flávia indagou:

– Em caso de alguma dúvida, existe outro exame?

– Sim, se ainda não estivéssemos convencidos. Poderíamos usar a ressonância com reconstrução em 3D.

– No nosso caso, o Doutor a considera totalmente dispensável, não é? – Completou Linus.

– Posso solicitar, mas não há qualquer necessidade.

Flávia asseverou:

– Considerando que o Dr. Enzo nos oferece gentilmente este seu tempo, gostaria de entender como se forma o cérebro.

O médico deu um leve sorriso e iniciou sua explicação. Abordou a formação do embrião e do cérebro, para em seguida colocar a questão do diagnóstico da anencefalia dividindo, assim, em duas partes a sua exposição.

Explicou que o cérebro, a coluna e o canal da medula nervosa são derivados de uma região no embrião chamada *tubo neural*, que é o precursor do sistema nervoso central. Essas estruturas se formam precocemente, durante a vida embrionária, por volta do 12º ao 42º dia após a fecundação. Portanto, a partir de então, o feto já terá o sistema nervoso central com as linhas básicas formadas.

Comentou que, na ultrassonografia esse embrião mediria aproximadamente 1 a 2 milímetros. Nesse estágio, segundo o médico, ainda seria impossível fazer a investigação da anencefalia. Mas, já por volta da 8ª semana de gestação, seria viável diagnosticar o problema, desde que se tenha um completo conhecimento da embriologia e, obviamente, um bom aparelho de ultrassom, do qual ele se orgulhava...

Seguiu com a explanação:

– Como conhecemos o encéfalo, ele é formado pelos hemisférios cerebrais, pelo cerebelo e pelo tronco cerebral, – observou. Então, o termo anencefalia é fácil de entender. Seria, a não formação completa do encéfalo, ou seja, para o diagnóstico de uma total ou verdadeira anencefalia, precisamos ter ausência dos hemisférios cerebrais, do cerebelo e um tronco cerebral rudimentar.

Dr. Enzo informou que a incidência da anencefalia na população mundial situa-se na faixa de um (01) a cada mil (1.000) nascimentos.

Linus indagou:

– Qual é a causa de uma anencefalia? Por que isso ocorre?

– Admito que a medicina ainda não tenha definido exatamente as causas da anencefalia, mas podemos entender duas formas de anencefalia. Uma delas ocorreria por uma falta de migração do tecido neuronal para sua posição adequada ao correto desenvolvimento. Então, precocemente, já não há a formação de nenhuma das estruturas que originariam o encéfalo. O outro defeito é a falta de fechamento, ou seja: houve a migração do tecido neuronal, mas não houve a sua proteção formada pelos ossos do crânio. Dessa forma, o tecido cerebral ficaria exposto ao líquido amniótico e, como sabemos, o tecido cerebral é extremamente frágil e, com o seguimento da gestação, ele teria a sua degeneração ao longo da gravidez.

Flávia indagou:

– No caso de aparelhos de ultrassonografia menos evoluídos não teríamos o diagnóstico com tanta certeza como o doutor está nos dando?

– Exatamente! Na década de 70, os equipamentos de ultrassom não ofereciam segurança para o diagnóstico da anencefalia. Já na década de 80, com a evolução da ultrassonografia, com os aparelhos de alta definição, era possível fazer o diagnóstico clássico da patologia no segundo trimestre de gestação. A imagem que se obtinha já era bem clara e definida.

– Como?

– Uma projeção dos globos oculares e um achatamento do crânio. – *Não mencionou "a cara de sapo" que é o aspecto conhecido, clássico e típico.*

– Linus interrogou:

– Há um caso, da menina anencéfala Marcella, que foi amplamente divulgado pela imprensa. Ela sobreviveu muito tempo após o parto. O que nos diz disso?

– O caso de Marcella, realmente, muito noticiado na imprensa como um caso de anencefalia com longa sobrevida, é um caso clássico de falsa ideia de anencéfalo. À base da imagem, tomada em uma tomografia, mostrou que Marcella apresentava região do cerebelo, tronco cerebral e um pedacinho do lóbulo temporal, que faz parte dos hemisférios cerebrais. Então, isso não é diagnóstico de anencefalia total.

– Mas pode ser também chamada de Anencefalia, não?

– É um erro de nomenclatura, mas se usa dizer. No caso de vocês não haveria erro, seria uma anencefalia verdadeira. Essa confusão é compreensível, porque a imagem é semelhante à de um anencéfalo, pois também apresenta aspecto de cabeça achatada com olhos exuberantes. São bastante parecidos, mas são diversos em termos de patologia, – afirmou. Tais erros de diagnóstico são compreensíveis por se tratar de uma patologia rara e a classe médica ter pouco acesso a casos semelhantes.

No fim de sua exposição, o Dr. Enzo defendeu a realização da antecipação de partos em casos de anencefalia. Em verdade, uma forma sutil de expor a questão do abortamento.

– Nós consideramos o feto anencéfalo um natimorto neurológico, – observou. Porque, do ponto de vista técnico, ele não tem sequer o desenvolvimento do sistema nervoso central.

Seria uma tortura psicológica obrigar a mãe a levar até o fim a gestação de um feto que nascerá morto.

Flávia colocou:

– Dr. Enzo, agradecemos todas as suas explicações, porém nós queremos lhe comunicar que pretendemos levar até o final esta gestação.

– Vocês tem alguma esperança de que exista algum equívoco no diagnóstico?

– Infelizmente, estamos convencidos de que nosso bebê é uma menina anencéfala.

– Mas, com todo o respeito, ela deverá viver poucas horas ou dias após o parto...

– Sim, lemos muito sobre isso, ontem.

– Se a questão for custo ou despesa, decorrente da antecipação do parto, eu posso facilitar ao máximo, sou um dos sócios da Maternidade Arcobaleno.

– Agradecemos, mas, também, não é essa a questão.

– Se estão convencidos do diagnóstico e não é uma questão de dificuldade financeira, qual é a dúvida? Uma questão religiosa?

Linus interpôs:

– Não há dúvidas. Trata-se de um conhecimento da dimensão extrafísica. Não se trata de uma crença religiosa. Estudamos, pesquisamos e conhecemos a realidade da vida após a vida física. No caso, sabemos que há um Espírito ligado ao nosso bebê.

– Mesmo a um anencéfalo?

– Trata-se de um ser humano que renasce precisando de muito amor e amparo. Nós estaremos com nossa filha até quando nos for permitido.

– Mas... Mas, esta criatura não vai viver além de alguns dias ou semanas na incubadora.

– Estamos cientes, mas até lá seremos seus pais, amaremos esse bebê...

– Ambos pensam igualmente?

Linus anuiu, complementando:

– Como o doutor nos mostrou, há um coração que pulsa, há pernas, braços, mãozinhas, mas, sobretudo é alguém que necessita passar por esta experiência.

– Um castigo divino?

– Não, de forma alguma. Sabemos que não existem castigos, existe consequência automática do passado. Lei de ação e reação.

– Como assim, passado?

– Há inúmeras situações, vejamos uma hipótese. Nossa filha, em vidas pregressas, teria mantido atitudes intelectuais contrárias à Lei de Deus, atitudes graves gerando no encéfalo dela campos de energia desestruturados. Esses campos de energia permanecem no corpo espiritual e, por via genética, se tornariam um modelo organizador biológico defeituoso, ou seja, com este problema.

– Onde estudaram isto?

– A esse respeito, há um livro interessante, chama-se *Gestação Sublime Intercâmbio( ),* Best seller de um autor brasileiro, que está sendo traduzido para o italiano por uma amiga nossa, Cecília de Aguiar, nós iremos lhe presentear quando a tradução estiver terminada.

– Considerando a visão espiritista de vocês, eu agora pergunto: não seria injusto perante a Lei de Deus, vocês sofrerem por algo que não cometeram?

Flávia indagou:

– Como está o seu tempo?

– Temos muito tempo. Além disso, eu tenho bastante interesse nesse estudo. Fiquem à vontade.

– Doutor, nós não desejamos lhe atrapalhar, se estivermos extrapolando, nos avise, por favor.

– Certo. Certo... Continue Flávia, por favor. Se existir realmente um resgate, ou algo parecido, que um Espírito teria de resolver, eu insisto: é justo aos pais sofrerem pelo carma dos filhos?

– Nós estudamos que a paternidade e a maternidade são decorrentes de vínculos pretéritos. O triângulo constituído por pai, mãe e filho, resulta de uma continuidade necessária para todos os envolvidos na nova constelação familiar, em que irmãos e parentes próximos são normalmente ligações de encarnações anteriores. Nossas dívidas se fazem, muitas vezes, dentro do núcleo familiar e retornamos para corrigir as distorções antigas, no mesmo meio.

Dr. Enzo escutava atento. Flávia continuava sua explicação:

– Nossos filhos são espíritos. E são espíritos com os quais já mantivemos antes importantes vínculos, tanto vínculos de afeto quanto de desafeto. Uma vez estabelecida essa troca recíproca das energias, cria-se um elo magnético que prenderá mutuamente a todos. Não só o amor, mas igualmente o ódio une as pessoas; uma união no sentido de dependência energética que, em alguns casos, chegará a consequências extremas. Espíritos ligados um ao outro requerem uma solução terapêutica, que, muitas vezes, só encontra resolução adequada pela anestesia do passado, apagando-se temporariamente as lembranças perturbadoras, através de nova encarnação.

– Interessante, continue...

– A reencarnação se tornará realmente eficaz, na sua função educativa, mantendo os envolvidos próximos, criando-se condições para que haja um vínculo de amor entre ambos. Ao renascerem, sob o mesmo teto, no templo do lar, pelo instituto da reencarnação, anestesiados pela sábia lei do esquecimento do passado, eles aprenderão a se perdoar e a se amar. Aquele bebê, que agora o pai ou a mãe abraçam e acariciam emocionados, habitualmente é uma vítima sua do passado que agora receberá a quota de atenção e os cuidados que lhe eram devidos. Pai e mãe podem se enternecer perante a figura doce e suave de um bebê. A lei da reencarnação propiciou condições para que, neste instante, vítima e algozes se abracem, chorem de emoção e passem a desenvolver uma nova experiência: a experiência do amor.

– No entanto, se não chegar a nascer ou viver poucos minutos, inexistindo o convívio, isso não ocorreria, ou seja, a reaproximação não se faria, não é assim?

– Na realidade, a reencarnação principia no momento da fecundação ou concepção. O Espírito está, desde o primeiro momento da gestação, ligado ao óvulo fecundado. São nove meses que envolveremos com energias de amor nossa filha.

– Vocês se consideram devedores deste bebê? Do Ser que estaria ligado ao feto?

– Devedores? Não. Isto não é regra geral. Em determinadas reencarnações, pai e mãe é que foram vítimas, e o espírito que agora desce ao berço, o algoz do passado. As circunstâncias são absolutamente peculiares a cada caso, mas somente através da reencarnação e do véu do esquecimento do passado, poderemos compreender a máxima cristã de amar os inimigos. Estamos, todos, tendo uma oportunidade de amar.

– Muito bem. Tudo isso me parece estranho, embora exista um raciocínio coerente, uma filosofia e um senso ético respeitável. Aceitarei ler o tal livro. Está bem... Está bem... Flávia, eu acompanharei sua gestação.

– Nossa gestação... – interpôs Linus.

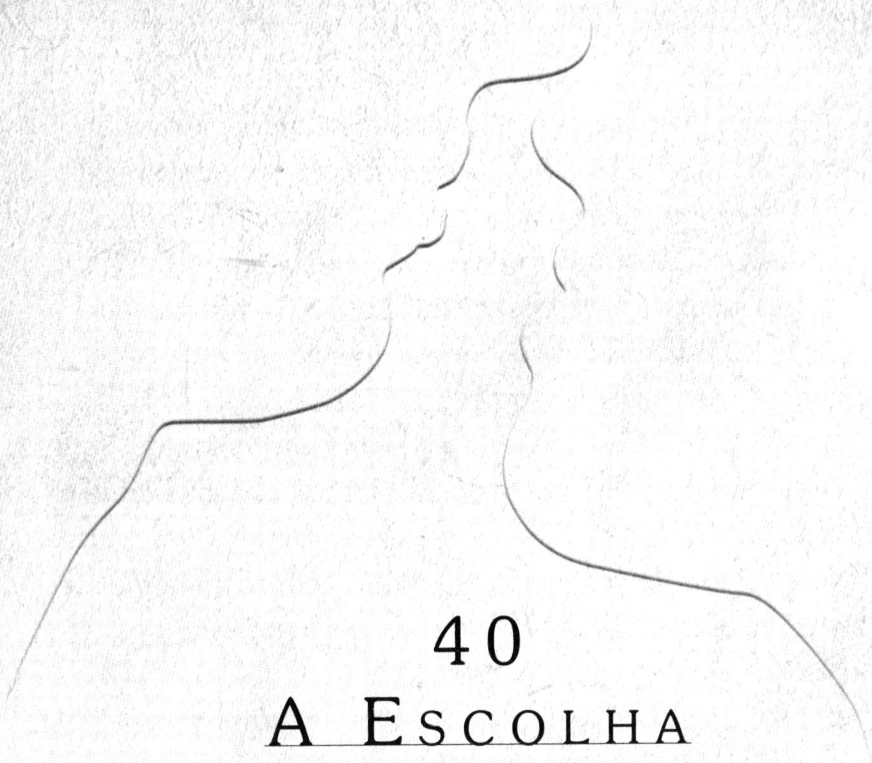

40
A Escolha

Após deixarem o consultório do Dr. Enzo, o casal foi tomado de uma sensação de alívio. Uma subjetiva e inexplicável sensação de dever cumprido. Não fora difícil tomar a decisão, ou seja, assumir a gestação; difícil se lhes afigurava a transmissão da notícia aos entes queridos.

Logo ao chegar ao elevador, não havendo mais alguém no mesmo, Linus iniciou o diálogo:

– Estou orgulhoso da minha esposa.

– Você se refere à decisão? Já havíamos tomado na véspera, e foi em comum.

– Quanto a isso também, mas me refiro à linda aula de Doutrina Espírita que você ministrou ao doutor.

– Diante de tanta dor, o uso do intelecto é uma derivação que nos ajuda. A propósito, Linus... Eu adorei tuas ponderações, tua firmeza e clareza nas colocações.

– Além de buscarmos orientação e apoio com o Dr. Enzo, acabamos sendo úteis como veículo de novas informações.

– Sim, como seria muito bom se Cecília pudesse concluir logo a tradução daquele livro.

– Então... Mudando de assunto: vamos à reunião à noite com teus filhos? Por mim, iria com prazer, você sabe o quanto gosto de todos.

– Da mesma forma penso eu. Mais cedo ou mais tarde, teremos de dar a notícia, melhor que seja logo.

– Telefonas?

– Passo uma mensagem e já os preparo para a notícia.

– Pensas dar... Uma informação parcial?

– Sim. Eu vou escrever: *Menina confirmada. Problema físico também, conversaremos pessoalmente à noite. Não por telefone.*

– Seria bom enviar, também, para Pietro. Assim, ninguém fará grande euforia em nossa chegada e, logo depois, a tristeza.

– Também avisarei Anna que já se considera da família.

– E quanto aos nossos pais?

– Melhor fazer isso amanhã, pois vão ficar telefonando... Opinando, chorando... Sabe como é...

– De acordo. Imagino como ficaria Nonna Nicoleta com uma notícia desta natureza.

Antes de retornarem a casa, caminharam pelo Parque Simpione. Aproveitaram para conversar com a filha.

– Querida da mamãe e do papai, gostas do nome Dana? Mamãe está só perguntando...

– Dana? A deusa irlandesa?

– Bonito. Soa fácil, só precisamos pesquisar melhor o significado.

– Gosta do nome Ísis? Se fossem gêmeas poderiam ser Ísis e Ilítia, para as romanas antigas, as deusas da fecundidade...

– Ilítia? Espero que esteja brincando. Ísis é um nome belo, de origem egípcia que tanto gostamos. Ilítia é exótico, e de exótico já basta o problema dela. Mas, me agrada muito mais, Dana.

– Certamente Flávia. Eu estava apenas divagando, está combinado. Dana soa belo, forte, fácil...

41
Flores Espirituais

Os filhos, bem como suas respectivas companheiras, haviam recebido a mensagem no telefone celular. Entenderam, perfeitamente, não ser do agrado da *Mamma* que indagassem, por telefone, o que fora definido nos exames médicos.

Àquela noite, todos chegaram mais cedo à casa de Caio. Crescente era a expectativa do que poderiam ouvir dos lábios de Flávia e Linus. Isabella, enquanto esperava, detinha seu olhar na pequena Anna Flávia agradecendo a Deus ter uma filha sem problemas físicos.

Pietro era o mais tenso de todos. Andava de um lado para outro. Sua namorada Anna procurava-o acalmar.

– Pietro, seja o problema que for hoje, na área médica, os estudos estão muito adiantados, tudo se controla; tudo se trata; tudo se resolve.

– Não sei não, Anna. Em se tratando de algo visível em uma ecografia, poderá ser um defeito físico grave, coitada da mamãe... E da menina... Se eles mencionaram um problema é porque deve ser algo sério. Muito sério...

A sineta tocou. Isabella, como dona da casa, projetou-se celeremente em direção à porta.

– Tia Flávia, querida! Linus... Que bom que puderam vir.

Beijaram-se e se abraçaram. Pietro e Caio, ambos com os olhos rasos d'água, dividiram seus carinhos com o casal. Anna, já tendo superado sua animosidade com relação à mãe do namorado, após o atendimento na sessão mediúnica de desobsessão, também demonstrava seu afeto. Sentaram-se todos ao redor da mesa de refeições.

Flávia expressou desejo de ver a netinha e, junto com Linus, dirigiram-se ao berço do neném.

– Como ela está linda!

– Quer pegá-la no colo?

– Deixe-a dormindo, apenas quando ela acordar espontaneamente, eu a pego.

– Tia e Linus, vamos fazer um lanche antes de conversar?

– Vamos! Disseram juntos.

Retornaram à sala. Isabella serviu uma torta de mirtilo acompanhada de café com canela, que havia aprendido a fazer com Mássimo, o esposo de Regina, lá no *Sentieri Dello Spirito*.

Enfim, após o lanche, Flávia e Linus expuseram em detalhes tudo que acontecera. A consulta médica da véspera, o retorno, as pesquisas feitas na internet sobre o problema, os diálogos aprofundados com o Dr. Enzo, as explicações do profissional e o outro lado da moeda: a transmissão dos conhecimentos espiritistas de ambos ao obstetra, esclarecendo-o do por que da decisão tomada em face da proposta de interrupção precoce da gestação.

Anna expressou sua admiração pela coragem do casal.

Pietro manifestou sua preocupação com a saúde da mãe.

Caio, abraçado à Flávia, só conseguiu dizer:

– Mamma, conte conosco para o que der e vier.

Isabella desejava perguntar sobre o tempo de sobrevida do bebê, mas considerou inconveniente o questionamento, apenas segurou a mão de tia Flávia reforçando a manifestação de apoio de Caio. Após todos expressarem seus sentimentos, a dona da casa convidou a todos para a reunião programada.

– Estamos em família, e como sabem, hoje é o dia da nossa reunião de *harmonização do lar.* Faltam oito minutos para começarmos, portanto vamos preparar o ambiente.

Anna e Isabella recolheram as louças. Caio trouxe a jarra de água para ser energizada colocando-a no centro da mesa. Buscou, também, o livro que sempre usavam para a reunião semanal: *Meditazioni,* versão italiana do título original em português: *Meditações*, ditado pelo espírito Luigi Santi Campo, ao médium Lauro Michielin.

Sentaram-se à mesa. Uma sensação de déjà-vu passou pela mente de Isabella, não sabia do que se tratava, mas, há muitos séculos, o mesmo grupo também se sentava à mesa para dirigir suas preces aos *Penates* ( ) ou deuses lares. Caio optou por diminuir a luminosidade da sala e solicitou a Linus efetuar a abertura da reunião. O marido de Flávia de forma muito inspirada proferiu a prece de harmonização, visando ao preparo energético do ambiente:

– *Procuremos, neste momento, relaxar nossa musculatura, sentarmos de maneira confortável, respirar lenta e profundamente. Mentalizemos uma luz branca, suave, porém intensa. Imaginemos esta luz como uma energia que provém do extrafísico, vinda de dimensões espirituais superiores. Sintamos esta energia nos envolvendo, trazendo uma profunda sensação de bem-estar. Em um diamante translúcido, criado ideoplasticamente no alto desta sala, esta luz incide e se subdivide em muitas cores. A energia branca, atravessando este diamante, difunde-se neste ambiente em vários tons. Cada cor é uma frequência de energia que nos envolve com ondas provindas da Espiritualidade Superior. Sintamos essas energias sendo absorvidas pelos nossos chakras coronários e se distribuindo por todos os nossos corpos energéticos...*

Linus continuou:

– Busquemos absorver, neste instante, uma energia verde, clara e brilhante, que nos dá sensação de higienização e saúde. Pensemos no verde das matas e dos bosques.

Após alguns segundos de silêncio, Linus continuou:

– Imaginemos agora, saindo deste diamante, uma luz azul que nos transmite sensação de paz e de harmonia. Imaginemos como se nos integrássemos ao azul do céu.

Depois de curto intervalo prosseguiu.

– Agora, vamos perceber uma energia dourada, como raios de sol, transfundindo vitalidade aos nossos corpos energéticos. Respiremos fundo. Inalemos essas frequências de energia provindas dos planos superiores. Sintamos, também, uma energia rosa, como se pétalas de flores estivessem caindo sobre nós.

– Neste momento, vamos abrir nossos corações, nossos sentimentos, construindo em torno de nós um círculo de luz e de amor que facilitará a energização do ambiente pelos nossos Amigos Espirituais. Coloquemo-nos de forma receptiva,

porém sintonizados na faixa do bem e da luz. Permaneçamos conscientes de que estamos com nossas mentes ligadas ao Amor Universal, Deus, com o propósito de promovermos e reforçarmos as energias de paz e solidariedade humana. Energias que envolvem este lar.

A música de fundo completava a harmonia do ambiente. A luz azul-clara era a única luminosidade na sala. Finda a prece, Caio voltou a aumentar a luminosidade ambiental e iniciou a leitura de *Meditazioni*. A página lida intitulava-se *Laschia Che*, ou seja, "Deixa Que", e iniciava com *Laschia che tutto diventi buio intorno a te ma non spegnere la tua luce.* Que significava, mesmo quando tudo se torne escuro ao teu redor não apagues a tua luz. Ao encerrar a leitura, Caio indagou se Flávia gostaria de comentar a página lida.

O comentário trouxe lágrimas aos olhos de todos. Flávia relatou seu sonho com Hórus, a figura do Deus egípcio com cabeça de animal, entendendo como uma mensagem do seu inconsciente informando o que estaria acontecendo. Agradeceu a oportunidade de resgate que estava tendo, e expressou seu amor incondicional ao ser que albergava no útero, agora sua filha. Falou do carinho e compreensão do marido e de todos os familiares.

Após o comentário do texto lido, Caio ajeitou a jarra no centro da mesa, em seguida, em simples e rápida oração, solicitou aos Amigos Espirituais que depositassem energias de reequilíbrio na água. As moléculas de água se fossem vistas ao microscópio eletrônico demonstrariam uma nova disposição. Os polos eletromagnéticos giravam e vibravam com os fluidos extrafísicos enviados pela equipe que sempre acompanhava a reunião de harmonização no lar.

Isabella, a pedido de Caio, encerrou a reunião agradecendo toda a luz recebida, renovando as propostas de união, compreensão e apoio mútuo entre os familiares. Na dimensão extrafísica George e Diva, pais da jovem, acompanhavam todo o processo. Sorriam felizes e orgulhosos pelo crescente desenvolvimento espiritual da filha.

42
Um Parto Diferente

Os meses fluíam celeremente. Isabella e Caio cada vez mais contentes com Anna Flávia que descortinava seu encanto de neném. O bebê, além de lindo, era muito sorridente. A pequena criança reagia alegremente ao contato de todos e encantava aos que se relacionavam com ela.

A jovem vovó, Flávia, tivera a percepção e sensibilidade para deixar claro aos pais da criança, nunca deixassem de demonstrar todo seu entusiasmo a cada conquista evolutiva do bebê. Não gostaria que ambos se constrangessem ao imaginar que a avó pudesse sofrer em comparações com seu bebê portador da triste e grave anomalia.

Avizinhava-se o momento do parto. Linus e Flávia foram completamente esclarecidos pelo médico sobre o que adviria, contudo, guardavam também, secretamente, a esperança de que houvesse algum equívoco de diagnóstico que lhes proporcionasse uma filha normal ou saudável. Nenhum dos dois verbalizava essa hipótese, porém no inconsciente de ambos pulsava um forte desejo e uma tênue esperança.

Durante nove meses, dialogaram com seu bebê, *intra-útero.* Diziam o quanto o amavam. Realizavam, semanalmente, a reunião *do Evangelho no Lar,* solicitando aos Mentores Espirituais a proteção e o amparo ao Ser que reencarnava.

Chegara o grande momento. Prestes a entrar em trabalho de parto, Flávia adentrou a maternidade com um misto de esperança e angústia. Dr. Enzo solicitou anestesia especial para o caso. Linus, em que pesasse toda a recomendação do obstetra, insistiu em acompanhar o nascimento da filha.

Para assumir a responsabilidade de sua presença no ato cirúrgico, foi-lhe dada uma folha de papel para assinar, fingiu lê-la, estava muito tenso para absorver o conteúdo do documento, simplesmente o assinou. O obstetra havia optado pela intervenção cirúrgica, realizaria uma cesariana. Os vasos sanguíneos de Linus apresentavam-se tão dilatados que se percebia o seu pulsar no pescoço e na região temporal.

A criança nasceu. O pai, ao ver a filha, sofreu profundo impacto emocional não conseguindo evitar uma crise de lipotímia. Sentiu-se tonto, tudo parecia girar à sua volta, uma sensação inexplicável o acometia. Uma pressão atingia o seu peito. Pálido, Linus desfaleceu como um castelo de cartas que cai sobre a mesa. A figura da criança foi muito mais chocante do que poderia imaginar. A imagem fora demais impactante para seu nível de suportação.

O bebê anencéfalo foi levado às pressas para a Unidade de Terapia Intensiva com recomendação expressa de proibirem-se visitas. No belo apartamento 121 da Maternidade Arcobaleno, Flávia e Linus olhavam o berço vazio. O telefone à cabeceira da mãe tocou. Linus atendeu:

– Pronto!

– Linus, é você?

– Sim, Nonna Nicoleta, é Linus.

– Como está Flávia?

– Sua filha está bem, dentro do possível. Flávia é uma mulher maravilhosa.

– Pietro e Caio a chamavam de Fênix, a ave mitológica que sempre renasce das cinzas.

– Uma alcunha perfeita...

– Linus, me desculpe, eu não sei nem como perguntar... Mas, como está o bebê?

– Como se esperava. Uma criança anencéfala está com dificuldade respiratória e na UTI.

– Há algum prognóstico?

– Lamento, deve falecer logo.

– Farei minhas orações por todos vocês.

– Obrigado Nonna. Flávia está descansando, darei o recado a Ela.

Despediram-se, afetuosamente. Naquele dia, diversos foram os telefonemas de parentes e amigos, alguns discretos, elegantes e outros curiosos e inoportunos. A cada explicação dada pelo casal, uma sensação de impotência invadia suas mentes e corações. Tendo já recebido as ligações dos mais próximos, resolveram deixar de responder aos telefonemas.

Receberam, pelo sistema de correio rápido, uma caixinha enfeitada. Flávia observou o remetente antes de abri-la, enviada pelos pais de Linus. Delicadamente desfez o laço de fita, liberou o invólucro e contemplou dezenas de lembrancinhas para distribuírem às visitas. Não conseguiu evitar um soluço seguido de algumas lágrimas. Linus colocou:

– Desculpe a minha mãe, ela...

– Não se preocupe querido, Ela só quis ser amorosa. O que conta é a intenção.

Dana sobreviveu na incubadora, com oxigênio, por 28 horas. A enfermeira, chefe do berçário, já incumbida pelo Dr. Enzo, levou a notícia ao casal. Surpreendeu-se com a postura de ambos. Flávia, com os olhos rasos d'água asseverou:

– Em primeiro lugar nós queremos agradecer toda a atenção e carinho de vocês. Nossa filha teve uma passagem curta nessa vida, voltou de onde veio e deverá continuar seu tratamento na dimensão astral. Fizemos nossa parte. Linus, de mãos dadas com a esposa, acrescentou:

– Durante nove meses e 28 horas nós lhe transmitimos amor, em forma de energia. Que ela possa se recuperar logo.

Havia um triste retorno ao lar. Com o coração espiritual sangrando, arrumaram as malas olhando o berço vazio...

43
De Volta à Vida

A vida segue. Todos continuaram seus estudos, trabalhos espirituais, e labor profissional. Anna, sob a cuidadosa observação do avô Benini, desenvolvera suas aptidões mediúnicas das quais se destacava a vidência.

Caio e Isabella intensificaram suas visitas à Flávia e Linus. Pietro descobria seu lado paternal com a sobrinha Anna Flávia, se preparando para o futuro papel de pai. A criança, cada dia mais bonita, esbanjava sorrisos a todos.

Os pais de Linus tornaram-se mais próximos de Flávia; não compreendiam muito bem as questões espirituais, mas passaram a nutrir um profundo sentimento de respeito pela nora.

Nonna Nicoleta, por seu turno, percebera o quanto fizera bem à filha o seu segundo casamento. O temperamento, ética e amadurecimento de Linus eram a antítese do marido anterior, que se distanciara totalmente dos filhos.

Doutor Benini que já fora pai de Flávia em vida anterior, conforme diversas revelações que tivera, convidava-a com seu esposo para atividades diversas, ampliando seu relacionamento com ambos.

As feridas emocionais pareciam cicatrizadas. A vida conjugal de Linus e Flávia voltara ao normal, plena de folguedos íntimos, carinhos e criatividade sexual. Com relação aos filhos, fins de semana à beira do Lago di Garda, com todos reunidos, ao som do violão tangido por Pietro, aconteceram diversas vezes.

A família, quando se reunia em grupo, era percebida por Anna como a irradiar uma psicosfera azul, clara e brilhante.

44
AMOR

Passaram-se aproximadamente três meses do pranteado evento. As reuniões do Grupo Mediúnico ocorriam com a mesma periodicidade e eficácia. Naquela segunda-feira o caso fora bem mais simples do que o habitual, a sessão estava chegando à fase final quando Anna informou:

– Vovô, eu percebo uma criança ao lado de Dona Flávia, parece-me que deseja se comunicar.

– Descreva a criança.

– Trata-se de uma menina, seu aspecto lembra uma garota de uns dez anos de idade, muito bonita e iluminada.

– Anna, diga-me: ela está só?

– Não vovô. Eu também visualizo dois Espíritos de Luz, com características Egípcias, ao lado dela. Ela está... Muito bem acompanhada.

Flávia elucidou:

– Sinto a presença da menina, ainda não a vejo, porém as energias emanadas por ela são muito agradáveis.

– Isabella interpôs:

– Dr. Benini, também a visualizo. A criança está realmente iluminada, neste instante, eu a vejo se deslocando em minha direção, creio que a garota deseja transmitir uma mensagem psicofônica. Posso facilitar a comunicação?

– Sim, sem dúvida! Facilite o transe psicofônico para que possamos atendê-la.

Isabella, experiente médium, após alguns segundos, iniciou a comunicação:

– Boa noite a todos. Hoje, para mim, é um dia especial, venho rever meus pais.

Dr. Benini interagiu:

– Boa noite! Seja muito bem-vinda! Então, nos diga quem são seus pais?

Isabella, em transe psicofônico consciente, aponta para Linus e Flávia:

– Eles... São aqueles dois, os meus pais.

– Você quer dizer que ambos, em uma vida pretérita, já foram seus pais?

– Não. Nesta vida atual.

– Então... Quer dizer que... Você era...

– Eu sei que parece precoce a minha comunicação, mas eu era, realmente, aquele bebê anencéfalo.

Linus segurou a mão de Flávia. Ambos procuraram conter a emoção diante do inusitado.

O coordenador prosseguiu:

– Mas, você está tão lúcida...

– Em quase noventa dias, tive tempo suficiente para me recuperar com o amparo dos Mentores Espirituais. Com seu auxílio pude retornar à minha consciência anterior.

– Vejo que você se expressa muito bem.

– Adquiri muito conhecimento em diversas existências, no entanto usei minha inteligência de forma antiética, por isso lesei profundamente meu cérebro astral, o que ocasionou a anencefalia física.

– Fique à vontade para transmitir o que gostaria. Flávia e Linus podem participar caso consigam superar a emoção.

O Espírito continuou:

– Mamãe querida, papai amado: Eu vim lhes agradecer tudo que recebi de vocês. Todo o amor, em forma de energias de luz, durante aqueles nove meses e mais as vinte e oito horas de incubadora.

Flávia e Linus derramavam lágrimas em profusão e, não conseguiam articular as palavras. A menina continuava a se expressar por meio de Isabella. À medida que a comunicação se efetuava, Flávia conseguia visualizar a figura da criança. Com a voz entrecortada pela emoção logrou dizer:

– Como você está linda agora!

– Graças às energias de amor enviadas a mim pela minha mãe e pelo meu pai. Graças às gotas de luz com que fui envolvida no Evangelho no Lar. Meu corpo espiritual, durante todo aquele tempo, foi banhado em fluidos de recuperação.

Dr. Benini colocou:

– Estamos felizes pela tua presença, teus pais estão, também, felizes pela tua recuperação.

– Eu possuía meu corpo espiritual muito doente, deformado pelo meu passado cheio de equívocos.

– Como se operou essa mudança?

– Durante mais de nove meses fui envolvida em luz, a luz do amor de meus pais. Uma verdadeira cromoterapia mental que gradativamente passou a modificar meu corpo astral (perispírito). Os diálogos que meus pais tiveram comigo foram uma intensa educação pré-natal que muito contribuíram para meu tratamento. Eu expiei, no verdadeiro sentido da palavra. Expiar é como expirar, colocar para fora o que não é bom. Eu drenei as minhas deformidades perispirituais para meu corpo físico e fui me libertando das minhas mazelas.

Após breve pausa, continuou.

– Como meus pais foram generosos. Meu amor por eles será eterno. Tive permissão para transmitir esta mensagem pelo alcance que a mesma poderá ter a outras pessoas.

– Por que estás na forma de uma criança, já que te expressas tão inteligentemente? Isto é incomum. Você pode nos explicar este fenômeno?

– Porque estou em preparo para o retorno. Dizem meus instrutores que tenho permissão para informar. Meus pais têm o merecimento de saber. Devo renascer como filha deles, normal, talvez no próximo ano.

O coordenador indagou:

– Flávia e Linus, gostariam de dizer algo?

Aproveitando o breve silêncio, Anna informou:

– Ela tem olhos verdes, muito expressivos e cabelos castanhos bem claros. Sorriu enquanto eu a descrevia. É uma figura doce e suave.

Linus se dirigiu à menina:

– Filha querida, você será sempre bem-vinda e muito amada.

Flávia completou:

– Sim, e o maior presente de nossa vida.

– Queridos pais, adorei o meu novo nome: Dana. Preciso ir, não posso mais permanecer aqui. Sejam felizes todos.

Após dez meses renasceu Dana, uma linda menina de olhos verdes e cabelos castanhos, espírito suave e encantador.

Fine...

GLOSSÁRIO

Albert De Rochas – Professor do Instituto Politécnico de Paris, pesquisador de regressão hipnótica. Escreveu a obra *Les vies successives*.

Alea Jacta Est – Expressão latina, dita por Júlio César ao atravessar o rio Rubicon, que significa, *A sorte está lançada*.

Allan Kardec – Pseudônimo do pedagogo e pesquisador Francês que codificou as bases da doutrina espiritista.

Amor Universal – Maneira filosófica de designar Deus.

Anóxia – Ver hipóxia. Falta de oxigenação no sangue.

Aura – Campo energético, geralmente colorido e luminoso que irradia de uma mente, espírito, organismo ou conjunto de seres.

Aurio Curriá – autor de CD de músicas de relaxamento.

Carma – (Karma). Do Sânscrito, significa ação. Usado, habitualmente, no sentido de nominar as questões não resolvidas trazidas em nosso inconsciente, relativas às vidas passadas.

Casamentos Acidentais – Aqueles não programados espiritualmente.

Casamentos Afins – Reencontro de duas almas afins.

Casamentos Provacionais – Reencontro de duas almas que necessitam se reajustar.

Casamentos Sacrificiais – União terrena entre um espírito superior e outro necessitado de auxílio.

Casamentos Transcendentais – União entre dois espíritos ou almas superiores.

Chakra Cardíaco – Campo energético do corpo astral ou perispírito, situado sobre a região do coração.

Chakra Coronário – Campo energético do corpo astral ou perispírito, situado sobre o cérebro.

Chakra Genésico – Campo energético do corpo astral ou perispírito, situado sobre a região do aparelho reprodutor.

Cherry Plum – Floral descoberto pelo médico britânico Dr. Bach, utilizado por terapeutas para equilibrar diversas questões emocionais tais como: medo de perder o controle ou medo de enlouquecer.

Corpo Astral – Corpo Espiritual, Perispírito, Psicossoma.

Dana – Importante deusa da Hibérnia, atual Irlanda.

Déjà-vu – Fenômeno no qual se tem a sensação nítida de já se ter visto algo ou alguém que vê pela primeira vez.

Dejaísmo – Estudo ou classificação dos fenômenos de Déjà-vu.

Déjà-vu Projetivo – Quando se tem a sensação nítida de já se ter visto algo ou alguém que vê pela primeira vez, em função de prévio encontro em projeção astral ou viagem astral (fora do corpo físico).

Déjà-vu Reencarnatório – Quando a sensação do Déjà-vu é em função do contato prévio ter ocorrido em vida anterior.

Desdobramento Astral – Saída do corpo físico, em corpo espiritual. Projeção astral.

Deuses Lares – Espíritos protetores dos lares romanos, também denominados de Penates.

Dio Mio! Em italiano, Meu Deus!

Doutora Fiore – Edith Fiore, norte-americana, pesquisadora de terapia Regressiva a vidas passadas, utiliza o método do insight ou percepção intuitiva.

Ectoplasma – Substância exalada pelo médium. Sua manipulação inconsciente ou por inteligências externas determinam fenômenos físicos.

Egrégora – Aura energética ou campo energético irradiado por um ambiente.

Espiritista – Adepto da filosofia e doutrina espírita.

EVP- Eletronic Voice Phenomenon – que corresponde ao aparecimento de vozes extras (paranormais), em fita magnética após uma gravação eletrônica.

Extrafísico – Relativo à dimensão espiritual.

Fênix – Mitologia Egípcia. Pássaro fabuloso que vivia vários séculos. Queimava-se em uma fogueira e renascia das suas cinzas. Simbolicamente: Pessoa rara e única no seu gênero.

George Meeck – Engenheiro, cientista, pesquisador da transcomunicação, inventor do aparelho Spiricom. Publicou trabalhos na Metascience Foundation Inc. – Escreveu *Unlimited Horizons.*

Glossolalia – Vocalização sem sentido, mais comum em sonâmbulos, psicóticos ou fraude deliberada. Diagnóstico diferencial de Xenoglossia (ver adiante).

Helena Petrovna Blavatsky – Nascida na Rússia em região que atualmente é Ucrânia, sistematizou a moderna teosofia e fundou a sociedade Teosófica.

Hibérnia – Nome que os romanos designavam à atual Irlanda.

Hiperconsciente – ou superconsciente, região íntima e profunda do nosso ser onde haveria conexão com o ser superior do Universo.

Hipóxia Cerebral – Falta de oxigenação no Cérebro. Ver anóxia.

Homero – Poeta épico grego, muito apreciado pelos romanos, considerado o autor da Ilíada e Odisseia.

Ian Stevenson – Neuropsiquiatra, norte-americano, da Universidade de Virgínia. Pesquisador de MEC – memória extracerebral. Escreveu o livro *Twenty Cases Sugestive of Reincarnation.*

IBPP – Instituto Brasileiro de Pesquisas Psicobiofísicas, fundado pelo Dr. Hernani Guimarães Andrade, pesquisador de MEC (Memória Extracerebral) e autor de *Reencarnação no Brasil.*

Ideoplasticamente – Imagens ou formas-pensamento criadas e plasmadas pela ideia, direcionadas mentalmente, por uma ou mais mentes.

Inconsciente – Região do nosso ser em que não temos percepção ou consciência. Também usada para se referir ao nosso espírito.

Insight – Percepção intuitiva de um problema, fato ou situação.

Ísis e Ilítia – Deusas que as mulheres romanas invocam para o ventre fecundo.

Jünguerson (Friedrich) – Em 1964, publicou *Vozes do Universo*, em Português, *Vozes do Além*. Pioneiro da transcomunicação, em Mölbno, próximo a Estocolmo, Suécia, gravou acidentalmente, vozes de pessoas falecidas entre gorjeio de pássaros.

Konstantine Raudive – Importante pesquisador de EVP – Eletronic Voice Phenomenon, que corresponde ao aparecimento de vozes extras (paranormais) em fita magnética após uma gravação eletrônica.

León Denis – Francês, autor de inúmeros livros, dentro os quais *O problema do Ser do Destino e da Dor.*

Luz Maior do Universo – Uma forma filosófica de se referir a Deus.

Madonna Mia – Expressão italiana que corresponde a "Minha Nossa Senhora!

Mamma – Mamãe em italiano.

Mássimo – Nome real de um dos coordenadores do SDS – Sentireri Dello Spirito, em Milão, Itália, esposo de Regina.

Mediunidade de Efeitos Físicos – Intercâmbio com a dimensão extrafísica em que o médium exala ectoplasma e produz-se efeitos fisicamente observáveis por todos os presentes, tais quais materialização, levitação e outros.

Mediunidade de efeitos Intelectuais – Intercâmbio com a dimensão extrafísica em que o médium expressa uma comunicação com resultados mentais ou intelectualmente perceptíveis, por exemplo: psicofonia ou psicografia.

Memória Extracerebral – MEC – Memória de vidas passadas que não se situa no cérebro biológico, mas em nossas estruturas espirituais. A Universidade da Virgínia, USA, possui prontuários de 2000 crianças que se recordam de reencarnações anteriores.

Ovoides – Espíritos que sofrem da patologia de ovoidização (ver abaixo).

Ovoidização – Patologia ou fenômeno de deformação anatômica que ocorre em Espíritos. Tal sucede pela sua ideia fixa ou monoideísmo determinando vibração em frequência única e repetida, acabando por deformar a estrutura energética do corpo astral, arredondando-a.

Paranormal – Fenômeno Paranormal é todo aquele que não é habitual nem explicável pelos cinco sentidos humanos. Por exemplo: telepatia, clarividência.

Pitágoras – Matemático e filósofo grego famoso pelo teorema do triângulo retângulo. Estudou e divulgou a teoria das vidas sucessivas que teria trazido do Egito.

Platão – Filósofo grego que conviveu com Sócrates por vinte anos. Em 387 a.C. fundou a Academia onde ensinava aos jovens. Acreditava na reencarnação e dizia que antes de renascer era necessário mergulhar no rio do esquecimento.

Psicofonia – (psicos + fonia). Designação de mediunidade em que o Espírito transmite ao sensitivo as ideias e este as expressa pela fala. A popular "incorporação".

Projeção Astral – O mesmo que viagem astral ou desdobramento astral ou ainda desprendimento astral. O indivíduo desloca-se, em corpo espiritual, para fora do corpo biológico.

Psicógrafo – Denominação dada ao médium escrevente que pode receber mecanicamente ou intuitivamente um texto ou mensagem.

Regressão – Método de tratamento, principalmente de problemas emocionais, em que o paciente é induzido a buscar no seu inconsciente, desta vida ou de vidas passadas, as causas ou origem de suas dificuldades. O mesmo que Terapia Regressiva.

Reencarnação – Ato de reencarnar, renascer, nascer de novo.

Reiki – Terapia energética de origem japonesa, em que o terapeuta absorve energia cósmica e a veicula pelas mãos, direcionando-a aos chakras do paciente.

Raymond Mood Jr. – Médico norte-americano, pesquisador do fenômeno de quase morte, (Out of Body experience), estudou 150 pacientes que tiveram morte clínica e, ao retornarem à consciência, narraram que se viram fora do corpo biológico, em Corpo Espiritual.

SDS – Abreviatura de *Sentieri Dello Spirito.* Bem organizada entidade Espiritista de Milão. E-mail sds@sentieridellospirito.it

Sentieri Dello Spirito – SDS – Entidade coordenada por Regina Zanella e seu esposo Massimo, dedica-se, principalmente ao estudo da filosofia ético-moral e ciência espírita. E-mail sds@sentieridellospirito.it

Sócrates – Grande filósofo grego, do século de Péricles, também aceitava a reencarnação. Celebrizou-se pela frase: *Homem conhece-te a ti mesmo.*

Sonhos Comuns – São aqueles decorrentes das emoções do dia a dia. Essas, ao dormir, bem como os seus personagens, afloram à superfície do córtex cerebral ou em sequência normal ou completamente alterada, trocada e desorganizada.

Sonhos Espirituais – Também chamados sonhos espíritas, ou sonhos de desdobramento astral. São aqueles sonhos em que as pessoas durante o sono se encontram com Espíritos desencarnados (pessoas ditas mortas) ou encarnados (pessoas ditas vivas) e com eles têm os mais diversos tipos de contatos.

Sonhos Reflexivos – Sonhos que são recordações ou reflexos do passado, tanto desta vida quanto de vidas anteriores.

Sonhos Mistos – São aqueles que alternam os três tipos gerais acima citados. Assim por exemplo: São sonhos que se iniciam como se fossem comuns e se complementam com sonhos reflexivos ou ainda com desdobramentos astrais.

Spiricom – Aparelho inventado por George Meeck e William Hohn O Neil com o qual efetuaram transcomunicações instrumentais, ou seja, com o mundo extrafísico.

Subconsciente – Região do nosso espírito, (inconsciente) cujos registros estão mais próximos da consciência.

Teosofista – Adepto da Teosofia, filosofia espiritualista sistematizada por Helena Blavatsky, que aceita a reencarnação. Annie Besant foi a mais famosa teosofista.

Taquicardia – Aceleração do batimento cardíaco.

Terapia Regressiva – Ver Regressão.

Tertúlia – Reunião de amigos em debate cultural ou literário.

Transcendental – Relativo ao mundo espiritual, à outra dimensão, ao extrafísico.

Transcomunicação Mediúnica – O mesmo que mediunidade.

Transcomunicação Instrumental – Pesquisa com aparelhos com os quais se estabelece comunicação com o transcendental, ou seja, com o mundo extrafísico. O pioneiro foi Jünguerson na Suécia.

Universidade da Virgínia – Universidade norte-americana onde Dr. Ian Stevenson pesquisou e documentou a MEC – Memória Extracerebral que são recordações espontâneas de vidas passadas, em 2000 crianças.

Vitacontinua – Revista publicada em Milão, Itália, sob coordenação de Regina Zanella do *Sentieri Dello Spirito*. E-mail sds@sentieridellospirito.it

Xenoglossia – (Xenós = Estrangeiro), Glossia (Língua) Denominação dada à mediunidade em que o sensitivo fala ou escreve em língua estrangeira.

Referência Bibliográfica

Annales Des Sciences Psychiques. Paris, França: abril 1908.

ANDRADE, Hernani Guimarães. *Morte renascimento evolução.* São Paulo: Pensamento,1983.

______. *A transcomunicação através dos tempos.* São Paulo: Joranlística Fé, 1997.

BANERJEE. H. N. *Vida pretérita e futura*. Trad. Sylvio Monteiro. Rio de Janeiro: Nórdica, 1986.

BEÇAK, Willy; BEÇAK, Maria Luiza. *Biologia genética e evolução*. 9ª ed. Vol. 04. São Paulo: Livraria Nobel S.A., 1969.

BENSON, Ralphy C. *Manual de obstetrícia e ginecologia*. Rio de Janeiro: Guanabara Koogan S.A., 1990.

Bíblia. GÊNESIS, 1 e 2.

Bíblia. JOÃO, capítulo III, versículos 01 a 20.

Bíblia. MATEUS, capítulo XVII, versículos 10 a 13.

Bíblia. PEDRO, apóstolo. 1. Epístola cap. IV, versículo 08. CANON, Alexandre. *Reencarnação e psiquiatria*. London, U.K.

CAPRA, Fritjof. *O Ponto de mutação*. 6ª ed. São Paulo: Cultrix, 1988.

______ *O tao da física*. São Paulo: Cultrix, 1985.

CARINGTON, Whately. *La télépathie*. Trad. Maurice Plassiol. Paria, Payot, 1948.

CHARDIN, Teilhard. *Le phénomène humain*. Paris: Seuil, 1956.

CONAN Doyle, Arthur. *História do espiritismo*. São Paulo: Pensamento, 1960.

CROOKES, William. *Fatos espíritas*. 7ª ed. Rio de Janeiro: FEB, 1983.

DALEY Go; GOODELL Ma; SNYDER Ey. *Realistic prospects for stem cell therapeutics*. Hematology (Am Soc Hematol. Educ. Program), 2003.

DARWIN, Charles. *A origem das espécies*. Trad. Eduardo Fonseca. São Paulo: Hemus, 1981.

______. *The descent of men*.

______. *The origin of species*. New York: Mentor Books, 1953.

______. *Viagem de um naturalista ao redor do mundo*. São Paulo: Cia, Brasil Editora (tradução).

DARWIN, Erasmus. *Zoonomia*. 1974.

DENIS, Léon. *O problema do ser do destino e da dor*. 10ª ed. Rio de Janeiro: FEB, 1919.

DI BERNARDI, Aldo. *Impulsos e reflexões*. Londrina: Livraria Editora Universalista, 1993.

DI BERNARDI, Ricardo. *Reencarnação e evolução das espécies*. Londrina: Livraria Editora Universalista, 1995.

______. *Gestação sublime intercâmbio*: 7ª ed. Santo André, SP: Intelitera, 2010.

______. *Temas polêmicos do século XXI*. Santo André, SP: EBM, 2010.

______. *Flávia sonhos e regressões*. Santo André, SP: Intelítera, 2011.

______.*Desobsessão: Estudo Prático*. Santo André SP: EBM, 2011.

FIALHO, Francisco. *A busca eterna de Deus*. Sobradinho, DF: Cultural Espírita Edicel, 1991.

FRANCO, Divaldo P. *Estudos espíritas*. Pelo Espírito Joanna de Ângelis. Rio de Janeiro: FEB, 1982.

INSTITUTO NACIONAL DE TERAPIA DE VIVÊNCIAS PASSADAS, Boletim de 1991 do INTVP, São Paulo.

JORNAL ESPIRITISMO, www.adeportugal.org

KARDEC, Allan. *A gênese*. 31ª ed. Rio de Janeiro: FEB, 1944.

______. *O livro dos espíritos*. 72ª ed. Rio de Janeiro: FEB, 1992.

______. *O livro dos médiuns*. 27ª ed. Rio de Janeiro: FEB, 1960.

LACERDA, José Lacerda de Azevedo Dr. *Espírito e matéria*. 3ª ed. Porto Alegre: Casa do Jardim, 1990.

LAMARCK, Jean Baptiste. *Philosophie zoologique*. Paris: Librairie C. Reinwald, Schleider Frères Editeus, 1907.

MIRANDA, Hermínio. *Reencarnação e imortalidade*. Rio de Janeiro: FEB, 1976.

______. *Diversidade dos carismas – teoria e prática da mediunidade*. 3ª ed. Niterói, RJ: Publicações Lachâtre, 1994.

______. *Sobrevivência e comunicabilidade dos espíritos*. Rio de Janeiro: FEB, 1977.

______. *A memória e o tempo*. São Paulo: EDICEL – Cultural Espírita Ltda. 1981.

MAES, Hercílio. *Fisiologia da alma*. Pelo Espírito de Ramatis. 3ª ed. Rio de Janeiro: 1980.

MODD. Jr. Raymond. *Vida depois da vida*. Rio de Janeiro: Nórdica, 1979.

NETHERTON, Morris; SHIFFRIN, Nancy. *Vidas passadas, em terapia*. Trad. Agenor Mello Pegado e Thereza Reis. ARAI – JU, Itapetininga, São Paulo: 1984.

OPARIN, A. I. *A origem da vida*. Trad. Ed. Vitória, Rio de Janeiro: 1956.

OSTRANDER, Sheila; SCHROEDER, Lynn. *The soviets are speaking out*. Panorama, 15 de outubro de 1966.

OWEN, Rev. G. Vale. *A vida além do véu*. 4ª ed. Rio de Janeiro: FEB, 2008.

PAPUS, (Dr. G. Encausse). *A reencarnação*. São Paulo: Pensamento.

PIRES, J. Herculano. *Parapsicologia hoje e amanhã*. 3ª ed. São Paulo: Edicel, 1969.

RAIKOW, Vladimir. *Aspectos médicos da pesquisa experimental sobre terapia e hipnose*. Trabalho apresentado no Seminário da seção de Bio-Informação do Instituto de Radiotecnologia. A. S. Popov, Moscou: 25 de fevereiro de 1966.

______. *Reencarnação por hipnose*. Ciência e Religião. nº. 9, 1966.

Revista PLANETA. *Reencarnação*. Planeta Especial nº. 151-C. Grupo de Comunicação Três.

RHINE, Joseph. Banks. *The reach of the mind*. New York: William Slone, 1947.

RHINE, Louise. *ESP in life and lab*. New York: Macmillan, 1967.

RICHET, Charles. *Traité de metpsychique*. Paris: Félix Alcan, 1922.

RITCHIE, George. *Voltar do amanhã*. 2ª ed. Rio de Janeiro: Nórdica, 1982.

RIZZINI, Jorge. *Sexo e verdade*. Pelo Espírito Guerra Junqueiro. 2ª ed. S. Bernardo do Campo, SP: Editora Espírita Correio Fraterno, 1980.

ROCHAS, Albert de. *Les vies successives*. Paris: Charconae, 1908.

SAYLES M; JAIN M; BARKER RA. *The cellular repair of brain in parkinson's disease – past, present and future*. Tranpl. Imunol., 2004; 12 (3-4).

SANTOS, Jorge Andréa dos. *Dinâmica espiritual da evolução*. Rio de Janeiro: Caminho da Libertação, 1977.

______. *Energias espirituais no campo da biologia*. Rio de Janeiro: Fon-Fon, 1971.

______. *Enigmas da evolução*. Rio de Janeiro: Caminho da Libertação.

______.*Palingênese a grande lei*. Rio de Janeiro: Caminho da Libertação, 1975.

SCHROEDER, Lynn; OSTRANDER, Sheila. *Descobertas psíquicas atrás da cortina de ferro*. São Paulo: Cultrix.

STEVENSON, Ian. *Twenty cases sugestive of reincarnation. Proceedings of american society for psychical research*. Vol. XXVI, September, 1966.

STEVENSON, Ian. *Vinte casos sugestivos de reencarnação*. São Paulo: Difusora Cultural, 1970.

Study, biological sciences Curriculum. "Das Moléculas ao Homem" Parte. 1. Trad. IBECC; UNESCO. Brasília: Editora Universidade de Brasília, 1965.

Study, biological sciences Curriculum. "Molecules to Man". Part II. Boston: U.S.A. Houghton Mifflin Company, 1963. 385 p. Direitos cedidos à EDART- São Paulo: Livraria Editora Ltda.

TINOCO, Carlos Alberto. *O Modelo organizador biológico.* Curitiba: Gráfica Veja, 1982.

UBALDI, Pietro. *A Grande síntese.* 5ª ed. São Paulo: Lake, 1951.

VIEIRA, Valdo. *Projeciologia.* Rio de Janeiro: Edição do autor, 1986.

XAVIER, Francisco C. *A caminho da luz.* Pelo Espírito Emanuel. 9ª ed. Rio de Janeiro: FEB, 1973.

______. *E a vida continua.* Pelo Espírito André Luiz. 17ª ed. Rio de Janeiro: FEB, 1990.

______. *Entre a terra e o céu.* Pelo Espírito André Luiz. 9ª ed. Rio de Janeiro: FEB, 1954.

______. *Evolução em dois mundos.* Pelo Espírito André Luiz. 9ª ed. Rio de Janeiro: FEB, 1986.

______. *Mecanismos da mediunidade.* Pelo Espírito André Luiz. 7ª ed. Rio de Janeiro: FEB, 1959.

______. *Missionários da luz.* Pelo Espírito André Luiz. 18ª ed. Rio de Janeiro: FEB, 1945.

______. *Nosso lar.* Pelo Espírito André Luiz. 41ª ed. Rio de Janeiro: FEB, 1944.

______. *Vida e sexo.* Pelo Espírito Emmanuel. Rio de Janeiro: FEB, 1970.

______. *O Consolador.* Pelo Espírito de Emmanuel. 14ª ed. Rio de Janeiro: FEB, 1940.

WAMBACH, Helen. *Recordando vidas passadas.* Trad. Octávio Mendes Cajado. São Paulo: Pensamento, 1981.

INFORMAÇÕES SOBRE OS PRÓXIMOS LANÇAMENTOS

Para receber informações sobre os lançamentos da INTELÍTERA EDITORA, basta cadastrar-se diretamente no site

www.intelitera.com.br

Para saber mais sobre nossos títulos e autores, bem como enviar seus comentários sobre este livro, visite o nosso site

www.intelitera.com.br

ou mande um e-mail para

atendimento@intelitera.com.br

Este livro foi impresso na
LIS GRÁFICA E EDITORA LTDA.
Rua Felício Antônio Alves, 370 – Bonsucesso
CEP 07175-450 – Guarulhos – SP
Fone: (11) 3382-0777 – Fax: (11) 3382-0778
lisgrafica@lisgrafica.com.br – www.lisgrafica.com.br